spielberg

Manfred Faschingbauer, 1963 in Bad Kötzting geboren, ist seit seiner Kindheit begeisterter Leser, Phantast und nun auch noch Autor. Nach einigen Kurzgeschichten und einem Ausflug ins Science Fiktion Genre ist ›*Der fünfte Junge*‹ nicht nur seine erste Veröffentlichung, sondern auch eine Rückkehr zu den Wurzeln seiner Heimat.
Manfred Faschingbauer lebt mit seiner Familie in Blaibach im Bayerischen Wald.

Manfred Faschingbauer

Der fünfte Junge

Kriminalroman

spielberg

1. Auflage 2015

Umschlaggestaltung: Spielberg Verlag
Umschlagfotos: Fontanis, Osorioartist, © fotolia.com
Lektorat: Sigrid Müller
Druck und Bindung: Inprint GmbH, Erlangen

Printed in Germany

ISBN: 978-3-95452-684-0

www.spielberg-verlag.de

Für Lina, Maria und alle anderen, welche die in diesem Buch beschriebene Zeit erlebt und überlebt haben.

Liebe(r) Leser(in),

Georg Koller stirbt im Mai des Jahres der vierten deutschen Fußballweltmeisterschaft und wohl die meisten seiner Kirchbacher Mitbürger würden die Frage, ob ihn dieser Titel überhaupt interessiert hätte, mit einem klaren »Nein« beantworten. Der als verschrobener Einzelgänger bekannte alte Mann hat seinen Heimatort mit Ausnahme einer kurzen, unfreiwilligen Unterbrechung Zeit seines Lebens nicht verlassen. Hierhin, ins Flusstal des Regens, dort, wo im wirklichen Leben die knapp 2000 Einwohner Blaibachs leben, lieben und sterben, verschlägt es nun auch Kommissar Moritz Buchmann, der Georgs Tod aufklären soll.

Sowohl das echte Blaibach als auch das Kirchbach Georg Kollers rühmen sich einer Gärtnerei und einer der hl. Elisabeth geweihten Rokokokirche. Auch gelangt man von Kreuzbach kommend nur über die, für die Beteiligten dieser Geschichte so schicksalhafte Brücke in das Dorf. Damit erschöpfen sich aber auch schon die Gemeinsamkeiten, sieht man einmal davon ab, dass es sich bei beiden um typische Bayerwalddörfer zu Beginn des dritten Jahrtausends handelt.

Sicher werden sich die älteren Blaibacher noch an ihren hochgeachteten Pfarrer Ferdinand Köstler erinnern, der mit seiner Leidenschaft für die Fotografie Generationen von Blaibachern bleibende Erinnerungen an schöne, aber auch harte Tage geschenkt hat und damit Pate für den Pfarrer Steiner in der folgenden Geschichte steht. Auch einige andere Begebenheiten der Handlung sind der Realität entnommen. So starben auf dem Todesmarsch von Flossenbürg, der in Wetterfeld bei Roding endete, ebenso unschuldige Menschen, wie Flüchtlinge im Bombenhagel am Miltacher Bahnhof.

Das Kapitel Zwangsarbeiter war auch hier traurige Realität und wenn sie einmal in die Seewand über dem Großen Arbersee kommen sollten, werden sie feststellen, dass auf ihrem Weg ein Marterl an den 1939 abgestürzten Dr. Alex Schulz erinnert. Im Übrigen jedoch sind Geschichte und Personen frei erfunden und dienen nur einem Zweck: Sie auf den nächsten Seiten gut und spannend zu unterhalten.

Viel Freude beim Lesen wünscht Ihnen

Manfred Faschingbauer
Blaibach, im August 2015

Prolog

Als er den Geschmack von Blut auf seinen Lippen spürte, wusste er, dass die Tür ins Jenseits für ihn weit offen stand. Er verspürte keine Schmerzen, doch als vorhin das Messer, den Weg zwischen zwei Rippen hindurch findend, in seine Lunge eingedrungen war, hatte ihn der Stich zu Boden gerissen. Er wusste nicht, wie lange er ohne Bewusstsein gewesen war und jetzt stolperte er bergab den steinigen Weg entlang, bemüht, nicht zu fallen.

Das Loch in seiner Lunge erzeugte beim Atmen Geräusche, die nach Tod und Ende klangen. Beim Einatmen blubberte und knarzte es, beim Ausatmen riss ein Pfeifen und Ziehen an seinen Nerven. Tief unter ihm vermeinte er das Glitzern des Sees zwischen den Bäumen zu erkennen, doch war er sich nicht sicher, ob dies nicht bereits erste Anzeichen des nahen Endes waren. Sein Blick verschleierte sich und seine Gedanken begannen, zu kreisen.

Wieso war er hier herauf gekommen? Aber natürlich wusste er, warum er noch einmal in die Wand gestiegen war, hier über dem See, dort wo das Fliegermarterl stand. Hier, wo alles begonnen hatte, musste es also auch enden. Vielleicht war es ja gut so. Vielleicht konnte er jetzt in Frieden schlafen, nach all den Jahren.

Doch warum jetzt?

Was war geschehen? Es schien, als wäre das alles in einem anderen Leben passiert und dennoch hatte ihn die Geschichte eingeholt. So wie ihn nun die Angst einholte. Nicht jene Angst, welche den Magen flau und die Knie weich werden lässt. Nein, es war die Art von Angst, die sich mit scharfen Zähnen in den Körper krallt und ihn lähmt. Er hatte sein ganzes Leben nur einmal eine solche Angst verspürt. Das war damals gewesen, als die Polizisten gekommen und seine Freunde gestorben waren. Damals in einem anderen Leben, einer anderen Zeit.

Namen zuckten wie Blitze durch sein Gedächtnis. Namen von Freunden und Menschen, die ihn für einen Freund gehalten hatten: Franz, Karl, Norbert, der Baron und Steffi.

Mein Gott, Steffi!

Dann Thomas und der Pole. Aber nein. Thomas, das war die Gegenwart.

Er fühlte, dass sein Tod unmittelbar bevorstand. Seine Lunge füllte sich mit Blut und sog gierig nach Luft. Dann kippte er vornüber auf die Knie. Er lehnte den Kopf an die mit feuchtem Moos überzogene Felswand. Noch einmal klärte sich sein Blick und er griff nach einem Stück Holz, das am Boden lag. Zitternd ritzte er einige Buchstaben in das Moos.

Ein letzter verzweifelter Atemzug.

Dann nur noch Dunkelheit!

Der weite Weg nach Osten

Es sind Zwillinge, die mich durch diesen Morgen begleiten. Sie tragen ungewöhnliche Namen, die da *Wetter* und *Laune* heißen. Geschwister im Ungeiste sozusagen. Den wolkenverhangenen Himmel über München, begleitet von nasskaltem Nieselregen kann ich nicht erklären. Meinen Gemütszustand schon. Auch Sie würden sich so fühlen, wäre Ihnen Gleiches widerfahren, das können Sie mir glauben. Dabei hat der Tag begonnen, wie jeder andere auch. Frühstück, Zeitung und Gang zur Dienststelle des LKA München. Routine eben. Bis zum Acht-Uhr-Kaffee. Kaum zurück aus der Kantine hielt das Schicksal, in Person meines Vorgesetzten, seinen Witz des Tages für mich bereit.

Ein neuer Fall – normal!

Unterstützung der Kripo Regensburg – machbar!

Eine Mordsache – ok!

Der Tatort – katastrophal!

Als Mitglied des Landeskriminalamts München hatte ich bisher Glück bei meinen Einsätzen. Diese hatten mich, falls sie außerhalb der bayerischen Hauptstadt stattfanden, schon mal nach Regensburg, Augsburg oder schlimmstenfalls Straubing geführt. Ich werde des Öfteren Mordkommissionen außerhalb zugeteilt und wünschte, ich könnte behaupten, dies geschieht aufgrund meines herausragenden Könnens. Nun, meine Aufklärungsquote ist ganz passabel. Sie reicht jedoch offensichtlich nicht, um mich auf die großen Fälle in der Hauptstadt anzusetzen.

Für die Provinz ausreichend, sozusagen. Dabei wissen doch alle, wie ich das hasse!

Gut, ich bin wohl selbst nicht ganz schuldlos an dieser Situation.

Wahrscheinlich fand mein Verhalten nach der Trennung von Andrea einen nicht unerheblichen Niederschlag in meiner Personalakte. Meine Auszeit war kurz aber heftig gewesen und ist meiner Karriere nicht eben förderlich. Seither werde ich bei Beförderungen zurückgestellt und bin mit meinen fast vierzig Jahren noch immer Kriminaloberkommissar. Aber damit kann ich leben.

Ehrlich!

Was mir wirklich zu schaffen macht, ist dieser Fall.

Der Mord ist außerhalb der Grenzen der Zivilisation passiert! Im Osten, weit im Osten. Schon meine aus Passau stammende Großmutter – Gott hab sie selig – hatte die Gegend *Bayerisch Sibirien* genannt, eine Bezeichnung, die bei einem überzeugten Großstädter, wie ich es nun mal bin, mehr, als nur Unbehagen erzeugt. Auch mein Vater war nicht gut auf diesen Teil Bayerns, der sich nordöstlich der Donau bis zur tschechischen Grenze erstreckt, zu sprechen. Ob das nur an dem Ereignis lag, als meine Eltern bei einem Kurzurlaub im Nationalpark mit Schimpfwörtern belegt worden waren, die ich als Kind nicht einmal verstanden habe – und das auch nur, weil sie in perfektem Münchner Hochdeutsch nach dem Weg gefragt hatten – oder ob es die insgesamt eher raue Art der Bewohner des Waldes war, entzieht sich meinem Wissen.

Schon die Bezeichnung *Nationalpark* weckt in mir ein gewisses Misstrauen. Ich assoziiere diesen Begriff mit unbekannter Wildnis. Was kann man hier bestaunen? Pflanzen, wilde Tiere – doch wohl hoffentlich nicht! – oder gar die Menschen dort? Eigentümlich genug sollen sie ja sein.

Wehmütig fliehen meine Gedanken zurück zum gestrigen Abend, den ich mit meinem Kumpel Marcel zusammen bei einem Glas Brunello verbracht habe.

Marcel – nicht lachen – Biedermann und mich trennen und verbinden unterschiedliche Weltanschauungen, Lebensauffassungen und Fußballvereine. Stundenlange Streitgespräche und Diskussionen haben uns über die Jahre zusammengeschweißt und das Fundament einer echten Männerfreundschaft gelegt. Ja, Marcel *wenn schon – denn schon,* wie ich ihn nach seinem Lieblingsausspruch, den er bei jeder passenden und manchmal auch unpassenden Gelegenheit von sich gibt, insgeheim nenne, dürfte bei genauer Betrachtung mein einziger Freund sein.

Ich lasse die Autobahnausfahrt zum Münchner Flughafen hinter mir und schon lichtet sich der Verkehr auf der A 92. Eine gute Gelegenheit, um einen Blick auf den Beifahrersitz zu riskieren, wo Melanie Güßbacher die Nachwehen einer langen Nacht wegschläft. Ich kenne sie seit meinem letzten Einsatz für das Morddezernat in Regensburg und auch diesmal sollen wir zusammen einen unnatürlichen Tod aufklären. Mel, wie ich sie nennen darf, hat dieses Wochenende bei ihrem derzeitigen Bettgenossen in München verbracht. Nachdem sie vom Leiter des Dezernats, Kriminalhauptkommissar Schulz über ihren Einsatz informiert worden war, rief sie mich an und ich habe sie abgeholt.

Ein langer Kuss ihres Freundes zum Abschied reichte, um Neidgefühle in mir zu wecken. Nichts, um meine Laune zu bessern. Melanie Güßbacher ist nicht nur eine hervorragende Polizistin, nein, sie sieht auch noch fabelhaft aus. Natürlich hat sie eine tolle, sportliche Figur und ihr kurzes, brünettes Haar lässt ihr bezauberndes Gesicht vorteilhaft zur Geltung kommen. Kein Wunder, dass sie bei allen Kollegen beliebt ist.

Ihr Anblick schafft es tatsächlich, meine Stimmung um zwei Punkte auf einer Skala von 0 – 10 auf die *Drei* zu heben. Mehr ist nun wirklich nicht drin! Schließlich ermittelt unsere Mordkommission im Fall Georg Koller. Der Vierundachtzigjährige war mitten im Wald gestorben. Mitten im Wald ist noch nicht alles. Auf einem Berg, in der Steilwand. Das ist nun sicher nichts Ungewöhnliches. Georg Koller jedoch hat es vorgezogen, nicht wie andere Herren seines Alters eines natürlichen Todes zu sterben. Nein, er hat die Unverschämtheit besessen, sich ermorden zu lassen.

In der Wildnis!

Auf einem Berg!

Allein der Gedanke reicht, meine Stimmung wieder um einen Punkt zu drücken.

Mel hat auf unseren Einsatzort gänzlich anders reagiert. Auch sie ist überzeugte Großstädterin, doch ganz im Gegensatz zu mir endet für sie die Welt nicht an der Stadtgrenze. Weltoffen und für alles Neue zu begeistern, ist sie mit ihren 28 Jahren bereits weitgereist und ohne Vorurteile gegen andere oder anderes.

Wieder blicke ich zu ihr hinüber. Was sie wohl letzte Nacht gemacht hat? Dumme Frage Moritz! Natürlich weiß ich, was sie gemacht hat. Ich bin wirklich neidisch auf diesen Burschen.

Wirklich und wahrhaftig!

Konzentrier dich aufs Fahren, ermahne ich mich und starre auf die Autobahn, die uns gnadenlos weiter nach Osten bringt. Es will nicht richtig hell werden an diesem Tag. Die Lichter der Autos spiegeln sich im nassen Asphalt. Ich konzentriere mich auf die Straße und bemühe mich, die Gedanken an die kommende Aufgabe zu verdrängen.

Nach einer Stunde Fahrt weist ein riesiges, weißes Hinweisschild auf unser Ziel. *Arber* steht dort geschrieben und wenig später auch noch *Naturpark Bayerischer Wald.* Na prima! Scheint so, als seien sie hier auch noch stolz darauf. Endlich mündet die Autobahn in zwei Stadttunnel in der letzten etwas größeren Stadt auf unserem Weg.

»Wir sind ja erst in Deggendorf!« Mel ist aufgewacht und reibt sich die grünen Augen. »Das dauert noch gut zwei Stunden, bis wir auf dem Arber sind.«

Auf dem Arber! Schon wieder. Nicht nur, dass wir in den Bayerischen Wald müssen, nein, der Tote war noch dazu auf dem höchsten Berg dort gefunden worden. In der Seewand des Großen Arbersees, was auch immer das für mich bedeuten mag. Müssen wir vielleicht sogar noch klettern?

Doch wohl nicht! Zum letzten Gesundheitscheck der polizeilichen Untersuchung vor einem Jahr traten erfreulicherweise nur 74 Kilo Moritz Buchmann auf die Waage und auch meine Figur lässt sich durchaus als normal bezeichnen. Damit entspreche ich auch nicht dem Idealbild bayerischer TV-Kommissare aus Bad Tölz oder Rosenheim, doch ich muss gestehen, mein Äußeres ist in dieser Hinsicht eine glatte Mogelpackung. Es verspricht mehr, als der Inhalt hergibt. Sport genieße ich am liebsten vor dem Fernseher und die Fitness meiner beruflichen Anfangsjahre liegt lange zurück.

Doch was soll´s? In meinem Alter kann man es doch langsam etwas ruhiger angehen lassen. Schließlich bin ich kein wilder Jungspund mehr. *Die Erfahrung macht´s*! Das ist mein Motto in allen Lebenslagen. Tatsächlich in allen, wenn Sie verstehen, was ich meine.

»Warst du schon mal in dieser Gegend?«, versucht Mel ein Gespräch in Gang zu bringen. Natürlich weiß sie, dass die Bezeichnung *Naturfreund* nicht für Moritz Buchmann erfunden worden ist.

»Bin noch nie über die Donau hinaus gekommen«, gestehe ich.

»Du wirst sehen, es ist ganz toll hier. Die Landschaft im Arbergebiet macht schon was her.«

»Und was hat dich hierher getrieben?«, heuchle ich Interesse.

»Günter. Mit dem war ich mal befreundet. Günter liebt Mountainbiking und Wandern und im Winter haben wir einige Schneeschuhtouren gemacht. War eine tolle Zeit.«

»Und was ist passiert?« Das klingt schon interessanter.

»Nichts Besonderes«, antwortet Mel nicht gerade überzeugend. »Wir haben uns wieder getrennt. Ganz normal.« Das leise Bedauern in ihrer Stimme lässt mich am Wahrheitsgehalt ihrer Aussage zweifeln, doch das ist es dann auch. Ich lasse sie in Ruhe in ihren Erinnerungen an Günter schwelgen.

Wir überqueren einige Hügelketten, durchfahren Täler und erreichen schließlich Bodenmais.

»Nicht viel los«, stellt Mel gähnend fest. »Bodenmais ist eigentlich das touristische Zentrum des Bayerischen Waldes und gleichsam das Basislager zum Arber. An normalen Tagen erinnert es an einen der überlaufenen Urlaubsorte in Österreich oder den Bayerischen Alpen.«

Vor meinem geistigen Auge sehe ich Massen von in Bussen angekarrten Touristen, die im Gegensatz zu mir ihr Glück in der Natur suchen. Heute jedoch verbannt das Wetter die erholungs- und wandersüchtigen Großstadtmenschen in die Wellnessbereiche ihrer Hotelanlagen. Nur einige wenige Hartgesottene durchstreifen, eingepackt in nassglänzende Funktionskleidung allseits bekannter Hersteller den Ort. Während ich mich darauf konzentriere, keinen der rucksack- und wanderstockbewaffneten Outdoor-Touristen durch Überfahren eines sehr zivilisationstypischen Todes ereilen zu lassen, macht sich Mel über die Fakten her, die Hauptkommissar Schulz ihr am frühen Morgen gemailt hat.

»Viel ist es noch nicht«, hatte er gesagt, »doch Sie werden die Akte ja sicher noch füllen.«

Nicht viel ist maßlos übertrieben. Die Kollegen von der PI Bad Kötzting haben lediglich ein Foto des Opfers und dessen Personalangaben nach Regensburg gefaxt. Mehr war in der kurzen Zeit seit dem Fund der Leiche heute Morgen und meiner Berufung in die Mordkommission aber auch nicht zu erwarten. Erst die Spurensicherung würde die nächsten Seiten der Akte *Georg Koller* liefern.

»Wer tötet denn einen Vierundachtzigjährigen?« Diese Frage habe ich mir auch als erstes gestellt. Aber wir sind ja hier, um genau das herauszufinden.

Die Straße führt jetzt steil bergauf. Nebel und Regen scheinen selbst das Grün aus den Bäumen zu saugen und der Wald säumt grau und farblos unseren Weg. Eine letzte Serpentine und wir haben den Großen Arbersee erreicht. Der Anblick des hinteren Endes des Sees, dort, wo die Seewand, dicht bewaldet und doch angsteinflößend steil im Nebel und Regendunst verschwindet, trägt nicht gerade dazu bei, meine Laune zu bessern. Dort müssen wir jetzt hinauf, denn genau dort, auf dem seit Jahren nicht mehr ausgewiesenen Wanderweg, hatten Tourengeher, die dem Wetter trotzend zum 30 Kilometer entfernten Kaitersberg unterwegs und deshalb noch vor dem Morgengrauen aufgebrochen waren, die Leiche des Vierundachtzigjährigen gefunden. Sie hatten sofort erkannt, dass der Mann tot war. Zum einen war die Leiche bereits zwei Tage alt und außerdem ließ das Messer, das aus der Brust des Alten ragte, keine Zweifel zu.

Wir werden bereits erwartet, denn als ich den Wagen neben dem Seegasthaus parke, winkt uns ein bärtiger Mann in der Uniform der Bergwacht aufgeregt zu. »Grüß Gott. Herr Buchmann? Josef Späth mein Name. Ich soll Sie hinauf zum Tatort bringen.« Josef ist ein Bild von einem Waidler, dessen Lächeln noch eine Spur freundlicher wird, als er Melanie aussteigen sieht. Wir steigen in den Geländewagen unseres Chauffeurs und kaum dass ich mich angeschnallt habe, rast dieser mit durchdrehenden Reifen davon. Nach ein paar Kilometern auf einem recht gut ausgebauten Forstweg endet die Fahrt in einer scharfen Linkskurve. Sanitätsfahrzeuge, Polizeiautos und das dazugehörende Personal verraten, dass hier Außergewöhnliches geschehen ist. Ich sehe einige Wanderer und

Holzarbeiter, die das Wetter nicht hatte abhalten können und die sich neugierig im Hintergrund halten.

»Hier geht es nicht mehr weiter«, erklärt der Mann von der Bergwacht. »Ab hier begleitet Sie der Florian. Sie müssen nur dem Weg dort folgen. In zwanzig Minuten sind Sie dort.«

Welchem Weg?, frage ich mich, denn außer einem Berg gerodeter Bäume und den Büschen am Straßenrand ist nichts zu erkennen. Erst, als wir näher kommen, bemerke ich den Eingang in den Wald. Hier treffen wir Florian, der nicht nur aussieht wie Luis Trenker, sondern auch dessen Stimme gestohlen hat.

»Früher war das ein beliebter Wanderweg, doch seit dem Borkenkäferbefall von 2009 wird er nicht mehr markiert. Ist, damit nicht so viele Leute hier gehen, wegen dem Naturschutz«, erklärt er uns.

Langsam steigen wir den wurzeligen, aber nicht allzu steilen Weg hinauf.

»Passen Sie gut auf«, ermahnt uns Luis Trenker. »Hat seit Tagen geregnet. Steine und Wurzeln sind glitschig. Ist gefährlich, der Berg heut. Nur vorgestern, da war´s ein paar Stunden schön. Und schon ist einer tot auf´m Berg.«

Plötzlich lassen *Deep Purple* Rauch über dem Wasser aufsteigen und Melanie zückt ihr Handy. »Meine Lieblingsmelodie«, erklärt sie uns entschuldigend. Sie hört kurz zu und sagt dann, dass wir gleich da wären. »Stefan Kellermann«, erklärt sie, nachdem sie ihr Handy wieder weggesteckt hat. »Ist bereits mit der Spurensicherung angekommen und wartet oben auf uns.« Stefan Kellermann ist der Dritte in unserem Team. Der vierunddreißigjährige Oberkommissar scheint irgendwie immer im Dienst zu sein. Ich habe bereits dreimal mit ihm zusammengearbeitet und schnell gemerkt, dass der sympathische Kollege von der Kripo Regensburg ein durchaus kompetenter Polizist ist. Außerdem brennt er vor Tatendrang. Auch heute ist er anscheinend wieder zu rechtschaffener Stunde aufgestanden und hat die Spurensicherung begleitet, um als Erster am Tatort zu sein.

Wir überqueren auf einem rutschigen Holzsteg einen reißenden Bach und steigen bergan. Links am Wegesrand verrät ein Totenbrett, dass Georg Koller nicht der erste war, der hier sein Leben beendet hat.

»Ein Pilot. Ist hier 1939 abgestürzt«, erklärt Stefan, noch während er uns entgegen eilt.

»Seltsamer Ort, um zu sterben«, meint Mel.

Wird sich Georg Koller auch gedacht haben. Ich werfe noch einen Blick auf das Marterl, wie in Bayern die Holz gewordenen Erinnerungen an Verstorbene genannt werden, dann folge ich meiner Mitarbeiterin zu der Stelle, wo der alte Mann vor zwei Tagen sicher anderes zu tun hatte, als die Schönheit der Natur zu bewundern.

Der Tote liegt unter einem Felsvorsprung mitten auf dem Weg. Sicher wäre er früher gefunden worden, hätte nicht der Regen alle Wanderer vom Berg fern gehalten.

Bis heute!

Neben der Leiche kniet Frau Doktor Niebauer, Rechtsmedizinerin und während einem meiner bisherigen Einsätze in Regensburg meine Kurzzeitlebensabschnittsgefährtin. Sehr kurzzeitig, das muss ich zugeben.

»Hallo, auch schon aufgestanden?« Sie kann es nicht lassen.

»Hallo, Renate«. Ich zwinge mich zu einem Lächeln. Wir haben uns damals im Guten getrennt und unser dienstliches Verhältnis war durch unser privates nicht beeinträchtigt worden. Dennoch nutzt sie jede Gelegenheit, mich daran zu erinnern, was mir mit ihr entgangen ist.

»Hallo, Frau Doktor«, fügt Melanie hinzu. Diese nickt der jüngeren Kollegin zu.

»Ein schmutziger Fall!« Frau Doktor bevorzugt keine allzu gewählte Ausdrucksweise. »Das Opfer liegt schon seit mindestens zwei Tagen hier und die Regenfälle vorgestern haben ihr Übriges getan. Außerdem gibt es hier eine Menge wilder Tiere. Ich glaube, es waren nicht nur Ameisen und Käfer, die sich an der Leiche zu schaffen gemacht haben.«

Das will ich mir gar nicht vorstellen.

»Ich kann dir hier noch nichts Genaues sagen. Der Mann muss erst nach Regensburg ins Labor gebracht werden«.

»Na immerhin steht wohl fest, woran er gestorben ist.« Mel deutet mit dem Finger auf das Messer, das noch immer in der Brust der Leiche steckt und handelt sich dafür einen vernichtenden Blick von Frau Doktor ein. »Der erste Eindruck kann manchmal täuschen, junges Fräulein. Lassen Sie mich die Obduktion erstellen und finden Sie dann den Täter!«

Mel hebt beschwichtigend die Hände und mit einem *Wie hast du es mit der nur ausgehalten?*-Blick zu mir flüchtet sie zu Stefan, um mit ihm die übrigen Spuren zu besprechen. Mühsam unterdrücke ich ein Lachen. *Zickenkrieg*! Dann bin ich wieder bei der Sache. »Gut, ich denke, wir sollten den armen Kerl nicht noch länger hier liegen lassen. Bringt ihn nach unten und dann nach Regensburg zur Obduktion.«

Doktor Niebauer nickt zustimmend. Einige Männer der Bergwacht und des Roten Kreuzes legen die Leiche Georg Kollers in den mitgebrachten Zinksarg und schultern diesen, um ihn den beschwerlichen Weg hinunter zu den wartenden Fahrzeugen zu tragen. Auch Renate geht und ich rufe ihr nach: »Du siehst immer noch sexy aus, wenn du dich ärgerst«.

»Und du bist langsam zu alt für so junge Kolleginnen!«

Warum das denn?

Was Mel betrifft, kann ich ihr nicht zustimmen, obwohl ich weiß, dass Kommissarin Güßbacher in dieser Frage wohl ausnahmsweise einer Meinung mit Frau Niebauer ist.

Was soll´s? Zurück zu Georg Koller. »Sonst noch irgendwelche Hinweise?«, will ich von meinen beiden jungen Kollegen wissen.

»Die Tat passierte mit ziemlicher Sicherheit nicht hier. Der Regen hat zwar viele Spuren verwischt, doch die Spurensicherung hat etwas weiter oben unter einem Felsvorsprung Blut gefunden. Das Labor wird feststellen, ob es seines ist.«

Weiter oben, denke ich. *Na prima!*

Nun gut, das werde ich mir später ansehen. »Was gibt es hier noch?«

»Der einzige richtige Hinweis, wenn man es so nennen kann, ist hier.«

Stefan deutet auf die Felswand über dem Fundort der Leiche. Ich kann nichts erkennen, außer feuchtem Moos, über welches das Regenwasser der letzten Tage in winzigen Bächen und Kaskaden nach unten läuft und tropft.

Was meint er nur?

Ich zwicke meine Augen zusammen, dann sehe ich es auch. Jemand, vermutlich Georg Koller, hat Buchstaben in das Moos geritzt. Sicher werden wir in der verkrampften Hand des Toten ein Stück Holz finden. Ich trete noch näher heran. Was soll das bedeuten? Ich sehe in die Runde und dann zurück zum Felsen.

Polak, steht da in zittriger Schrift geschrieben.

Kirchbach zum Ersten

Frau Doktor Niebauer und die Spurensicherung sind bereits auf dem Weg zu ihren Laboratorien und medizinischen Schlachthäusern, um die Leiche zu sezieren und sich mit dem Eifer von Bluthunden an die Auswertung der Indizien zu machen, als ich mich mit Melanie und Stefan auf den Weg nach Kirchbach mache. Dort hat Georg Koller das Leben vor seinem Tod laut seinem Personalausweis verbracht und dort müssen wir mit der Suche beginnen.

Renate schneidet ihn bald in Stücke, denke ich. Was mochte diese Frau gedacht haben, als wir unsere Stunden zusammen im Bett verbrachten. Na, hoffentlich konnte sie Beruf und Privates sauber trennen.

»Wen befragen wir zuerst? Den Bürgermeister oder den Pfarrer?«, unterbricht Stefan meine Gedanken. »Ich kenne Kirchbach vom Vorbeifahren. Ein kleines Dorf, wie so viele andere hier und in so einem Dorf gibt es niemanden, der so gut über alles Bescheid weiß, wie der Gemeindevorstand und der Seelenvorstand.«

»Ist wohl eine Schlüsselqualifikation für diese Jobs«, meint Mel.

Offensichtlich, denke ich.

»Offensichtlich«, bestätigt Stefan meinen Gedanken.

Unsere Fahrt führt uns über den Arbergipfel mit seinen zwei militärischen Radomen hinab nach Lohberg, vorbei an Bad Kötzting ins Regental, wo wir nach wenigen Minuten den Wohnort unseres Opfers erreichen. Wir biegen bei Kreuzbach rechts ab, überqueren die Brücke über den Regen und fahren in das um diese Zeit fast menschenleere Dorf. Eine Kirche aus dem 18. Jahrhundert sowie ein historisches Gasthaus mit dem unvermeidlichen Namen *Zur Post* als Zeugen der Vergangenheit, eine Mehrzweckhalle und ein

Freibad für die Moderne. Dazwischen ein Rathaus, *weder – noch* und somit als Zeitzeuge denkbar ungeeignet.

»Zuerst der Bürgermeister«, sage ich. Wir benötigen etwas mehr Daten über Georg Koller, als dessen Eintragungen im Personalausweis.

»Da reicht ja wohl ihr zwei«, meint Stefan. »Ich schau mich ein bisschen im Dorf um.«

Ich bin einverstanden und zusammen mit Mel betrete ich das Rathaus. Lediglich fünf Mitarbeiter wachen hier über die knapp 2000 Einwohner Kirchbachs. Immerhin ist eine von drei Frauen im Nebenjob Vorzimmerdame des Bürgermeisters und sieh an, wir haben Glück, er ist im Haus.

Ich zücke meine Dienstmarke. Ich muss gestehen, ich liebe diesen Augenblick des kurzen Erschreckens bei meinem Gegenüber. Der erstaunte Blick, der kurze Moment der Angst, dann die aufkommende Neugier. Es ist stets das gleiche Ritual. So auch jetzt.

»Moritz Buchmann vom LKA München. Das ist meine Kollegin Melanie Güßbacher von der Kripo Regensburg. Könnten wir bitte Herrn Bürgermeister«, – ich suche und finde das Türschild – »Huber sprechen?«

Ein kurzes Zögern, dann: »Worum geht es denn?«

»Das müsste ich mit Herrn Huber selbst besprechen. Würden Sie uns bitte anmelden. Sofort, wenn es geht.« Die brünette Mittvierzigerin trippelt los, ein Klopfen, ein kurzes Murmeln und schon füllt Bürgermeister Alois Huber mit seinem massigen Körper den Türrahmen und mit seiner Präsenz das Zimmer.

»Bitte der Herr und die Dame. Kommen Sie doch herein. Selbstverständlich habe ich für Sie Zeit, auch wenn ich nicht weiß, wie ich Ihnen helfen könnte. Aber das werden Sie mir sicher gleich sagen?!« Mit weitausholender Geste bietet er uns zwei Plätze am Besprechungstisch in seinem Büro an. »Kann ich Ihnen etwas anbieten? Kaffee, Wasser?« Seine Geschäftigkeit scheint keine Grenzen zu kennen.

»Ein Glas Wasser wäre nicht schlecht«, sagt Melanie und ich hätte nichts gegen eine Tasse Kaffee einzuwenden. Huber verschwindet kurz und erscheint wieder. »Kommt gleich«, schnauft er und setzt sich zu uns.

»Nun Herr Bürgermeister, es geht um einen Ihrer Mitbürger. Georg Koller. Sie kennen ihn?«

»Aber natürlich. Der Koller Schorsch. Wohnt allein droben im Kollerhof, seit die Adelheid vor zwei Jahren gestorben ist. Die Adelheid war seine Schwester«, fügt er erklärend hinzu. »Ist etwas mit dem Schorsch passiert? Ich habe ihn diese Woche noch nicht gesehen. Aber das ist nichts Besonderes. Der Schorsch kommt nicht so oft ins Dorf. Nur, zum Einkaufen alle zwei Wochen oder so. Und zum Doktor und natürlich am Sonntag in die Kirche.«

Er holt Luft und ich nutze die Pause: »Georg Koller ist tot. Ermordet, so wie es aussieht.«

Huber lässt sich in seinen Sessel zurücksinken. »Tot? Ermordet? Aber … wieso?«

Und dann die Frage, die sich anscheinend alle stellen: »Wer tötet denn einen Vierundachtzigjährigen?«

»Wir sind hier, um genau das herauszufinden«, antwortet Mel. »Was können Sie uns zu Georg Koller sagen? Hatte er Freunde, Bekannte, vielleicht Feinde?«

»Feinde? Der Schorsch?«

»Nun ja, Streit mit Nachbarn, Erbschaftsstreitigkeiten mit Verwandten und so.«

»Nicht, dass ich wüsste.« Bürgermeister Huber zieht die Stirn in Falten und beugt sich vor: »Gut, der Schorsch ist … war ein etwas seltsamer Kauz. War in keinem Verein und wollte auch sonst nicht viel mit anderen Leuten zu tun haben. Aber er war nicht unbeliebt, wenn Sie das meinen. Wenn er im Dorf war, grüßte er alle freundlich und hat sich mit niemandem angelegt. Und Nachbarn hatte er keine, bis auf die Bielmeier Resi.«

Diesmal unterbricht Claudia Thanner, die Vorzimmerdame den Redeschwall des Bürgermeisters. Kaffee und Wasser werden abgestellt und ich nutze die Gelegenheit, um mich umzusehen. Das Büro wird vom imposanten Schreibtisch des Bürgermeisters beherrscht, auf dem sorgsam die Insignien Bayrischer Macht platziert sind: das Gemeindewappen, ein Bayerischer Löwe natürlich aus Zwieseler Glas, eine Tischfahne mit Rautenmuster. An der Wand ein großes, gerahmtes Bild des Bayerischen Ministerpräsidenten von der CSU, ein kleineres des nicht christlich-sozialen Bundespräsidenten, und ein noch kleineres von Georg Ratzinger alias Benedikt XVI, der zwar nicht mehr Papst, aber immer noch Bayer ist.

Die Sekretärin hat inzwischen Tassen und Gläser abgestellt und verlässt deutlich widerwillig das Zimmer.

»Bielmeier Resi?«, nehme ich den Faden wieder auf, während ich Milch in die Tasse gieße.

»Theresa Bielmeier. Ja, sie wohnt etwa einen Kilometer vom Kollerhof entfernt. Sie kümmert … kümmerte sich ein wenig um den Haushalt vom Schorsch. Die Resi hat nur eine kleine Rente und ich glaube der Schorsch hat ihr etwas Geld gegeben, damit sie die Wäsche und so für ihn macht. Ich denke, Sie sollten mit ihr reden. Sie hat ihn in den letzten Monaten wohl am besten gekannt.«

Ja, das müssen wir wohl. »Können Sie uns sonst noch etwas sagen? Hatte Georg Koller Schulden? Wie stand es um den Hof? Oder hatte er Vermögen, für das es sich lohnte, ihn zu töten?«

»Ob er Schulden hatte, weiß ich nicht. Seine Rente reichte gerade so und der Hof hat sowieso nichts mehr abgeworfen. Etwas Zubrot durch den Verkauf von Brennholz und ein paar Euro aus

Fördermitteln werden es wohl gewesen sein. Aber er hat pünktlich seine Steuern bezahlt und ich habe nie gehört, dass er jemand Geld geschuldet hätte. Reichtum hat er damit jedoch sicher nicht angehäuft.«

Geld wird damit wohl kein Motiv sein.

»Nun gut.« Hier ist vorerst nichts mehr zu holen. »Ich wäre Ihnen dankbar, wenn Sie uns alles an verfügbaren Daten über Georg Koller geben könnten. Falls Ihnen noch etwas einfällt, können Sie mich ja anrufen.« Ich reiche Alois Huber meine Karte.

»Ich hoffe, Sie finden den Täter bald«, meint dieser mit ernster Miene. »Es kann doch nicht angehen, dass jemand ein Mitglied unserer Gemeinde umbringt, und nicht dafür bestraft wird. Außerdem ist das gar nicht gut für den Fremdenverkehr.«

Ich sehe, wie Mel die Augen verdreht, bleibe jedoch höflich: »Wir tun unser Bestes, das können Sie mir glauben.« *Schließlich will ich so schnell wie möglich wieder weg von hier,* füge ich in Gedanken hinzu.

Wir verlassen das Rathaus. Der Regen hat aufgehört, doch es ist weiter empfindlich kalt. Eine Frau verlässt die hiesige Zweigstelle einer Bankkette, blickt kurz zu uns herüber und steigt wortlos in ihr Auto. Auf der gegenüberliegenden Seite des Dorfplatzes kommt Stefan die Stufen, die zur Kirche hochführen, herab.

»Und? Irgendetwas gefunden?«, kommt mir Mel zuvor.

»Hab mir nur das Dorf angesehen. Kirchbach unterscheidet sich nicht von den anderen Dörfern im Bayerischen Wald.«

»Wie willst du das so genau wissen?«, frage ich.

»Weil ich aus so einem Dorf komme. Wusstest du das nicht? Mein Geburtsort liegt im Unteren Wald. Ringelai ist etwa so groß, oder soll ich sagen so klein, wie Kirchbach. Erst nach meiner Polizeiausbildung bin ich in Regensburg gelandet.«

Na so was. Und ich hatte immer gedacht, auch Stefan sei ein geborener Großstädter. *Da hat sich mein Kollege aber gut verstellt,* denke ich. Vielleicht ist es ja ein Vorteil, einen Einheimischen im Team zu haben. Jemand, der weiß, wie das Leben hier im Wald tickt.

Im Augenblick dehnt sich dieses Leben zäh wie Kaugummi und Kirchbach scheint zu dieser frühen Stunde menschenleer zu sein. Nicht nur Stefan ahnt jedoch, was sich hinter den Fassaden und Fenstern der schmucken Häuser abspielt, in welchem Rhythmus das Leben hier pocht. Seit viele der Kinder Edmund Stoibers Schulreform zum Opfer gefallen sind und fast den ganzen Tag in der Schule verbringen, kehren nun nicht nur die arbeitenden Kirchbacher, sondern auch ihre Kinder erst am Abend in den Ort zurück. Jetzt am Tage sind es Mütter mit ihren Kleinkindern und Alte, welche die Bevölkerung Kirchbachs repräsentieren.

Noch herrscht Stille im Dorf, morgen aber, wenn alle vom gewaltsamen Tod ihres Mitbürgers wissen – und spätestens morgen werden es alle wissen – würde es mit der Ruhe vorbei sein. Ein Mord ist auch in Zeiten von Fernsehen und Internet noch immer geeignet, die Menschen aufzurütteln. Vor allem, wenn er quasi vor der eigenen Haustür geschehen ist. Georg Koller war einer von ihnen gewesen. Eigenbrötler hin oder her, die Suche nach dem Mörder würde sie alle bewegen. Nein, nicht nur Stefan mit seiner Kenntnis der Waidlerseele kann sich vorstellen, wie dieser Mord im Dorf einschlagen wird. Auch ich weiß es. Ich habe das oft genug erlebt. Heute aber wissen die braven Bürger Kirchbachs noch nichts. Die Menschen gehen ihren Alltagsbeschäftigungen nach und es liegt an uns, ihre heile Welt zu erhalten oder wieder herzustellen.

»Ich war oben am Friedhof«, unterbricht Stefan meine Überlegungen. »Liegt hinter der Kirche. Von dort oben hat man sicher einen guten Blick über das Dorf und das Regental, wenn das Wetter besser ist. Der Friedhof zieht sich bis zum Waldrand hinauf, dort wo der Predigtstuhl beginnt.«

»Predigtstuhl?«, fragt Mel.

»Der Hausberg Kirchbachs.«

Kreuzbach, Predigtstuhl, Kirchbach. Hat denn alles hier einen religiösen Namen? Im Bayerischen Wald wird einem wirklich in jeder Minute bewusst, wo man sich befindet.

»Ich wollte mir das Grab der Kollers ansehen. Eine alte Frau hat es mir gezeigt, nachdem ich ihr erklärt habe, dass ich auch von hier bin. Gut, dass ich den Dialekt nicht verlernt habe. Sie war doch etwas skeptisch mir gegenüber«, meint er lächelnd.

»Was hat sie denn gesagt?« Mel ist neugierig.

»Na ja, sie ist ziemlich alt und sie hat die Blumen an einem Grab gepflegt. Ich habe sie nach dem Familiengrab vom Kollerhof gefragt. Bauern haben immer ein Familiengrab«, fügt er erklärend hinzu. »Erst war sie mir gegenüber etwas misstrauisch, aber als ich ihr erzählt habe, dass ich vom unteren Wald komme, wurde sie doch zugänglicher. Schließlich hat sie mir nicht nur das Grab gezeigt. Wir sind auch noch ins Gespräch über Georg Koller gekommen. Den »Koller Schorsch«, wie sie gesagt hat. Unser Opfer war nur vier Jahre jünger als sie und sie kann sich gut an ihn und seine Freunde erinnern. Auch, dass er schon damals ein bisschen *komisch* gewesen sei. Und er war bei der Hitlerjugend.«

»Ach«, staunt Mel, »unser Toter war ein Nazi?«

»Er war bei der HJ. Das heißt noch nichts. Schließlich war er noch ein Kind oder zumindest ein Jugendlicher. Wahrscheinlich musste er da hin, ob er wollte, oder nicht.« Stefan nickt und fährt fort: »Die Frau meinte, die Zeit *beim Hitler*, wie sie sagte, habe Georg nicht geschadet. Dort sei es ihm jedenfalls besser gegangen, als zu Hause auf dem Hof.«

»Wie das denn?« Mel sieht ihn fragend an. »Warum sollte es bei der HJ besser gewesen sein, als zu Hause? Das kann ich mir nun wirklich nicht vorstellen. Was soll denn auf dem Kollerhof losgewesen sein?«

»Nicht was, sondern wer. Anna Koller! Georgs Mutter hat anscheinend als Bäuerin ein mehr als strenges Regiment über den Hof geführt. Unter ihr haben nicht nur Knechte und Mägde, sondern auch die Kinder gelitten. Die alte Frau kann sich jedenfalls daran erinnern, dass Georg die meiste Zeit mit seinen Freunden verbracht hatte. Sie meinte sogar, diese wären eine Art Ersatzfamilie für ihn gewesen. Sie hießen«, er zückt sein Tablet, auf dem er die Namen vermerkt hat, »Franz Schedlbauer, Norbert Wittenzellner und Karl Loibl und noch ein Junge gehörte zu der *Bande*, wie sie sagte. Dessen Name fällt ihr jedoch nicht mehr ein. Dann ist sie weggegangen. Sie schien mich von einer Sekunde auf die andere vergessen zu haben.« Er schüttelt nachdenklich den Kopf. »Ich bin dann zum Grab der Familie Koller gegangen. Jede Menge Tote. Nicht nur die Eltern unseres Opfers, auch eine Menge Geschwister.«

Und bald auch Georg Koller, denke ich.

Mel sieht sich um. Der Dorfplatz ist noch immer leer. »Nicht gerade viel los hier«, sagt sie. »Kein Wunder bei dem Wetter.« Ich bezweifle, dass Sonnenschein mehr Kirchbacher auf die Straßen zaubert.

»Und? War der Herr Bürgermeister gesprächig?«, will Stefan jetzt wissen.

»Kennst du einen Politiker, der nicht gesprächig wäre?«, feixt Mel. »Der Tote gehörte allem Anschein nach nicht gerade zum gesellschaftlichen Mittelpunkt der Gemeinde, hatte aber auch mit niemandem Schwierigkeiten. Wir sollten uns jetzt mal auf dem Kollerhof umsehen.«

Dem kann ich nur zustimmen.

Auf dem Kollerhof

Fünf Minuten später erreichen wir über einen Schotterweg das Zuhause des Verstorbenen auf der anderen Seite des Regentals. Das üblicherweise verlassene Anwesen wimmelt geradezu vor Menschen. Streifenwagen und Dienstfahrzeuge in Zivil und sich ebenso unterscheidende Beamte, die auf den ersten Blick planlos hin und her laufen, machen deutlich, dass etwas Außergewöhnliches vorgefallen sein muss. Jeder der Männer und Frauen in ihren weißen Plastiküberzügen ist ein Experte auf dem Gebiet der Spurensuche und Beweissicherung und geht nach einem genau erlernten Muster vor. Wir steigen aus und ich sehe mich um. Scheune, Stall, Austragshäusl, Gemüsegarten, Obstbäume und das Bauernhaus. Alles in allem kein sonderlich großer Bauernhof, aber doch ein ansehnliches Anwesen. Wohnhaus und Wirtschaftsgebäude haben zwar schon bessere Zeiten gesehen, wirken aber nicht ungepflegt. Das sorgsam aufgereihte Brennholz neben der Scheune, die Blumenkästen mit leuchtenden Geranien und der Gemüsegarten neben dem Brunnen zeigen deutlich die Schrift einer Frauenhand. Während ich noch die ersten Eindrücke in mich aufsauge, schiebt sich Stefan schon zwischen zwei Uniformierten durch die granitgefasste Haustür in das Wohnhaus. Ich folge ihm und es dauert einige Sekunden, bis sich meine Augen an das düstere Innere des uralten Gewölbes anpassen. Vom steingepflasterten Flur führen Türen in beide Richtungen. Ich folge der rechten in die Bauernstube. Das Zimmer wird vom Holzherd, der nahezu eine gesamte Seite des Raumes einnimmt, dominiert. Ein Kanapee, ein Geschirrschrank, eine Spüle, ein Kochtisch, ein Esstisch, umrahmt von einer Eckbank und zwei Stühlen bilden das Mobiliar. In einer Ecke der Herrgottswinkel mit dem Kreuz, umwickelt von einem Rosenkranz. Links und rechts davon Blumen und Heiligenbilder. Eine typische Bauernstube eben, die nichts Auffälliges bietet und wenig Hoffnung auf brauchbare Spuren macht. Ich sehe eine weitere Tür und trete in ein Zimmer, das hinter der Stube liegt. Hier hat sich Georg Koller ein kleines Wohnzimmer eingerichtet. Ein bequem aussehender Fernsehsessel mit elektrischer Steuerung, das dazugehörige Fernsehgerät und ein Bücherschrank füllen den Raum. Dazu ein Schreibtisch, der sich neben den Schrank zwängt. Das sieht schon besser aus. Der Raum strahlt eine gewisse Gemütlichkeit aus und ich kann mir gut vorstellen, wie unser Opfer hier einen guten Teil seines Lebens verbracht hat. Ich setze mich an den Tisch und öffne nacheinander alle Schubladen, ohne jedoch etwas Brauchbares zu finden. *Vielleicht der Bücherschrank*, denke ich und stehe auf. Flüchtig überfliege ich die sorgsam geordneten Reihen von Buchrücken. Ohne darüber nachzudenken, ziehe ich ein Buch aus dem Schrank. *Jagdflieger des 1. und 2. Weltkriegs*. Ich wundere mich und nehme ein weiteres der Bücher. *Deutsche Jagdflieger und ihre Flugzeuge*. Ich stelle die Bücher zurück, gehe in der Reihe weiter nach rechts. *Der Zweite Weltkrieg von Guido Knopp*. Der Verstorbene schien ein Kriegsfan gewesen zu sein. Oder er war nur geschichtsinteressiert. Ich nehme mir die nächste Reihe vor. Ein Gartenbuch, der altbekannte Diercke Atlas, ein Buch über die Alpen, ein Kochbuch. Also doch alles völlig normal. Schließlich haben viele Menschen Bücher über den letzten großen Krieg in Europa zu Hause stehen. *Kann ja auch nicht schaden, ein bisschen Interesse für die Deutsche Geschichte,* denke ich. Ich höre, wie hinter mir eine Frau der Spurensicherung den Raum betritt. »Wir sind dann fertig«, sagt sie und ich nicke. Ich folge ihr und schaue kurz in ein weiteres Zimmer auf der anderen Seite des Flures. Hier liegt das Schlafzimmer. Georg Koller hat es vorgezogen, nicht mehr täglich nach oben zu gehen, sondern sein Leben als

einziger Bewohner des Hauses im Erdgeschoss verbracht. Vermutlich, um sich das Treppensteigen zu ersparen.
Als ich den Schlafraum betrete, dreht sich Stefan um. »Die Spurensicherung hat das hier gefunden. Könnte eine erste Spur sein.« Er winkt mit einem Bündel Kontoauszügen in seiner linken Hand, während die rechte weiter in der Kommode wühlt.

Na also, denke ich.

In einer Schublade liegen fein säuberlich geordnet weitere Kontoauszüge und Rechnungen. Stefan hält Zahlungsaufforderungen in der Hand. Offensichtlich hat er bereits einige davon gelesen.

»Das meiste sind die üblichen Haushaltsrechnungen: Strom, Wasser, Fernsehgebühren und so weiter. Georg hielt wohl nichts vom Abbuchungsverfahren. Hat jede Rechnung per Überweisung bezahlt. Aber hier sind noch einige andere. Sogar Mahnungen sind dabei. Und sie sind nicht an ihn gerichtet.«

»Sondern?« Melanie versucht, ihm über die Schulter zu blicken.

»Thomas Kausche. Wir wissen noch nicht, wer das ist, aber es scheint, als habe Georg Koller Rechnungen für ihn bezahlt.«

»Wie kommst du darauf?«, will Mel wissen.

»Warum hätte sie unser Opfer sonst aufbewahrt?«, antworte ich anstelle von Stefan.

»Nun, das wird sich leicht über die Kontoauszüge feststellen lassen. Wir nehmen den gesamten Inhalt der Schublade mit und vergleichen die Unterlagen«, meint Stefan.

»Gut, macht das. Und dann findet heraus, wer Thomas Kausche ist. Und auch sonst noch alles über ihn. Genauso alles Wissenswerte über unsere Leiche. Vermögen, Schulden, Testamente und so weiter, ihr wisst schon.«

Stefan verdreht gekünstelt die Augen. »Wird noch ein langer Tag für uns zwei werden.« Damit nimmt er Mel beim Arm und sie gehen nach draußen, um dokumentensicheres Verpackungsmaterial für die zu untersuchenden Unterlagen zu holen. Nur gut, dass die Spurensicherung alles Nötige auf Lager und stets dabei hat.

Ich sehe mich im Zimmer um. Auch hier ein Kreuz in der Ecke und eines über dem Bett. Auf dem Nachtkästchen neben dem Bett steht ein gerahmtes Bild. Keine Frau und keine Kinder sind hier abgebildet. Es handelt sich um eine alte Schwarzweißaufnahme. Vier Jungen mit der typischen Frisur und Kleidung der ersten Hälfte des zwanzigsten Jahrhunderts. Das Bild muss irgendwo im Wald aufgenommen worden sein. Die Qualität ist nicht besonders gut. Die Aufnahme ist verschwommen und zudem liegen Schatten auf den Gesichtern der vier. Dennoch sind der Stolz und die Freude nicht zu übersehen, mit denen die Buben in die Kamera schauen. Sie halten etwas. Ein Stück Holz, über einen Meter lang und seltsam geschwungen liegt quer in ihren Armen.

Stefan kommt zurück und reißt mich aus meinen Betrachtungen. »Du solltest mal nach draußen gehen. Es gibt Schwierigkeiten!«

Schwierigkeiten? Ich wundere mich nur über das Grinsen, in seinem Gesicht.

Resi

Vor der Haustür ist es ungewöhnlich laut für einen abgesperrten Bereich. Der Lärm kommt von einer kleinen Frau, die soeben versucht, an Mel vorbei ins Haus zu schlüpfen.

»Sie können mich nicht einfach aufhaltn«, schreit sie meine junge Mitarbeiterin an.

»Das Haus ist jetzt Sperrbereich«, versucht Mel der aufgebrachten Frau zu erklären. Ohne Erfolg. Sie scheint gar nicht gehört zu werden.

»Ich geh jedn Tag hier ein und aus und so auch heut. Was ist hier los? Ich will wissn, was los ist. Wo ist der Schorsch?«

Obwohl sie sich redlich bemüht, in verständlichem Hochdeutsch zu sprechen, kann sie ihren einheimischen Dialekt nicht ganz verbergen. Es wird Zeit, einzugreifen.

»Guten Tag. Frau Theresa Bielmeier, hab ich Recht?«

Verblüfft verstummt das Gezeter.

»Ja. Ja, woher kennen Sie mich? Ich hab Sie doch noch nie gesehn.«

»Ich bin Moritz Buchmann, der Leiter dieser Aktion hier.« Noch scheue ich das Wort Mordkommission. Ich will die Haushälterin von Georg Koller nicht mit der schlimmen Nachricht überrumpeln. »Frau Bielmeier, bitte kommen Sie mit mir in die Stube. Dort können wir uns in Ruhe unterhalten.« Mit einem eisigen Blick auf Melanie folgt sie mir. Ich schließe die Tür und fordere sie auf, sich zu setzen. Sie nimmt auf der Eckbank Platz, wie sie es bestimmt schon oft getan hat. Vielleicht war das sogar ihr angestammter Platz während der letzten Jahre gewesen. Ich ziehe einen Stuhl herbei und setze mich ihr gegenüber. Ich hasse diese Momente, das können Sie mir glauben. Gut, diesmal ist es keine Angehörige, der ich die Nachricht vom Tod des Mannes, Vaters, der Mutter oder der Frau überbringen muss, aber sicher war die Verbindung dieser Frau zu Georg Koller nicht weniger eng gewesen, als die zwischen Familienmitgliedern. Ich vermute, dass beide die meiste Zeit die einzigen Ansprechpartner füreinander hier, abseits des Dorfes gewesen waren.

»Frau Bielmeier. Georg Koller ist tot. Er wurde vorgestern droben am Arber ermordet.«

Ist es die Nachricht vom Tod ihres Nachbarn oder die Tatsache, dass er ermordet wurde? Theresa Bielmeier schweigt jedenfalls erschrocken die für sie unvorstellbar lange Zeit von mindestens einer Minute.

»Aber«, beginnt sie stockend, »wer tötet denn einen so alten Mann? Der Schorsch hat doch niemandem was getan.«

Schon wieder das Alter. Als ob es ein Gesetz gäbe, welches alte Leute vor einem gewaltsamen Ableben schützt und die Jungen nicht. Aber ich gebe zu, auch wir haben uns ja diese Frage gestellt. »Genau das fragen wir uns auch«, antworte ich deshalb. »Darum hoffe ich, Sie können uns ein wenig bei der Beantwortung dieser Frage weiterhelfen.«

»Sie meinen, bei der Suche nach dem Mörder?« Sie spuckt das Wort verächtlich aus.

Ich nicke. »Sie haben Herrn Koller doch in den letzten Jahren am besten gekannt. Mir wurde gesagt, dass er die meiste Zeit hier auf dem Hof verbracht hat und nicht so oft drunten im Dorf gewesen ist. Und Sie sind seine Nachbarin und haben sich um den Haushalt gekümmert.«

»Ja, das stimmt schon. Der Schorsch hat sich zuletzt von den andern Leutn lieber fern ghaltn. Hat sich um den Hof gekümmert, soweit das sein Alter noch zugelassn hat. Letztes Jahr war er sogar noch im Wald gwesn und hat einige Bäum gschnittn, um seine Rente aufzubessern.«

»Sie waren bei ihm fest angestellt?«

»Fest angstellt?« Sie schüttelt den Kopf. »So kann man des nicht nennen. Ich hab ihm manchmal gholfn und dafür hat er mir ein wenig Geld gebn. Konnt ich gut gebrauchn. Meine Rente ist auch nicht grad üppig.« Bei diesen Worten sieht sie lange auf ihre Hände, die in ihrem Schoß liegen. Hände, die ein langes und hartes Arbeitsleben verraten.

»Waren Sie deshalb vorhin so aufgebracht? Weil Sie schon das Schlimmste befürchtet haben und Sie nun diese zusätzliche Einnahmequelle verloren haben?« Ich bereue die Worte, noch ehe ich sie ganz ausgesprochen habe. Hier ging es nicht um Geld, das hätte ich wissen müssen.

»Gut, der Zuverdienst war nicht schlecht für mich, auch wenn´s nicht viel war. Aber der Schorsch«, sie zögert und legt die gefalteten Hände auf den Tisch, »der Schorsch und ich waren seit, dass die Adelheid gstorbn ist die meiste Zeit allein hier drübn. Ich wohn ja gleich da oben.« Sie nickt in Richtung des Fensters. »Wenn man älter ist, dann ist man froh um jeden, mit dem man noch redn kann. Die jungen Leut haben ja ganz andere Sachn im Kopf. Die interessieren sich nicht für unsereins. Mit dem Schorsch konnt ich über unsere Zeit redn. Es war einfach gut zu wissn, dass jemand da ist. Hat mir auch bei den schweren Arbeiten bei mir droben gholfn, der Schorsch. Manchmal braucht man einen Mann im Haus, so ist das nun mal. Jetzt bin ich allein hier.«

»Der Mord liegt zwei Tage zurück. Haben Sie ihren Nachbarn nicht vermisst?«

»Ich komm nicht jedn Tag herüber. Vor drei Tagen hab ich die Wäsch gmacht und heut wollt ich nach den Erdbeeren schaun.

Dort im Gartn.« Ihr Blick geht zum Fenster, vor dem der Gemüsegarten die Vorderseite des Hauses ziert.

»Ich hab im Flur Wanderschuhe und einen Wanderstock gesehen. Er war wohl einiges unterwegs?«

»Ja, er war noch richtig fit, wie man so sagt. War viel im Wald und ist sogar noch auf die Berge hochglaufn. Bis zum Arber ist er noch mit dem Bus gefahrn.«

»Zum Arber? Auch zum Arbersee?«

»Auch, ja. Er hat gesagt, dass er um den See rumglaufn ist. Er war richtig oft dort oben. Sogar durch die Seewand ist er noch gegangen, hat er gsagt. Obwohl ich ihm das nicht geglaubt hab. Da hat er wohl ein bisserl angebn wolln.«

Nein, hat er nicht, denke ich, *er war wirklich dort oben.*

»Nein, hat er nicht«, sage ich. »Er wurde in der Seewand gefunden.«

Einige Sekunden Schweigen, während draußen die Leute von der Spurensicherung ihre Plastiküberzüge abstreifen und ihre Ausrüstung verstauen.

»Hatte Georg in letzter Zeit zu sonst jemanden Kontakt? Hatte er Besuch oder hat er über jemanden gesprochen? Gab es Freunde oder Verwandte?«

Sie zuckt mit den Schultern: »Hier kommt keiner hoch. »Das letzte Mal, dass sich die Verwandtschaft getroffn hat, war zur Beerdigung von der Adelheid. Jetzt werdn sie sich wohl wieder treffn müssn, obwohl ich nicht glaub, dass die Heike Koller noch mal aus Amerika rüberkommt. Nicht wegn dem Schorsch. Und seine Freund von früher sind entweder im Pflegeheim oder schon tot. Aber vor ein paar Monat, da ist der Thomas aufgetaucht. Thomas Kausche, der Sohn von Georgs Schwester Ingeborg. Die Ingeborg hat damals den Anton aus Landshut geheiratet. Sie ist noch vor ihrem Mann gstorbn und den Anton hat dann vor zwölf Jahren der Krebs aufgfressn. Bauchspeicheldrüse, wie mein Mann.« Wieder schaut sie auf ihre von Wetter und Arbeit gegerbten Hände. »Der Thomas hat davor nie was von sich hörn lassn, aber so um Weihnachten rum ist er plötzlich aufgetaucht. Hat ein paar Kleinigkeitn als Geschenk mitgebracht. Dann war er wieder weg. Ein paar Wochen später ist er wieder kommen und dann immer öfter. Hat sogar übernachtet hier auf dem Hof.«

»Klingt, als würden sie ihn nicht besonders mögen.«

»Er ist ein Gankerl!«

»Ein was?« Wenn ich mich auch im täglichen Leben ausschließlich in zivilisiertem Münchner Hochdeutsch unterhalte, so kann ich doch ohne zu übertreiben von mir behaupten, nicht ganz unbegabt in Sachen Fremdsprachen zu sein. Englisch, Französisch und bisweilen sogar ein paar Sätze Bayerisch und Italienisch sind mir ganz geläufig. Manchmal jedoch muss ich mein Scheitern eingestehen.

»Ein Gankerl. Ein Gauner. Ein Taugenichts. Der hat´s schon richtig gut gekonnt mit dem Schorsch. Der Thomas kann recht freundlich sein. Zu mir hat er immer gsagt, ich sei die Blume vom Kollerhof. Aber ich bin auf das Gerede nicht reingfalln. Ich hab von Anfang an befürchtet, dass sich der Schorsch von ihm hat ausnehmen lassn. Bestimmt hat der Thomas nur Geld gebraucht. Warum wär er sonst zu seinem alten Onkel gekommen, nach so langer Zeit?«

Die Kontoauszüge in der Kommode. Wie Recht die alte Frau doch hat. »Wo hält sich dieser Thomas denn sonst noch auf?«

Sie zuckt erneut mit den Schultern. »Das hat der Schorsch nicht gsagt. Aber er hatte einen Narren an dem Taugenichts gfressn. Wahrscheinlich hat er einfach nicht mehr damit gerechnet, dass sich überhaupt wer für ihn interessiert. Aber ich hab den Burschn gleich durchschaut. Der ist ein Schmarotzer, sonst nichts.«

Na, vielleicht haben wir ja was über den Kerl in der Datenbank.

»Letzte Woche ist aber dem Schorsch dann doch der Kragen geplatzt.«

Aha, das hört sich schon interessanter an. »Wie kommen Sie darauf?«

»Die beiden haben gestrittn. Und wie! Ich wollt grade herüberkommen, um die Wäsche zu machn, da sind die beiden aus dem Haus gstürmt. Ich konnt nicht verstehn, was sie gsagt ham, und näher hab ich mich nicht hingetraut. Am Ende ist der Thomas ins Auto gesprungen und abgehaun. Der Schorsch hat ihm noch nachgerufn, der Thomas soll seinen Mist von seinem Hof fortschaffn. Der Schorsch war richtig grantig, aber um was es gegangen ist, wollt er mir auch nicht sagn. Jedenfalls hab ich den Thomas seither nicht mehr gsehn.«

»Ist Ihnen sonst noch etwas aufgefallen? Was für ein Auto war es denn?«

»Zuerst ist er immer mit so einem Sportauto gekommen, so einem BMW, glaub ich. Aber seit ein paar Wochn war es nur noch ein kleiner Lastwagen. Weiß und mit einer komischen Autonummer. Ausländisch wahrscheinlich. Vielleicht hat sich der Gruber Sepp die besser gemerkt. Den interessiert so was. Schon von Berufs wegn, wissn Sie? Der ist nämlich der Postbote hier und weiß fast alles. Der ist gerade auf den Hof gfahrn, als der Thomas abgebraust ist.«

Josef Gruber. Schon gespeichert.

»Noch etwas, Frau Bielmeier. Sagt Ihnen der Name *Polak* etwas?«

Meine Frage zaubert Mitleid in ihren Blick und trotz der für sie schlimmen Situation lächelt sie leise. »Ach Herr Kommissar. Man sieht doch gleich, dass Sie noch jung sind und nicht von hier. *Polak* ist doch kein Name. So haben früher die Leute die Polen genannt. Ich weiß nicht, ob das eine Beleidigung gwesn ist oder nicht.

Aber die Russen wurden *Rusnakn* und die Polen *Polakn* genannt. Ein Name ist des jedenfalls nicht, glaub ich.«

Ein Pole also! Georg Koller wollte uns auf einen Polen hinweisen. Aber warum? Und vor allem auf wen?

»Danke, das wär´s fürs Erste. Wenn Ihnen noch etwas einfällt, könnten Sie mich anrufen? Hier ist meine Karte.«

Sie nimmt meine Visitenkarte und steckt sie in eine der Taschen ihrer Schürze.

»Glaubn Sie, Sie findn den Mörder?«

»Jedenfalls haben Sie mir sehr geholfen. Ich denke, wir sind jetzt ein gutes Stück weiter. Vielen Dank.« Wir stehen auf, um hinaus zu gehen. An der Tür fällt mir noch etwas ein. »Noch eine Frage. Wissen Sie, wer die Jungen auf dem Bild im Schlafzimmer sind? Das auf der Kommode.«

»Die vier Flieger.« Sie lächelt kurz.

»Die Flieger?«

»So habn sich der Schorsch und seine Freund damals gnannt. Das war kurz vor Ende des Krieges. Ich kann mich an diese Zeit nicht mehr so recht erinnern. War damals ein kleines Mädchen, das noch nicht mal zur Schule ging. Aber den Schedlbauer Franz, den kenn ich gut. Der war sein ganzes Lebn in Kirchbach. Aber der ist jetzt schon länger dement.«

Sie sagt »demeent« und betont das Wort so, als hätte sie »Gift« gesagt. Menschen in ihrem Alter fürchten nichts mehr, als den Verlust aller Erinnerungen.

»Und den Schorsch natürlich«, fährt sie fort. »Aber die zwei andern sind noch im Krieg gstorbn. Karl und Norbert habn die gheißn. Das hat mir die Adelheid erzählt. Wir sind öfters auf der Gredbank vor meinem Haus gsessn, die Adelheid und ich. Vor allem am Abend, bevor die Sonne untergeht. Da ist´s dort bsonders schön. Sie hat gsagt, die drei Buam warn dem Schorsch seine besten Freund. Sie warn verrückt nach allem, was mit der Fliegerei zu tun ghabt hat, hat die Adelheid gsagt. Damals hat das niemand gewusst. Die habn alles ganz geheim gemacht, die vier Flieger.«

Und, wenn die Frau auf dem Friedhof Stefan die Wahrheit erzählt hat, dann waren die drei für Georg eine Art Ersatzfamilie gewesen. Ein Ersatz für das, was ihm die strenge und herrschsüchtige Mutter nicht geben konnte.

Wir treten vor das Haus. Einige der Fahrzeuge mit Regensburger Kennzeichen haben sich schon auf den Weg gemacht. Nur ein Wagen des Morddezernats und mein, an seiner Münchner Nummer erkennbarer BMW stehen noch vor dem Haus. Melanie und Stefan kommen heran.

»Habt ihr noch etwas gefunden?«, frage ich sie. Sie schütteln beide den Kopf und sehen mich erwartungsvoll an.

»Und bei dir?«

»Wir müssen uns eingehender mit diesem Thomas Kausche beschäftigen, dem Neffen unseres Toten. Stefan, ich möchte, dass du alles über diesen Kausche herausfindest. Vor allem, wo er sich zurzeit aufhält. Du solltest gleich mit ins Präsidium fahren. Mel und ich kommen nach. Wir müssen uns noch mit dem Postboten unterhalten.«

»Dem Postboten?« Mel klingt verwundert.

»Ich erklär´s dir unterwegs.«

Als wir zum Auto gehen, kommt Theresa Bielmeier noch einmal zu mir heran. »Herr Kommissar, kann ich ins Haus hinein? Ich muss doch dort alles in Ordnung haltn.«

»Nein, tut mir leid. Der Hof bleibt vorerst versiegelt. Es dauert sicher noch ein paar Tage, bis wir ihn wieder freigeben können. Aber ich sage Ihnen sofort Bescheid, wenn es soweit ist.«

Sie verzieht das Gesicht. »Hoffentlich hinterlassn Ihre Leut nicht so einen Saustall da drin.«

Sie dreht sich um und ich will schon den Motor starten, da wendet sie sich noch einmal an mich. »Herr Kommissar. Wenn Sie mehr über die alten Zeitn wissn wolln, dann gehn´s zum Doktor Kreitinger.«

»Doktor Kreitinger?«

»Ja, der Alois Kreitinger war unser Arzt in Kirchbach. Schon so lang ich denken kann. Vor ein paar Jahren hat er dann aufghört und ein junger Doktor ist gekommen. Gott sei Dank habn wir wieder einen Doktor gekriegt. Will ja keiner mehr aufs Land. Der Doktor Kreitinger ist etwa so alt wie der Schorsch gwesn ist. Er interessiert sich für alles Alte. Hat ein richtiges Archiv mit Zeitungen und Bildern und alten Briefen. Der weiß bestimmt was. Mit dem solltn´s redn.«

»Und wo find ich den Doktor?«

»Wie schon gsagt. Der junge Doktor hat jetzt die Praxis. Hat ihm der Kreitinger verpachtet. Der hat sich ein Haus oben am Waldrand hinter der Kirche gekauft. Dort hat er aufm Dachboden sei Sammlung.«

»Danke, Frau Bielmeier. Sie haben uns sehr geholfen.«

»Josef Gruber, der Postbote«, erkläre ich Mel. »Theresa Bielmeier sagt, dieser Thomas Kausche und Georg Koller hätten sich gestritten. Und dann ist er mit einem Kleinlaster mit ausländischem Kennzeichen davongefahren. Sie meint, der Postbote könnte gesehen haben, welcher Wagentyp und welches Kennzeichen das war.«

»Und es sich gemerkt haben?«, fragt Mel skeptisch.

»Er soll sehr neugierig sein. Postboten in so kleinen Orten sind für gewöhnlich bestens über alles informiert. Du solltest ihn mal befragen und ich versuche es bei diesem Doktor Kreitinger.«

Und dann gebe ich ihr noch Sprachunterricht. Heute steht die Vokabel *Polak* auf dem Stundenplan.

Wir gehen nochmal ins Rathaus und ins Vorzimmer von Bürgermeister Huber.

»Ah, der Herr Kommissar und Frau …?«, empfängt uns die Sekretärin.

»Güßbacher«, stellt sich Melanie vor.

»Der Herr Bürgermeister ist nicht mehr hier. Musste zu einem Termin beim Herrn Landrat.«

»Das macht nichts«. Ich setze mein gewinnendstes Lächeln auf. »Ich bin mir sicher, Sie können uns auch weiterhelfen. Wir wollten nur wissen, wo wir die Herrn Josef Gruber und Alois Kreitinger finden.«

»Ah, der Doktor Kreitinger. Unser Geschichtsforscher.«

Was hat der denn mit dem Mord zu tun?, denkt sie. Ihr ganzes Gesicht ist ein einziges Fragezeichen.

»Ja, genau der! Könnten Sie uns die Adressen geben?« Die Enttäuschung ist ihr anzumerken, doch sie gibt uns die Anschriften der beiden ohne weitere Fragen. Wir bedanken uns und lassen uns vom Navi zum Predigtstuhl 14, dem Haus von Doktor Kreitinger führen. Ich steige aus und wir vereinbaren, dass mich Mel hier wieder abholen soll, wenn sie von ihrem Treffen mit dem hiesigen Vertreter der Deutschen Post zurückkommt.

Doktor Kreitingers Sammlung

Doktor Alois Kreitinger nennt ein Schmuckstück von einem Haus sein eigen. Modern saniert und mit großzügigen Glasfronten nach Süden leugnet es dennoch sein Alter nicht und fügt sich unauffällig in den Hang über dem Dorf ein. Ein gepflegter Garten und die granitgepflasterte Einfahrt tun ihr übriges. Nicht übel. Hier kann man seinen Lebensabend verbringen, wenn man sich auf dem Land wohl fühlt. Für mich käme das selbstverständlich niemals in Frage.

Ich scheine Glück zu haben. Ein Porsche Cayenne verrät nicht nur, dass Alois Kreitinger zu Hause ist, sondern auch, dass er sich anscheinend keine finanziellen Sorgen zu machen braucht. *Dann wollen wir mal,* denke ich und drücke auf die Klingel.

Doktor Alois Kreitinger ist eine durchaus bemerkenswerte Erscheinung. Schlank und sportlich gebaut überragt er mich fast um Haupteslänge. Das graumelierte, volle Haar erweckt meinen Neid, das muss ich schon zugeben. Automatisch denke ich an die kleine kahle Stelle auf meinem Kopf, die sich zunehmend weigert, unsichtbar zu bleiben.

»Ja bitte, was kann ich für Sie tun?« Die volle und wohltönende Stimme passt zur äußeren Erscheinung.

»Moritz Buchmann«, stelle ich mich vor. »Ich bin Mitarbeiter der Kripo Regensburg und ermittle in einem Fall. Einem Mordfall! Mir wurde gesagt, Sie beschäftigen sich mit der Geschichte von Kirchbach und Umgebung. Vielleicht könnten Sie mir ein paar Fragen beantworten.«

Alois Kreitinger tritt weiter aus der Tür heraus. »Mordfall? Ich hoffe, niemand aus der Gemeinde?«

»Leider doch. Georg Koller wurde heute tot am Großen Arbersee gefunden. Er war in Ihrem Alter und ich hoffte, Sie könnten mir einiges zu ihm sagen.«

»Georg? Ermordet?« Er setzt sich auf die Bank neben der Haustür. »Das ist ja völlig absurd.«

Ich setze mich neben ihn. »Sie können sich also auch nicht vorstellen, wer etwas gegen ihn gehabt haben könnte?«

»Gegen Georg?« Er überlegt. »Nein, wirklich nicht. Georg ist … war zwar kein umgänglicher Typ, aber er hatte mit niemandem Streit.«

»Zuletzt doch. Kennen Sie einen Thomas Kausche?«

»Kausche? Der Apotheker in Miltach heißt Kausche, aber Thomas? Nein.«

»Ein Sohn von Ingeborg Koller, Georgs Schwester. Wohnte in Landshut und wurde in letzter Zeit des Öfteren auf dem Kollerhof gesehen.«

»Ach ja, davon habe ich gehört. Die Bielmeier Resi und einige andere im Dorf haben erzählt, dass da ein junger Bursche sei, der dem Georg das Geld abknöpft. Darauf habe ich nicht viel gegeben. Ich hab das als das übliche Dorfgeschwätz abgetan.«

»Ist Ihnen sonst irgendetwas im Zusammenhang mit Georg Koller aufgefallen?«

»Nein. Ich habe ihn in letzter Zeit ja selten getroffen. Eigentlich hatte ich nie allzu viel Kontakt zu ihm. Wir sind zwar zusammen zur Schule gegangen, aber ich habe Kirchbach nach dem Krieg verlassen. Nach meiner Rückkehr war Georg wie die meisten anderen hier in erster Linie ein Patient. Dabei kam ich auch manchmal zu Hausbesuchen auf den Kollerhof. Mehr aber auch nicht. Georg gehörte nicht zu meinem engeren Bekanntenkreis.«

Schade, denke ich und sage es auch. »Ich hätte gehofft, dass Sie bei ihren Recherchen zur Kirchbacher Geschichte vielleicht etwas entdeckt haben könnten. Mir wurde gesagt, dass Sie sich mit Leidenschaft hierfür engagieren.«

»Nur die Freizeitbeschäftigung eines alten Mannes«, wiegelt er ab. »Ich sammle nur und hoffe, dass sich spätere Generationen für all das interessieren. Ich möchte die Geschichte im Bewusstsein der jungen Menschen bewahren. Die Geschichte ihres eigenen Dorfes, Sie verstehen?«

Ich verstehe nur so viel, dass es für manchen ein ganz unterhaltsames Hobby sein kann, in alten Dokumenten zu wühlen. Für mich jedoch käme diese Art Zeitvertreib nicht in Frage. Außerdem bin ich doch skeptisch, ob sich später jemand für das Archiv von Doktor Kreitinger erwärmen wird, oder ob seine Erben einfach alles dem Müll übergeben werden. Mit dieser Auffassung bin ich anscheinend nicht allein.

»Tja. Vermutlich mache ich das ohnehin vergeblich. Meine Hoffnung auf großes Interesse der Jugend für die alten Geschichten ist eher gering. Aber, um zu Ihrer Frage zurückzukommen. Mir fällt jetzt auf die Schnelle nichts ein, das mit Georgs Tod zu tun haben könnte.«

Das war ja zu erwarten, doch so schnell gebe ich mich nicht geschlagen. »Hatte er Kontakte zum Ausland?«, werde ich konkreter. »Sprach er vielleicht mal von Besuch aus Tschechien oder Polen?«

Bei dem Wort *Polen* vermeine ich ein leichtes Zucken im Gesicht von Alois Kreitinger zu erkennen, doch ich kann mich auch getäuscht haben.

»Nicht, dass ich wüsste. Zu Tschechen hatte er, soweit mir bekannt ist, keinen Kontakt und Polen habe ich hier im Dorf noch nie gesehen. Warum fragen Sie?«

Warum sollte ich es ihm nicht sagen? »Der Tote hat kurz vor seinem Ende das Wort *Polak* geschrieben. Und das bedeutet ja wohl *Pole*?! Es war seine letzte Nachricht an uns. Das, was ein Mensch als letztes in seinem Leben bewusst tut, muss eine Bedeutung haben, denken Sie nicht?«

»Da haben Sie sicher Recht, aber ich muss Sie enttäuschen. Ich fürchte, ich kann Ihnen nicht weiter helfen. Tut mir wirklich leid! Aber, falls Sie für Ihre Ermittlungen Informationen aus früheren Jahren benötigen. Mein Archiv steht Ihnen jederzeit zur Verfügung. Am besten, Sie notieren sich meine Nummer, damit Sie mich anrufen können, wenn Sie es benötigen.« Er hält mir eine Visitenkarte entgegen, die ich gedankenlos in meine Jacke stecke.

»Sehr freundlich von Ihnen. Könnte ich es vielleicht einmal sehen?«

»Aber gern. Kommen Sie!« Er führt mich über die Treppe ins Dachgeschoss seines Hauses. Ich bin tatsächlich neugierig auf die Bibliothek dieses Hobbyhistorikers, doch was mich dann auf dem Dachboden erwartet, sprengt meine Vorstellungen. Das gesamte oberste Geschoss des Hauses ist gefüllt mit Regalen und Tischen, die wiederum selbst bis zum Bersten vollgestellt sind mit Aktenordnern, Büchern, Fotoalben, Kisten voll von Bildern und Dias. Ich muss zugeben, ich bin beeindruckt.

»Wow«, entlockt mir der Anblick dieses Lebenswerks eines Menschen. »Wie behalten Sie denn hier den Überblick?«

»Das ist tatsächlich nicht ganz einfach«, antwortet er mit einem Lächeln. »Allein die Diaaufnahmen auszuwerten dauert Monate.« Er deutet auf einen altertümlichen Diaprojektor. »Die Zeit hat diese Art der Fotografie ja längst überholt, aber vor vierzig Jahren war sie die beliebteste Art, Bilder zu präsentieren. In den Aktenordnern sind Zeitungsausschnitte der Kötztinger Zeitung und Kötztinger Umschau, in denen Kirchbach und Umgebung eine Rolle spielt. Und auch ältere Zeitungsausgaben finden Sie hier, wenngleich ich für die Zeit vor 1945 keine Gewähr auf Vollständigkeit geben kann.«

Ich gehe zu einem der Tische, auf dem sich zahllose Schwarzweißfotografien stapeln. Ich habe eine Idee. »Wer hat denn all diese Aufnahmen gemacht? Wer hatte eigentlich früher einen Fotoapparat? So in der ersten Hälfte des 20. Jahrhunderts?«, frage ich, wobei ich einige der Bilder durchblättere.

»Hm. Damals gab es nur sehr wenige Menschen hier, die sich eine Kamera leisten konnten. Die meisten der Aufnahmen stammen vom damaligen Pfarrer der Gemeinde. Hochwürden Paul Steiner. Die Fotografie war seine große Leidenschaft. Und dabei ging es ihm nicht um Landschaftsaufnahmen oder Ähnliches. Nein, er ging durch die Ortschaften seiner Pfarrei und fotografierte die Menschen. Viele der Bilder hat er dann den Leuten gegeben, von denen ich sie dann wiederum erhalten habe. Aber auch vom jetzigen Pfarrer, Hochwürden Diermeier habe ich ganze Schachteln aus dem Nachlass seines Vorgängers erhalten.«

Der Pfarrer also. Aber hat er auch das Bild der vier Jungen im Schlafzimmer von Georg Koller gemacht? Mitten im Wald? Ich kann nicht sagen, warum mir das als wichtig erscheint, aber das Bild hat etwas zu bedeuten. Dessen bin ich mir sicher. Oder ist es nur eine fixe Idee von mir?

»Ich bin mir sicher, ich werde auf Ihr Angebot zurückkommen. Vielen Dank auch«, sage ich und wir verlassen diesen Ort der Erinnerungen und gehen wieder hinaus. Der Regen hat sich in ein leises Nieseln verwandelt während sich der Predigtstuhl hinter dem Anwesen Kreitingers in Nebelfetzen hüllt. Vielleicht wird das Wetter ja langsam erträglicher.

In diesem Augenblick fährt Mel in die Hofeinfahrt. Es ist Zeit für mich zu gehen. Ich reiche Doktor Kreitinger die Hand. »Danke für das Gespräch.«

»Dürfen Sie mir sagen, ob Sie schon eine Spur haben? Ein Mord in unserem Dorf ist doch sehr beunruhigend.«

Seine Stimme drückt Besorgnis aus, doch ich kann ihm nichts bieten. Noch nicht. »Wir stehen erst am Anfang unserer Ermittlungen. Aber ich denke, wir müssen uns auf den letzten Hinweis des Opfers konzentrieren.«

»Polak?«

Ich nicke und steige ins Auto.

Mel wendet den Wagen und fährt los.

»Und?«, sagt sie nur.

»Zweifellos ein interessanter Mensch«, gebe ich meine Eindrücke wieder. »Herr Kreitinger kennt die Verhältnisse in Kirchbach sicher gut, aber zu unserem Fall kann er leider wenig beitragen.« *Oder will nicht,* füge ich in Gedanken hinzu.

»Schade«, sagt sie. »Bei mir lief es wesentlich besser.«

»Ja?« Vielleicht ein Fortschritt?

»Dieser Postbote nimmt offensichtlich ebenfalls sehr am Leben seiner Mitmenschen teil.«

»Wohl kaum aus geschichtlichem Interesse!?«

»Wohl kaum«, grinst Mel. »Die Neugier der Menschen ist oft unser bester Helfer. Dieser Josef Gruber jedenfalls hat neben dieser gesteigerten Neugier ein Faible für Autos und alles, was dazugehört. Ihm ist der Wagen von Thomas Kausche sofort aufgefallen. Ein Mercedes Sprinter. Farbe Weiß.«

»Und das Kennzeichen?« Das wäre nun doch zu schön gewesen, ich weiß.

»Das hat er sich nicht gemerkt. Aber das Nationalitätszeichen, das konnte er mir sagen. Und jetzt halt dich fest!«

Ich kenne die Antwort, noch bevor sie etwas sagt.

»Polnisch?«

»Polnisch!«

Regensburg

Ich gehe davon aus, dass wir hier und heute nichts mehr erfahren und wir beschließen, nach Regensburg ins Präsidium zu fahren. Unterwegs berichte ich Mel ausführlich über die Gespräche mit Resi Bielmeier und Alois Kreitinger. Schließlich gehört sie zu meinem Team und Informationen zurückzuhalten wäre keine gute Idee. Wir fahren über Falkenstein und als wir bei Wörth an der Donau die letzten Hügel im Gemisch von Nebeldunst und Regen hinter uns lassen, atme ich auf. Fünfzehn Minuten später erreichen wir Regensburg.

»Mein Auto steht im Präsidium«, sagt Mel, »du kannst mich dort absetzen.«

»Du wirst doch nicht heute noch arbeiten?«, ermahne ich sie. Der Ehrgeiz dieser jungen Polizistengeneration ist nicht zu bremsen.

»Ich schau nur noch kurz nach, ob Stefan noch da ist. Mal sehn, was er über diesen Kausche rausgefunden hat.«

»Übertreib es nicht! Morgen ist auch noch Zeit!«

»Geht in Ordnung. Mach dir mal keine Sorgen. Du wohnst wieder im *Achat*?«

»Ja, das LKA hat dort für mich reserviert. Wir treffen uns morgen um 9 Uhr zur Besprechung. Könntest du Stefan Bescheid geben?«

»Klar. Und schönen Abend noch.«

»Danke auch. Bis morgen.«

Sie holt ihre Reisetasche aus dem Kofferraum und winkt mir noch zu, bevor sie das Polizeipräsidium betritt. Meine Blicke folgen ihr, bis ihr Wahnsinnskörper um die Ecke verschwindet.

Ich fahre durch das Hoteltor in den Hinterhof des *Achat* und stelle meinen Wagen auf einem der Gästeparkplätze ab. Ich reise mit leichtem Gepäck, da ich nicht damit rechne, längere Zeit als unbedingt nötig, hier zu bleiben. Wie bei meinen ersten Einsätzen für das Morddezernat in Regensburg steige ich hier ab. Neben der zentralen Lage am Domplatz bietet das renovierte Haus den Komfort, den ich erwarte, wenn ich München verlasse und mich ins Land hinaus begebe. Gut, ich muss zugeben, die Weltkulturerbestadt hat schon einiges für sich. Gassen und Plätze, Türme und Kirchen, Kneipen und Restaurants und die Lage an der Donau versprühen einen Reiz, den das zerbombte Zentrum meiner Welthauptstadt vermissen lässt. Nicht, dass die römische Provinzstadt an das Kulturzentrum München heranreichen könnte, aber immerhin. Ein paar Tage lässt es sich hier schon leben.

Das hübsche Fräulein hinter dem Schalter reicht mir meine Schlüsselkarte und ich fahre in den dritten Stock, wo ich ein Zimmer mit Blick zum Dom beziehe. Das Kirchengebäude gegenüber ist neu renoviert und beherbergt eine Ausstellung über die glorreiche Zeit, als mit Ludwig dem Vierten ein Bayer Deutscher Kaiser war. Das Auspacken ist eine Sache von wenigen Minuten. Die paar Kleidungsstücke in den Schrank gehängt, die Toilettenartikel ins Bad gestellt, die Schuhe hinter die Tür und den Laptop auf den Tisch. Es wird noch länger hell sein und ich beschließe, noch einen Bummel durch die Stadt zu machen.

Ohne konkretes Ziel schlendere ich los. Ich verlasse das Achat und wende mich dem Dom zu. Drüben auf der anderen Seite des Platzes sitzen trotz des ungemütlichen Wetters junge Paare auf den Stufen des gotischen Kolosses und genießen eng umschlungen ihr vergängliches Glück. Am alten Rathaus vorbei gehe ich in Richtung Haidplatz, wo ich bemerke, dass ich noch nichts gegessen habe. In einer kleinen Pizzeria genehmige ich mir eine Quattro Stagioni –

ich würde sterben für eine Quattro Stagioni – und ein Glas Rotwein. Dann setze ich mich an einen Tisch vor dem Goldenen Kreuz und bestelle mir einen Espresso. Im letzten Licht der Sonne beobachte ich die Menschen und lasse meine Gedanken schweifen. Ist der Mordfall Georg Koller außergewöhnlich?

Kaum! Sieht man vom Fundort der Leiche in der Seewand ab und lässt man das Alter des Opfers außen vor, dann entwickelt sich die Tätersuche wie üblich. Ich rufe mir das Gespräch mit Theresa Bielmeier in Erinnerung. Der Streit zwischen Thomas und Georg kann ein Schlüssel zur Lösung des Falles sein. Georg hat die Rechnungen von Thomas bezahlt und sich irgendwann geweigert, weiter das leichte Leben seines entfernten Verwandten zu finanzieren. Wer weiß schon, bei welch zwielichtigen Gestalten Herr Kausche Schulden hat? Nun, das würde sich sicher herausfinden lassen. Für Stefan ist dies eine der leichteren Übungen. Thomas Kausche ist jedenfalls unser Hauptverdächtiger. Wir müssen morgen versuchen, ihn unbedingt zu finden, um ihn zu verhören. Ein Verhör bringt einen noch immer weiter. Dann werden wir vielleicht auch erfahren, wer der Pole ist.

Ich zahle und mache mich auf den Rückweg zum Hotel. Es wird langsam dunkel in den engen Gassen, doch ich habe keine Eile. Mitten im Zentrum der Altstadt verbindet das extravagante Möbelhaus *Kare* zwei Gassen und ich schlendere durch das Erdgeschoss des Geschäfts. Massenweise Kitsch und außergewöhnliche Einrichtungsgegenstände zieren die Passage. Ich bestaune Bilder und Dekoartikel und stehe plötzlich vor einem hölzernen Flugzeugpropeller. Mit ihm kann man sich 79 Euro an die Wand hängen. Wo hab ich so was schon mal gesehen?

Und dann rastet ein Zahnrad in meinem Kopf ein. So ist das immer bei mir. So löse ich meine Fälle. Ich sammle alle Fakten und

Daten, Bilder und Gespräche und dann, manchmal sofort, manchmal wenn ich nicht mehr daran denke, in den Stunden daheim oder auf einer Parkbank sitzend, fängt der Motor in meinem Kopf an zu arbeiten. Zahnräder und Getriebe beginnen, sich zu drehen und nach und nach rasten einzelne Räder ein, bewegen andere und wenn dann die ganze Maschine läuft, habe ich das Rätsel gelöst. Fehlt nur ein Rad, dann steht der Motor.

Das Zahnrad, welches jetzt einrastet, verbindet den Holzpropeller an der Wand mit dem Bild auf Georg Kollers Schlafzimmerkommode. Es ist genau das, was die vier Jungen in der Hand halten. Einen Propeller. Und dann nimmt das Rad mit der Aufschrift *Propeller* ein weiteres mit. Dieses andere steht für das Marterl in der Seewand. Der Pilot, der dort abgestürzt war. Die Jungen halten den Propeller seiner Maschine im Arm. Ich kann nicht sagen warum, aber ich bin mir dessen sicher: Das Bild in Georgs Schlafzimmer war dort aufgenommen worden, wo er siebzig Jahre später ermordet wurde!

Ich weiß noch nicht, was das zu bedeuten hat, speichere diese Erkenntnis aber ab. Man kann ja nie wissen.

Plötzlich, ich kann es nicht verhindern, taucht Alois Kreitinger in meinem Kopf auf. Noch sitzt er auf einem dieser zahllosen kleinen Zahnräder ganz hinten in der Maschine, welches sich nur langsam dreht und noch keine Verbindung zum Rest des Motors hat. Warum nur werde ich das Gefühl nicht los, der Herr Doktor verschweige mir etwas?

Ach was! Unsinn!

Ich schüttle den Kopf und lasse Alois Kreitinger auf seinem Rad zurück. Es wird Zeit, ins Hotel zu gehen. Morgen wartet ein arbeitsreicher Tag auf mich. Meine Vorgesetzten, meine Kollegen und nicht zuletzt die Menschen in Kirchbach erwarten Ergebnisse. Und ich auch!

Es ist halb sieben, als mich das Jaulen des Weckers aus dem Schlaf reißt. Ich muss gestehen, ich bin ein Morgenmuffel wie er im Buche steht und möchte die alltägliche Prozedur in Schlafzimmer und Bad am liebsten überspringen. Gern würde ich noch mal ins Bett zurücksinken, doch dann reiße ich mich los. Schließlich steht mir heute ein entscheidender Tag bevor. Es ist Tag zwei der Ermittlungen und der Mord liegt noch länger zurück. Für gewöhnlich ist damit die Wahrscheinlichkeit, dass der Fall aufgeklärt werden kann, auf ein Minimum gesunken. Zu viel Zeit ist vergangen und die Spuren sind bereits erkaltet. Wir sind also unter Druck und heute müssen Ergebnisse her.

»Greifbare Ergebnisse«, murmle ich und schäle mich aus dem Schlafanzug.

Eine halbe Stunde später sitze ich im Frühstücksraum des *Achat*. Kaffee, Brötchen, Käse, Rührei mit Speck und Orangensaft lassen auf einen guten Tag hoffen. Dazu die Tageszeitung vor mir. Regierungskrisen in Italien und Thailand. Der tägliche Wahnsinn im Irak, wo sie immer neue Rekorde im Wettbewerb *Wie sprenge ich mich und andere in die Luft?* aufstellen. Christen und Moslems haben ein neues Schlachtfeld in Zentralafrika gefunden. Putin hat die Olympiade abgehakt und Gefallen an der Krim gefunden. Die Langeweile in der Fußballbundesliga, wo der FC Bayern – sehr zur Freude meines Freundes Marcel – scheinbar alleine spielt und ein paar weitere Sportnachrichten. Und natürlich ein Reißer zum Mordfall Georg Koller. *Der Tote in der Seewand*, springt die Überschrift sofort ins Auge. Darunter eine Schilderung des Fundes der Leiche. Die detaillierte Darstellung des Zustandes Georg Kollers nach zwei Tagen im Wald soll die Phantasie des Lesers anregen und für den nötigen Grusel sorgen. Ein Bild zeigt einen Wanderer am Ufer des Arbersees, dessen ausgestreckte Hand zur Seewand hochzeigt. Und natürlich verheimlicht das Blatt nicht, dass es der Polizei noch nicht gelungen ist, den oder die Täter zu überführen.

Natürlich nicht!

Langsam wird es Zeit, ins Präsidium zu fahren. Ich erreiche die ehemalige Bundeswehrkaserne und sehe Stefans Dacia und Mels Beetle bereits auf ihren Plätzen stehen.

Oh, Mann! Wahrscheinlich hat Stefan wieder die halbe Nacht durchgearbeitet. Der Kriminaloberkommissar kann eine Art Besessenheit entwickeln, wenn er sich erst einmal in einen Fall verbissen hat. Dann ist es schwer, ihn zu bremsen. Ich sehe seine Zukunft schon vor meinem geistigen Auge: entweder große Karriere oder *burn out* und Zusammenbruch. Bei Stefan ist alles möglich. Im Augenblick ist er jedenfalls ein unschätzbar wertvoller Kollege, der sich nicht scheut, die Drecksarbeit der Ermittlungen zu übernehmen. Computerrecherchen, Bankdaten, Telefonverbindungen, Gerichtsakten, Gewerbeanmeldungen und Personenstandsbücher sind ebenso seine Welt, wie das Verhör. Im direkten Duell mit den Verdächtigen hat er seine wahre Berufung gefunden. Stefan gelingt es immer wieder, seinem Gegenüber Aussagen zu entlocken, die zur Aufklärung seiner Fälle beitragen.

Dann mal los, sage ich mir und betrete das Gebäude des Polizeipräsidiums Regensburg. Das Morddezernat ist noch immer im gleichen Stock untergebracht, sodass ich mein Büro auf Anhieb finde. Ich trete ohne zu Klopfen ein und finde meinen Schreibtisch aufgeräumt vor. Ein Umschlag mit der Aufschrift – Mordkommission Seewand – Georg Koller – Pathologischer Befund – liegt darauf. Schwungvoll platziere ich Aktentasche und Laptop auf dem Tisch und schon kommt Hauptkommissar Michael Schulz aus seinem Zimmer.

»Herr Buchmann!«, hält er mir lächelnd die Hand entgegen. »Willkommen wieder einmal in Regensburg. Sie haben ja bereits gestern mit den Ermittlungen begonnen?! Da kann es ja nicht mehr lange dauern, bis wir den Täter haben!«

Na, prima! Ich sitze noch nicht richtig auf meinem Hintern, da versetzt mir der Leiter des Morddezernats bereits einen Tritt in diesen. Schulz kennt natürlich auch die dunklen Punkte meiner dienstlichen Vergangenheit. Ich kann mir denken, dass er lieber einen makellosen Spitzenmann des LKA haben möchte. Da ich jedoch die bisherigen Täter in seiner Provinzstadt stets überführen konnte, ist er inzwischen auch mit mir ganz zufrieden, denke ich. Eigentlich kann ich ihn ja ganz gut leiden, aber manchmal kotzt er mich richtig an. Aber so wirklich richtig.

Ich muss ihn wohl ein wenig bremsen. »Na, allzu viel haben wir gestern noch nicht herausgefunden. Wir konzentrieren uns auf Thomas Kausche. Ich hoffe, die Fahndung führt bald zum Erfolg. Mal sehen, ob er ein Alibi für die Tatzeit hat.«

»Ja, ich hoffe auch, dass Sie diesen Kausche bald haben!« Er rückt seine Hornbrille anno 1900 zurecht. »Ach übrigens, der rechtsmedizinische Bericht liegt bereits auf Ihrem Tisch. Frau Güßbacher und Herr Kellermann sind schon im Haus. Ich muss jetzt leider weiter. Viel Erfolg und halten Sie mich wie üblich auf dem Laufenden, ja?«

»Aber selbstverständlich«, verabschiede ich ihn. Ich habe noch etwas Zeit bis zur Besprechung mit meinen Mitarbeitern und mache mich über den Bericht her. Und nun weihe ich Sie in ein Geheimnis ein: öffnet man einen Bericht der Rechtsmedizin, passiert stets das Gleiche. Es ist ein ungeschriebenes Gesetz des Kriminalwesens. Man schlägt die Mappe auf und die zumeist unappetitlichen Bilder des Opfers fallen einem in den Schoß. So auch mir. Georg Koller war zu Lebzeiten ein auch im hohen Alter vital und gesund wirkender Mann gewesen. Volles, noch nicht ergrautes Haar und das wettergegerbte, braungebrannte Gesicht verraten vom Leben und Arbeiten auf dem Lande. Zwei Tage bei Regen als

Leiche im Wald haben jedoch gereicht, von diesem Eindruck nicht viel übrigzulassen. Wer kann schon sagen, welches kleinere und größere Getier seinen Hunger an dem Bauern aus Kirchbach gestillt hat. Jedenfalls weisen Gesicht und Hände deutliche Fressspuren auf und da auch die Waldameisen ihren Weg zu Herrn Koller gefunden haben, sieht auch der Rest der Leiche nicht salonfähig aus. Wieder einmal sehe ich mich in meiner Abneigung gegen alles, was freie und ungezügelte Natur ist, bestätigt.

Ich lege die Fotos beiseite und widme mich dem schriftlichen Bericht. Ich überfliege die Zeilen. Na ja, das habe ich schon befürchtet. Wirklich Neues gibt es nicht. Georg Koller starb an den Folgen eines Messerstichs in den rechten Lungenflügel. Vom Zeitpunkt der Verletzung bis zum Eintritt des Todes konnten bis zu zehn Minuten vergangen sein. Das hat ihm die Gelegenheit gegeben, sich vom Tatort fortzuschleppen und die letzte Nachricht an uns ins Moos auf dem Felsen zu ritzen. Er hat sich das Messer nicht herausgezogen. Damit hat er sein Leben ein paar Minuten verlängert. Hätte er den Griff umfasst und die Klinge entfernt, wäre er rasch verblutet.

Hat er das gewusst, oder hatte er einfach nicht mehr den Mut und die Kraft dazu?

Bei der Tatwaffe handelt es sich um ein Schlachtmesser, wie es in Metzgereien benutzt wird. Na, das ist doch schon mal etwas ungewöhnlich. Die KTU wird sich darum kümmern müssen. Hämatome an den Handgelenken deuten darauf hin, dass zwischen Täter und Opfer ein kurzer, aber heftiger Kampf stattgefunden hat. Außerdem lassen Einstichwinkel und – tiefe auf einen Rechtshänder schließen. Als ob es davon nicht genug gäbe. Todeszeitpunkt war der 06.05.2014 gegen 10 Uhr vormittags.

Das war´s. Wirklich nicht sehr hilfreich. Ich kann nur hoffen, dass Stefan mehr herausgefunden hat.

Ein Becher Kaffee wäre jetzt nicht schlecht. Also mache ich noch einen Abstecher zum Getränkeautomaten.

Oh nein! Renate ist auch da. *Sofort über den Fall reden!,* denke ich.

Sie kommt mir zuvor: »Hallo. Hast du meinen Bericht schon gesehen? Ist zwar nur eine Schnellaufnahme, doch fürs Erste sollte es reichen.«

»Hallo. Danke ja. Schon gelesen. Was denkst du? Könnte er den Täter gekannt haben?«

»Das lässt sich schwer sagen. Auf jeden Fall haben Georg Koller und sein Mörder erst miteinander gerungen. Die Druckstellen an den Armen und Hämatome am Hals lassen darauf schließen, dass es ein kurzer, aber heftiger Kampf war.«

»Das bedeutet, der Täter hat nicht gleich zugestochen. Vermutlich hat er das Messer erst gezogen, als die Auseinandersetzung außer Kontrolle geraten ist.«

»Oder, als er bemerkt hat, dass er seinem Opfer ohne Waffe unterlegen ist.«

»Oder er hat sich mit dem Messer gegen Georg gewehrt.«

»Aber wenn es so gewesen wäre, dann hätte es doch auch Notwehr sein können. Warum stellt sich der Täter dann nicht?«

»Weil es vielleicht doch nicht so war. Vielleicht hat Georg Koller seinem Mörder das Messer zuerst entwendet und wollte sich dann verteidigen? Vielleicht war es auch ganz anders. Es gibt viele Hypothesen über den Tathergang. Nur eine trifft zu. Aber du solltest die Möglichkeit, dass dein Opfer bewaffnet war, nicht von Vornherein ausschließen.«

Jedenfalls war der Täter kein Profi, denke ich. Dieser hätte die Tatwaffe auf jeden Fall verschwinden lassen. Es wird Zeit für die Lagebesprechung und ich verabschiede mich von Renate. Eigentlich ist es doch immer wieder angenehm, sie zu treffen. Die Zeit mit ihr war alles in allem aufregend und schön gewesen.

Die erste Zeit, korrigiere ich mich.

Fünf Minuten später sitzen Mel, Stefan und ich in meinem Büro. Wie schon vermutet, hat sich Stefan sofort nach seiner Rückkehr ins Präsidium auf seinen Rechner gestürzt und in kürzester Zeit einen Eimer voll Informationen gesammelt.

Am besten fange ich an. Also berichte ich ihnen vom Ergebnis der kriminalmedizinischen Untersuchung.

»Bringt nicht allzu viel«, stellt Mel fest.

»Was ist mit dem Messer?«, fällt mir noch ein.

»Die KTU ist noch damit beschäftigt. Ein Schlachtmesser. SWIBO von der Firma Victorinox. Qualitätsware. Sie versuchen herauszubekommen, wo es gekauft wurde. Die Fingerabdrücke auf dem Griff sind nicht in unseren Datenbanken gespeichert. Unser Täter hat sich bisher nichts zu Schulden kommen lassen. Weitere Ergebnisse sind vor morgen nicht zu erwarten.« Stefan klingt gar nicht zufrieden mit sich.

Klar, denke ich. *Die Kollegen von der Kriminaltechnik können auch nicht die ganze Nacht durcharbeiten.*

Melanie meldet sich jetzt auch zu Wort: »Die Zeugenbefragungen der Kollegen von der PI Bad Kötzting haben nichts ergeben. Der Wanderweg durch die Seewand wird nur noch von Ortskundigen begangen, da er schon seit Jahren nicht mehr unterhalten wird. Am Freitag hat sich der Regen entschlossen, eine kurze Pause einzulegen, sodass Georg Koller in die Seewand gehen konnte. Die Wanderer, die ihn gefunden haben, mussten auch bei schlechtem Wetter gehen, da dies nur eine Etappe auf ihrer Mehrtagestour war. Der Parkplatz am See war am Freitag nahezu leer, sodass sich niemand weder an Georg Koller, noch an eine andere Person, die ihm gefolgt wäre, erinnern kann. Außerdem liegt der Tatzeitpunkt bereits zu lange zurück.«

Wir kommen nicht recht weiter. Na, vielleicht hat Stefan etwas zu bieten.

Und er hat. »Ich habe ein paar kleinere Recherchen angestellt. Was halt in der kurzen Zeit so möglich war«, meint er und ich ahne, was *ein paar kleinere Recherchen* bei Stefan bedeuten. »Georg Koller lebte verhältnismäßig bescheiden. Er hatte eine kleine Rente, die er durch den Verkauf von Brennholz aus dem eigenen Wald aufbesserte.«

Das sagten Theresa Bielmeier und Bürgermeister Huber schon.

Stefan fährt fort: »Aber der Hof ist schuldenfrei und zusammen mit den Ländereien gut eine halbe Million wert.«

»Es wurden schon Morde für weniger verübt«, meint Mel.

»Aber, um an das Geld zu kommen, musst du den Hof erben und verkaufen. Und damit bist du unser Hauptverdächtiger.«

Genau! Sie hat´s erfasst. Der Hof scheidet als Tatmotiv aus. »Gäbe es einen Erben?« Ganz können wir diese Spur doch nicht außer Acht lassen.

»Es gibt ein Testament«, antwortet Stefan, »das aber beim Notar hinterlegt ist. Den Gerichtsbeschluss zur Herausgabe habe ich bereits erwirkt. Bis heute Nachmittag haben wir es hier.«

Ich sag´s doch. Ausgezeichnet, der Mann. »Gut. Sieh zu, dass wir es so schnell wie möglich bekommen. Da keine Kinder da sind, entfällt der Pflichtanteil für sie. Der Testamentsanteil ist damit schon ziemlich hoch. Was glaubt ihr? Käme dieser Thomas Kausche als Erbschleicher in Frage? Immerhin ist er schon sehr überraschend auf dem Hof aufgetaucht.«

»Der hatte ganz anderes im Sinn, das könnt ihr mir glauben.« Stefan drückt ein paar Tasten auf seinem Laptop. »Thomas Kausche. Geboren 18.04.1986 in Landshut. Letzter gemeldeter Wohnort Straubing. Gymnasium in der 10. Klasse abgebrochen. Lehre als Bäcker abgebrochen. Mehrfach vorbestraft wegen Kleindiebstählen, leichter Körperverletzung, Einbruchdiebstahl. Verurteilt zu 14 Monaten Haft wegen Drogenhandel, davon 10 Monate abgesessen und vorzeitig auf Bewährung entlassen. Der feine Herr Kausche hat Ecstasy-Pillen vor Schulen und in Discotheken an den Mann oder besser an das Kind gebracht. Steht auf der Beobachtungsliste der Zollfahndung und des Drogendezernats.«

»Ein Gankerl eben.«

Stefan versteht, Mel schüttelt den Kopf.

»Sieht mir eher nach Kleinkriminellem aus. Aber Mord? Ob der das im Kreuz hat?«

»Unter normalen Umständen vielleicht nicht«, fährt Stefan fort. »Aber er war unter Druck, hatte Schulden. Sonst hätte er kaum seinen entfernten Verwandten Georg Koller angebettelt. Und als dieser die Zahlungen eingestellt hat. Nun ja. Schulden bei den falschen Leuten können ganz schön gefährlich werden. Da kann man schon mal durchdrehen.«

»Also meine Stimme hat er«, meint Mel.

»Ihr denkt an eine Affekthandlung.« Ich bin skeptisch. »Das glaube ich nicht. Dazu passt der Tatort einfach nicht. Und wieso *Pole*? Georg Koller hat das nicht umsonst geschrieben. Und eine geplante Tat? Wozu? Als Erbe kommt er nicht in Frage. Da könnte er sich uns gleich stellen. So oder so. Es muss um etwas anderes gegangen sein. Thomas Kausche ist wegen Drogenhandel vorbestraft. Und die Grenze zu Tschechien liegt praktisch vor der Tür. Ich glaube, dass Kausches Drogenkarriere durch den Knast nur unterbrochen wurde. Theresa Bielmeier sagte, Georg habe ihm nach dem Streit noch nachgerufen, er solle sein *Scheißzeug* wieder vom Hof schaffen. Welches Scheißzeug? Vielleicht Ecstasy? Vielleicht andere Drogen? Crystal? Speed? Wird ja zurzeit bevorzugt über die tschechische Grenze eingeschleust. Da könnten durchaus auch Polen ihre Hände im Spiel haben, oder was denkt ihr?«

Mel sieht mich beeindruckt an. »Ich denke, du hast Recht. Das könnte wirklich eine brauchbare Spur sein. Die Drogengeschichte liefert wenigstens ein plausibles Motiv.«

Ich schaue zu Stefan. »Ja, ich meine auch, wir sollten da dran bleiben«, sagt dieser, ohne von seinem Computer aufzublicken. »Ich mache mich gleich dran, die Konten von Thomas Kausche zu überprüfen. Und vielleicht wissen die Kollegen vom Drogendezernat noch mehr über ihn.«

Und wenn nicht, dann habe ich da noch jemand in der Hinterhand, denke ich.

Und Mel? Ach ja: »Mel, kümmere du dich bitte um das Testament. Das sollten wir trotzdem nicht aus den Augen verlieren. Ich sehe mal, was ich über die Schmugglerszene an der tschechischen Grenze herausfinden kann. Ich kenne da jemanden, der mir vielleicht weiter hilft.«

Drachentöter

Cham, die Hauptstadt des gleichnamigen Landkreises sitzt wie eine Spinne im Zentrum ihres Netzes aus Straßen, die sie zum Verkehrsknotenpunkt des oberen bayerischen Waldes machen. Von Regensburg über Roding kommend, passiere ich den für diesen Landstrich bedeutenden, im Vergleich zu bevölkerten Gegenden jedoch kleinen Ort, zweige diesmal aber nicht beim Hinweisschild auf die Spielbank Bad Kötzting – Glück ist die beste Unterhaltung! – ab, sondern nehme den Weg geradeaus in Richtung tschechische Grenze. Mein heutiges Ziel ist der dortige Grenzübergang Furth im Wald.

Naja, eigentlich heißt mein Ziel Wolfgang. Der hat sich sofort an mich erinnert, als ich ihn vor knapp zwei Stunden von seinem Schreibtisch hochgejagt habe. Auch mir war die dunkle, männliche Stimme, die so gar nicht zu dem schmächtigen Polizeianwärter mit dem blonden Haar passen wollte, gleich wieder im Ohr. Und diese Stimme teilte mir ohne zu Zögern mit, dass der Dienststellenleiter der Zolldienststelle Furth im Wald natürlich jederzeit bereit sei, einem alten Kumpel zu helfen und sich nichts Schöneres vorstellen könne, dafür wieder einmal ein paar Überstunden drauf zu legen. Und so habe ich mich sofort auf den Weg gemacht und bin erneut auf dem Weg nach Osten.

Ich versuche, einige Erinnerungen an unsere gemeinsame Zeit auf der Polizeischule hervorzukramen, doch außer den hervorragenden Leistungen, die Wolfgang zum Musterschüler unserer Klasse gemacht hatten, will mir nichts einfallen. Wir lagen nicht auf der gleichen Stube der Kaserne und steckten in verschiedenen Kursen. Dennoch konnten wir uns gut leiden und im Gegensatz zu vielen anderen, für die er nur der ungeliebte Streber war, respektierte ich seine Leistungen.

Die Uhr nähert sich der Mittagsstunde und ich mich Furth im Wald. Sollten Sie einmal in die Verlegenheit kommen, die gleiche Strecke zu fahren, wird das Motto dieser Stadt auch an Ihnen nicht vorbeigehen. Schilder mit aufgemaltem Pferd, Reiter und Drachen im Kampf auf Leben und Tod weisen martialisch auf den bevorstehenden Drachenstich im August hin. Das feurige und blutige Schauspiel lockt jährlich Tausende Freunde des Mittelalters in die Grenzstadt und erweckt diese für kurze Zeit aus ihrem Dornröschenschlaf. Noch ein Tunnel, der sich – wie sollte es anders sein? – *Drachentunnel* nennt und wenige Minuten später erreiche ich die Landesgrenze.

Auf deutscher Seite ein Gewerbegebiet, Zoll- und Grenzschutzgebäude der Vergangenheit und Gegenwart, jenseits der Grenze Läden, Tankstellen, Bordelle, Casinos und die Budenlandschaft des Vietnamesenmarktes. Dies ist der Herrschaftsbereich von Wolfgang Niebel, Zollbeamter und Schrecken aller Schmuggler.

Hoffe ich zumindest!

Die Dienststelle der *Kontrolleinheit Verkehrswege* ist in einem schmucklosen Containergebäude untergebracht. Wenige Meter weiter fließt ein ärmliches Rinnsal von einem Bach, dessen Größe in keinem Verhältnis zu seiner politischen Bedeutung steht. Hier verlief über Jahrzehnte die Grenze zwischen zwei Welten.

Ich betrete die Gebäude mit dem Wappen des Hauptzollamtes Regensburg neben der Tür und werde von einem Schalterraum empfangen. Die junge - hübsche - Zollbeamtin hinter der Absperrung weist mir auf meine Frage den Weg zum Büro von Zollhauptkommissar Wolfgang Niebel.

Zweimal klopfen und ich trete ein, nur um überrascht stehen

zu bleiben. Ich erkenne die Stimme, die mich mit einem »Servus Moritz« begrüßt, der Mann ist mir fremd. Unmöglich, hinter dem durchtrainierten Körper, den muskulösen Armen und dem mächtigen Brustkorb das schmale Bürschchen einstiger Tage zu finden.

»Mann, Wolfgang!« Beeindruckt schüttle ich ihm die Hand, in der Hoffnung, sie möge die meine unversehrt wieder entlassen. »Du hast dich ja stark verändert. Und wenn ich sage *stark*, dann meine ich das wörtlich.« Zur Verdeutlichung meiner Worte fasse ich an seinen Bizeps.

»Du dafür kaum«, grinst er mich breit an und schlägt mir auf die Schulter. Eine Begrüßung, die ich morgen noch spüren werde. »Und jetzt verschlägt der *Mord in der Seewand*, wie die Presse ihn nennt, dich nach Furth. Klang ja ziemlich spannend, was du am Telefon angedeutet hast. Das muss ja schlimm für dich sein, so weit hinten im Wald. Ich dachte immer, dich bringt nichts aus München raus.«

Er erinnert sich wirklich gut an früher. Schon damals machte ich keinen Hehl aus meiner Abneigung gegen alles Ländliche. Falls also jemand dachte, so wird man erst mit zunehmendem Alter – weit gefehlt. Ich war schon immer ein *homo urbanis*.

»Tja, wo einen der Beruf so hinführt. Aber ich gestehe, ich hätte nichts dagegen, den Fall so schnell, wie möglich abzuschließen. Aber du bist ja auch weit weg von zu Hause gelandet. Hätte nie gedacht, dass du zum Zoll wechselst.«

»Die reine Polizeiarbeit war nichts für mich. Du weißt ja noch, wie ich damals ausgesehen habe. Ein Wunder, dass sie mich durch all die Sport- und Gesundheitstests gelassen haben. War wohl nur, weil sie dringend Leute brauchten. Aber sie haben mir nahegelegt, nicht bei der Einsatztruppe der Polizei zu bleiben. Meine Noten haben sie wohl überzeugt, mich nicht gleich auszusondern. Dann also Zoll. Als ob es hier leichter wäre. Mir blieb nur die Entscheidung, den Beruf oder mich selbst zu ändern. Ich habe mich für zweites entschieden und meinen Körper etwas aufgebaut. Und hier bin ich nun.«

Etwas aufgebaut, ist gut denke ich. Wolfgang ist zweifellos das, was man gemeinhin als *Modellathlet* bezeichnet.

»Die erste Zeit war sicher nicht einfach, von Augsburg bis hierher. Doch dann … « Er zeigt auf ein Tischbild, das mir bisher entgangen ist.

»Aha, sieht ja toll aus!«

»Ist auch toll! Kindergärtnerin, nicht nur für unsere beiden Gören.« Ein weiteres Bild auf dem Schreibtisch zeigt zwei bildhübsche Mädchen im Teenageralter.

»Gratuliere! Dann hast du´s dir hier ja häuslich eingerichtet.« Was ich zu sehen bekomme, ist eine Musterkarriere in privater und dienstlicher Hinsicht. Ich gebe zu, ich beneide ihn. Aber nur ein wenig.

»Naja, so einfach ist es auch wieder nicht. Der Job führt einen schon ganz schön herum. Tschechien sowieso, aber wir verfolgen unsere Kunden schon mal bis zur polnischen oder holländischen Grenze. *KEV* eben. Klingt nicht so toll, wie *Mordkommission*, oder?«

Erst jetzt sehe ich, dass er müde wirkt. Das können auch brauner Teint und Strahlemannlächeln nicht verbergen. Umso höher rechne ich ihm seine spontane Zusage zur Hilfe an. Ich will ihn nicht länger als nötig von Frau und Töchtern fern halten und komme deshalb zur Sache. »So angenehm ist unsere Arbeit auch wieder nicht. Und manchmal benötigen wir die Hilfe unserer Kollegen. Auch vom Zoll, wie du siehst.«

Das war sein Stichwort. Wolfgang richtet sich auf und ist wieder ganz Zollhauptkommissar. »Schieß los. Worum geht´s?«

In der folgenden halben Stunde schildere ich ihm das bisherige Ergebnis unserer Ermittlungen angefangen vom Fund der Leiche bis hin zum Streit zwischen Georg Koller und Thomas Kausche. Der einstige Polizeianwärter mit den Spitzennoten und dem »*gerade noch so*« im Sport schenkt mir seine ganze Aufmerksamkeit. Nur selten unterbricht er mit gezielten Zwischenfragen meinen Bericht. Am Ende quittiert er meinen Vortrag mit kurzem Schweigen, das ich nicht unterbrechen will.

»Ich überlege, wie weit ich dich in unsere Ermittlungen einbeziehen darf«, meint er schließlich. Gleichzeitig tippt er einige Buchstaben in seinen Computer.

»Ich habe dich soeben vollständig in unsere involviert. Mit Kausches Drogenvergangenheit und der Nähe zu Tschechien bist du mir eingefallen. Ich hoffte, du könntest uns etwas zu ihm sagen. Ehrlich gesagt dachte ich, er sei kein unbeschriebenes Blatt für euch.«

Mit gerunzelter Stirn blickt er mich über seinen Bildschirm hinweg an. »Ist er auch nicht. Ganz im Gegenteil.« Noch einmal stockt er kurz, dann entschließt er sich, sein Wissen mit mir zu teilen. »Wir haben deinen Verdächtigen seit einigen Wochen im Visier. Für uns ist er natürlich kein Mordverdächtiger, sondern Drahtzieher beim Schmuggel größten Umfangs von Crystal Speed.«

»Drahtzieher? Ein kleiner Fisch wie Thomas Kausche?«

»Na, du verdächtigst ihn ja des Mordes. Auch kein Kavaliersdelikt. Und kleiner Fisch? Bisher vielleicht. Damit gab er sich aber nicht mehr zufrieden. Kausche wollte sich in der Hierarchie nach oben arbeiten, zu den Hechten gehören und nicht zu den Köderfischen. Er startete seine Karriere als Bote und Zubringer für Ecstasy und Marihuana. Nichts Großartiges, sicher. Dann hat er für kurze Zeit als Dealer das Zeug auf Schulhöfen und in Diskotheken verhökert. Dabei wurde er einige Male gefasst. Irgendwann ist er auf Tschechien aufmerksam geworden. Diese Kerle sind wie die Ameisen. Sie folgen den Wegen der Drogen, wie die Insekten dem

Geruch ihrer Artgenossen. Kausches Weg führte ihn zu den Vietnamesenmärkten entlang der Grenze und damit auch zu mir.« Er deutet bei diesen Worten aus dem Fenster. »Tankstellen, Bordelle, Casinos und der Vietnamesenmarkt dort oben. Ein Labyrinth von Buden und Verkaufsständen für gefälschte Markenkleidung, gefälschte CD´s und DVD´s, gefälschte Zigaretten und echte Drogen.«

»Und ihr habt keine Mittel, diesen Sumpf auszutrocknen?«

»Ihr Frühwarnsystem funktioniert perfekt. Wenn einer der Asiaten glaubt, auch nur einen Polizisten zu riechen, verkriechen sich alle wie die Erdmännchen vor dem Falken.«

»Und die tschechischen Kollegen?« Eine naive Frage, ich weiß.

»Zeigen, gelinde gesagt, keine große Motivation, was die Vietnamesen betrifft. Die Initialzündung, wenn du es so nennen willst, war die Liberalisierung der Gesetze in Tschechien. Unsere lieben Nachbarn haben vor vier Jahren die Freimengen für den Eigengebrauch angehoben und die Strafen gesenkt. Der Wegfall der Grenzkontrollen seit dem Beitritt der Tschechischen Republik zum Schengener Abkommen 2007 tat ein Übriges. 2010 ging´s dann richtig los. Die Einfuhr hat sich seither glatt verzehnfacht. Wenn nicht von unserer Seite grenzübergreifende Kontrollen angeleiert werden, passiert nicht viel. Und bis diese genehmigt sind, wissen die drüben längst Bescheid.«

»Und hier könnte sich Kausche die Ware besorgt haben?«

»Nicht könnte, er hat. Hier und weiter im Hinterland, direkt beim Hersteller. Die Herstellung von Crystal Meth ist denkbar einfach. Crystal oder Pervitin und vor allem Crystal Speed oder Methamphetamin sehen aus wie Zucker und können leicht in kleinen Verstecken geschmuggelt werden. Eine Konsumeinheit beträgt nur 0,1 bis 0,2 Gramm. Selbst beim Kauf vom Dealer in Tschechien lohnt sich das Geschäft. Drüben ist eine Einheit für 30 bis 40 Euro zu haben, in Deutschland kannst du sie für 100 bis 120 Euro an den Mann bringen.«

»Eine Verdreifachung des Einsatzes! Durchaus lohnend.«

»Ja, und beim Kauf in einem der Labore steigt der Gewinn noch weiter. Hierzu benötigt man aber die entsprechenden Kontakte, die Thomas Kausche seit einiger Zeit wahrscheinlich hatte. Zuletzt gab er sich mit den Vietnamesen nicht mehr ab und kaufte nur noch an der Quelle.«

Ein global denkender Geschäftsmann eben. Hat Warenströme, Handelsmöglichkeiten, Absatzmärkte und Bezugsquellen analysiert und danach gehandelt. Ganz so, wie es die *Leistungsträger* unserer Gesellschaft lernen. Die auffälligen Gemeinsamkeiten zwischen ihnen und dem organisierten Verbrechen sind rein zufällig.

Selbstverständlich!

»Ich habe mich mit den neuen Drogen bisher nicht beschäftigt. Was macht das Zeug so interessant für die Leute?«

»Wie gesagt, es ist leicht herzustellen, in kleinen Portionsbeuteln leicht zu schmuggeln und es gibt den Konsumenten das Gefühl, die Größten zu sein. Gesteigertes Selbstbewusstsein, erhöhte Aufmerksamkeit, kein Hunger, kein Durst und keine Müdigkeit. Es gibt Berichte von Abhängigen, die fünf Tage ohne Schlaf auskommen. Zudem wird der Körper animiert, eigene Stoffe, wie Adrenalin oder Dopamin freizusetzen. Und es wirkt im Gegensatz zu den meisten anderen Drogen bis zu 24 Stunden.«

»Klingt ziemlich, nun ja, *verbraucherfreundlich.*« Wie wird es eingenommen?«

»Ebenfalls *verbraucherfreundlich.*« Er lächelt gequält.

»Schnupfen, rauchen, spritzen, schlucken. Alles möglich. Aber hast du es erst einmal genommen, ist es schnell zu spät. Das Suchtpotential ist enorm. Für viele ist es die härteste Droge, die es gibt.«

»Was passiert mit den Konsumenten?«

Anstelle einer Antwort greift Wolfgang in eine Schublade eines Schrankes und wirft einige Bilder auf den Tisch, die mich zurückzucken lassen. Es handelt sich um *Vorher-Nachher* Bilder und das *Nachher* ist erschreckend. Die Aufnahmen zeigen alte Menschen, die Zahlen darunter behaupten, es handle sich um Männer und Frauen im Frühling ihres Lebens.

»Ja«, meint Wolfgang, »neben enormen organischen und psychischen Schäden, wie Verfolgungswahn, Panikattacken und Halluzinationen ist der körperliche Verfall die augenscheinlichste Reaktion auf den Konsum von Crystal.«

»Ziemlich deprimierend, das Ganze. Kein leichter Job, den du dir da ausgesucht hast.«

»Man darf es ja nicht laut sagen, aber zu Zeiten des Eisernen Vorhangs gab es hier kein Drogenproblem. Wie auch, kam ja keine Maus durch.«

Wolfgang hat sicher Recht, doch das Rad der Zeit lässt sich eben nicht zurückdrehen. Und seien wir ehrlich, wer will das schon?

»Nun gut!«, komme ich zum Kern der Sache zurück. »Ich sehe, ihr habt hier einen schweren Stand, aber Kausche habt ihr erwischt?«

»Er kaufte seit längerem oben im Vietnamesenmarkt. Unter anderem bei einem unserer V-Männer.«

»V-Männer?«

»Das willst du gar nicht wissen.«

Stimmt. Die Methoden der KEV gehen mich nichts an. Auf mein Nicken fährt Wolfgang fort.

»Von da an hatten wir ihn unter Beobachtung. Wir hofften, über ihn an Vertriebskanäle und Hersteller zu gelangen, bis wir erkannten, dass er nur ein kleiner Fisch ist und zudem auf eigene Rechnung arbeitete. Wir kamen dahinter, dass er seine Tätigkeiten ins

Hinterland verlagert hatte. Irgendwie musste es ihm gelungen sein, an einen Produzenten heranzukommen. Plötzlich war er wieder interessant für uns. Dann, vor etwa einem halben Jahr verschwand er. So sehr wir uns auch bemühten, Kausche blieb wie vom Erdboden verschluckt.«

»Das kommt in etwa hin«, überlege ich laut. »Um Weihnachten tauchte er erstmals auf dem Kollerhof auf. Ich denke, etwa zu der Zeit hat er auch seinen Komplizen kennengelernt.«

»Der dann für ihn den Warenankauf übernommen hat«, führt Wolfgang meinen Gedanken fort.

»Genau! Kausche ist für euch von der Bildfläche verschwunden. Vielleicht hat er bemerkt, dass er beobachtet wurde und sich deshalb einen Helfer organisiert.«

»Unwahrscheinlich, aber doch möglich.« Natürlich gibt Wolfgang nicht gerne zu, dass sein Observierungsteam aufgeflogen sein könnte. »Und Kausche hat den Vertrieb in Deutschland organisiert.«

»Dazu brauchten sie ein Zwischenlager.«

»Den Kollerhof!«

Beide schweigen wir kurz. Ja, das passt! Der Kollerhof! Ein abgelegenes Anwesen, ein alter, eigenbrötlerischer Mann, wenige Besucher.

»Du denkst, der *Polak* ist Kausches Komplize«, nimmt Wolfgang den Faden wieder auf. »Also, ich weiß nicht … «

»Was?«

»Ein Pole? Rumäne, ja! Bulgare, ja! Tscheche, selbstverständlich! Aber ein Pole? Mit Polen hatten wir hier bisher wenig bis gar nichts zu tun.«

»Die Welt ist global geworden. Selbst im hintersten Furth im Wald.« Lächelnd betone ich die beiden letzten Worte.

»Na gut. Gehen wir also davon aus, Kausche und sein Pole haben den Hof von Onkel Georg zum Basislager für ihren Drogenschmuggel auserkoren. Was weiter?«

»Irgendwo auf dem Hof haben sie das Zeug eingelagert. Dann passierte es. Georg fand das Lager und oh weh, er erwies sich als gar nicht so dumm, wie von seinem Neffen eingeschätzt.«

»Hm. Crystal wird üblicherweise in kleinen Plastikbeuteln verpackt, die wiederum oft in Zigarettenschachteln umgepackt werden, um sie unauffällig auf der Straße verkaufen zu können. Normalerweise hat Georg Koller nichts anderes als Zigarettenschachteln gefunden. Und selbst wenn er sie geöffnet hat, hat er nur Beutel mit einer zuckerähnlichen Substanz entdeckt. Woher sollte er wissen, um was es wirklich geht?«

»Vielleicht ein Bericht im Fernsehen?« Der Fernsehsessel in Georgs Haus drängt sich in meine Erinnerung.

»Augenblick!« Wolfgang geht wieder an seinen Schrank, kramt und zieht einige Zeitungen hervor. »Zwei Kollegen haben vor einigen Wochen einen Artikel über die Entwicklung der Crystal Problematik verfasst. Dieser erschien in allen regionalen Tageszeitungen. Er drückt mir einen Stapel Zeitungen in die Hand. Chamer Zeitung, Bayerwaldecho, Kötztinger Umschau und andere schreien dem Leser den Missstand in dramatischen Schlagzeilen entgegen.

»*Wir sind Geiseln des Kristalls; Ich bin nur noch ein Speed-Depperl; Crystal hat mir alles genommen.*«

Die Artikel darunter gleichen sich und geben noch einmal Wolfgangs Bericht Schwarz auf Weiß wider.

»Georg hat Zeitung gelesen. Wir haben in seiner Wohnung die hier gefunden.« Ich halte die Kötztinger Umschau in die Höhe. »Also wusste er Bescheid. Herstellung, Vertrieb, auch die Verpackung in Plastikbeuteln. Alles genau beschrieben.«

»Und dann hat er seinen feinen Neffen zur Rede gestellt.«

»Und ihn vom Hof gejagt«, ergänze ich meinen Kollegen aus den ersten Jahren unseres Berufslebens.

»Wenn das mal kein Mordmotiv ist!«

»Ja, schon. Aber Kausche? Ist das nicht eine Nummer zu groß für ihn?«

»Für ihn vielleicht, aber was wissen wir schon über seinen polnischen Freund?«

Richtig.

Polak!

Noch wissen wir nichts über ihn.

Feuer

Es ist später Nachmittag, als ich die Stadt der Drachentöter verlasse. Nebel und Regen tauchen die Landschaft in eine düstere, unwirkliche Dunkelheit. Auf dem Rücksitz meines Wagens zeugen Kopien von Zeitungsausschnitten und Ermittlungsunterlagen von der Hilfsbereitschaft Wolfgangs. Das Treffen mit ihm hat sich wahrlich ausgezahlt. Alles fügt sich perfekt zusammen und alle Indizien deuten auf Thomas Kausche und seinen polnischen Komplizen. Am liebsten würde ich Stefan und Mel anrufen, verwerfe den Gedanken aber wieder. Wir können auch später noch nachprüfen, welche der beiden Tageszeitungen Georg Koller gelesen hat. Das Ergebnis wird *Kötztinger Umschau* heißen. Dessen bin ich mir sicher. Georg hat den Artikel in diesem Blatt über die Kollegen der Sondereinheit und ihre Arbeit gelesen und dann hat er irgendwo auf seinem Hof das Umschlaglager seines Neffen entdeckt.

Ein glasklares Mordmotiv! In der Drogenszene kennt man kein Pardon. Ob es nun Thomas Kausche oder sein Freund gewesen war, der Georg in die Seewand gefolgt war und ihn dort zum Schweigen gebracht hatte, wird sich noch zeigen. Ich tippe auf den noch Unbekannten. Schließlich hat der Tote mit seinem letzten geschriebenen Wort auf ihn hingewiesen. Irgendwie passt der Pole auch besser als Täter. Nicht, weil er Ausländer ist, wahrlich nicht. Aber ein Mord ist einem Mitglied der Drogenmafia doch eher zuzutrauen, als einem Kleinkriminellen, wie es Thomas Kausche nun mal ist. Und außerdem geht es um eine Menge Geld. Dennoch bin ich Kriminalbeamter genug um zu wissen, dass alles auch ganz anders sein kann, als ich es vermute.

Na, mal sehen!

Zufrieden schalte ich das Radio ein. Bono singt davon, dass er noch nicht gefunden hat, wonach er sucht.

Ich schon. *War doch gar nicht so schwer*, denke ich. Plötzlich schießt ein Gedanke aus den Tiefen meines Gedächtnisses an die Oberfläche: Das Crystal! Die Drogen! Sie müssten eigentlich noch da sein, auf dem Kollerhof!

Aber natürlich!

Schluss mit Bono und U2! Ich muss meine Gedanken überprüfen. Georg hat seinen Neffen vom Hof geworfen, nachdem er dessen Drogenlager gefunden hat. Die letzten Tage seines Lebens war er laut Resi Bielmeier zu Hause gewesen, sodass niemand an die heiße Ware herankommen konnte. Seit dem Fund der Leiche und Beginn der Ermittlungen steht der Hof unter polizeilicher Beobachtung der PI Bad Kötzting. Aber dazwischen? Die zwei Tage bis zum Fund der Leiche? Oder hatte man Georg vom Hof weggelockt? Hinauf zu seinem Lieblingsplatz am Arbersee, um während seiner Abwesenheit das Lager zu räumen?

Der Gedanke gefällt mir und ich spinne ihn weiter. Ja, Georg wurde weggelockt und dann, oben beim Fliegermarterl muss er die Sache durchschaut haben. Es kam zum Streit mit … ja, mit wem? Die Maschine in meinem Kopf arbeitet. Es sind schon zahlreiche Zahnräder, die sich jetzt drehen. Einige greifen noch ins Leere, aber es rattert schon gewaltig.

Also mit wem? Sagen wir, mit dem Polen! Er hat Georg getötet, während Thomas Kausche das Drogenlager geräumt hat. Ein weiteres Rad beginnt sich zu drehen. Erst langsam und unauffällig, dann schneller, drängender. Was aber, flüstert es, wenn Georg das *Mistzeug*, wie er es nannte, vernichtet hat? Verbrannt oder vergraben? Oder versteckt? Irgendwo auf dem Hof. Damit es niemandem mehr schaden kann. Es zu vernichten wäre in der kurzen Zeit doch ziemlich aufwendig gewesen. Also vielleicht doch versteckt?

Aber nein! Dann hätten es die Kollegen von der Spurensicherung gefunden.

Außer! Hm, die Spusi hat in erster Linie das Haus untersucht. Ich erinnere mich, auch einen Kollegen aus dem Stall kommen gesehen zu haben. Die Scheune? Ich rufe mir das Bild der etwas abseits stehenden Holzscheune ins Gedächtnis. Mehr als einen Blick hat sicher niemand hineingeworfen. Warum auch? Außer Brennholz und Heu hätte er nichts gefunden. Und der Kollerhof war schließlich auch kein Tatort. Hier wurde nur nach Hinweisen auf das Leben des Opfers gesucht.

Ich bin kurz vor Cham, wo sich die Bundesstraßen kreuzen. Der gesunde Menschenverstand weist mich an, weiter nach Regensburg zu fahren, und er ist stark. Die Neugier weist mich an, nach Kirchbach zurückzukehren, und sie ist stärker. Mein Entschluss blitzt so spontan und unüberlegt auf, dass ich ohne zu blinken oder abzubremsen mit quietschenden Reifen die Abzweigung zur B 85 gerade noch erwische. Ich sehe mir die Sache am besten gleich an.

Genau, so mache ich das!

Fünfzehn Minuten später rollt mein BMW langsam auf den Kollerhof. Ich stelle den Motor ab und steige aus. Absolute Stille empfängt mich. Der Regen hat sich gelegt, doch Nebel und Wolken reichen aus, um das Anwesen dunkel und ein bisschen unheimlich erscheinen zu lassen. Wie es sich für einen guten Polizisten – und ich halte mich für einen guten Polizisten – gehört, habe ich eine starke Taschenlampe im Kofferraum. Da ich nicht weiß, wie es in der Scheune aussieht, nehme ich sie mit. Als ich den Deckel geräuschvoll wieder zuschlage, huscht eine Katze erschrocken über den Hof, bis sie von der Scheune, die auch mein Ziel ist, verschluckt wird. Ich entschließe mich, ihr zu folgen. Wie soll ich jetzt hineinkommen? Ich taste mich die Wand entlang bis zu einem schmalen Schiebetor, finde einen Riegel und einen Haken, den kein Schloss sichert. Ich versuche einfach mein Glück und siehe da, das Tor gleitet gut geölt zur Seite. Das macht mich nun doch ein wenig stutzig. Zumindest ein Vorhängeschloss hätte Unbefugte am Betreten der Scheune hindern müssen. Nicht, dass ich traurig darüber wäre, aber dies ist immer noch ein Ermittlungsbereich und nicht für jedermann freigegeben. Eine Nachlässigkeit, die ich bei den Kollegen noch zur Sprache bringen werde, auch wenn sie mir jetzt den Zugang zur Scheune ermöglicht. Wo kämen wir denn da hin?

Erst mal sehen, was da drin ist, denke ich und lasse den Lichtstrahl durch die Dunkelheit im Innern der Scheune wandern. Wie vermutet: Holz und Stroh. Und ein paar rostige Erntegeräte aus besseren Zeiten des Kollerhofes. Ich betrete den Schuppen, ganz auf den Raum vor mir fokussiert. Und so bemerke ich den Wagen nicht, der langsam den Weg herauffährt und weiter unten, am Waldsaum den Motor abstellt. Das erfahre ich erst später. Und auch, um welches Fahrzeug es sich handelt. Es ist ein Lieferwagen, ein Mercedes Sprinter mit polnischem Kennzeichen.

Das Innere der Scheune birgt auf den ersten Blick wenig Überraschendes. Auf der linken Seite verwirrt ein Konglomerat alter Landmaschinen den Betrachter. Kreiselmäher, Egge, Vertikutierer und Pflug rosten nutzlos vor sich hin. Zeugen einer Zeit, als der Hof noch in voller Blüte stand. Ich lasse den Lichtstrahl über etliche Reihen Brennholz nach rechts wandern, wo sich Heuballen bis unter die Decke türmen. Nichts Auffälliges also. Kein Wunder, dass sich die Spurensicherung hier nicht länger aufgehalten hat. Langsam gehe ich in das Gebäude hinein. Spinnweben streichen über mein Gesicht und lassen mich erschauern. Das Licht meiner Lampe zaubert tanzende Schatten auf Bretterwände und Tragbalken. Doch sonst ist nichts zu erkennen. Habe ich mich in eine dumme Idee verrannt? Wäre nicht das erste Mal. Vielleicht hinter dem Heu? Ich klemme die Lampe in eine Gabel, welche die Balken bilden und versuche, das Stroh vor mir zu bewegen.

Oh Mann! Die Ballen sind eindeutig zu schwer für mich. Ich gebe mich geschlagen.

Plötzlich! War da nicht ein Geräusch? Wieder die Katze, beruhige ich mich. Dennoch halte ich die Luft an.

Und dann geht alles sehr schnell. Zu schnell! Ich sehe noch, wie ein offener Kanister durch das Tor in die Scheune geflogen kommt. Olivgrün – seltsam, dass ich mir das gemerkt habe – und voll mit Benzin – leicht am Geruch zu erkennen –, welches gluckernd aus der Öffnung läuft und sich rasch auf dem gestampften Lehmboden verteilt. Noch ehe ich die Lampe herumreißen kann, um zu sehen, wer in der Tür steht, folgt ein brennender Lappen dem Kanister.

Nein!, durchzuckt es mich, doch meine Lippen bleiben geschlossen.

Noch! Der Lappen landet neben dem Kanister. Nahe genug, um das Benzin zu entzünden. Zu meinem Bedauern – das ist nun wirklich Pech – befindet sich noch genügend davon im Behälter, um diesen förmlich explodieren zu lassen. Er nimmt eine Flugstunde und verfehlt mich nur um Haaresbreite, bevor er in die Wand aus Heu einschlägt. Heustaub und das Benzin-Luft-Gemisch verpuffen in einer weiteren Explosion. Ich spüre einen heißen Schlag gegen die Brust und werde nach hinten geschleudert. Schlagartig ist die Angst da, aber sie lähmt mich nicht. Dennoch ist mir klar, es geht jetzt nicht mehr um Georg Koller oder Thomas Kausche.

Es geht um mich!

Moritz Buchmann! Mein Leben ist in höchster Gefahr und wenn es auch nicht immer mühelos verläuft, so hänge ich doch an ihm. Es ist mir im Augenblick völlig gleichgültig, wer mich in diese Lage gebracht hat. Das werde ich später schon noch herausfinden.

Also auf Moritz! Beweg dich! Benommen rapple ich mich hoch. Das Feuer hat meinen kurzen Aussetzer genutzt, um das Tor zu erreichen und für mich unpassierbar zu machen.

Ich bin gefangen! Auch von einigen der Balken züngeln erste Flammen, jedoch noch nicht so stark, dass mich die Hitze schon gefährden könnte. Aber mir ist bewusst, es kann sich nur noch um Minuten handeln. Nun spüre ich doch langsam Panik in mir hochsteigen. In unaufhaltsamen Wellen beginnt sie, mich zu überfluten. Wohin? Der sicherste Teil der Scheune scheint paradoxerweise das Brennholzlager zu sein. Die massiven Buchenscheite weigern sich bisher standhaft, das Feuer anzunehmen. Vielleicht ist dahinter eine Öffnung in der Wand? Ein Fenster oder gar eine Tür? Mit beiden Händen beginne ich, die Meterscheite aus dem Stapel zu ziehen. Meine Lungen brennen vor Rauch und Anstrengung. Holzsplitter bohren sich in meine Hände, doch ich spüre sie nicht.

Ich schaffe es nicht! Das darf doch nicht wahr sein. Ich, Moritz Buchmann verbrenne in einer Scheune im Bayerischen Wald!

Das glaubt doch kein Mensch!

Ich denke an die Grabsteine auf dem Kirchbacher Friedhof. Die Art meines Todes muss unbedingt auf meinen Grabstein geschrieben werden. Wenn schon – denn schon! Ich kann ein hysterisches Lachen, gepaart mit einem Hustenanfall nicht unterdrücken. Ohne es zu bemerken, reiße ich weiter Holzscheite heraus und plötzlich – ja! Eine Tür! Eine massive Stahltür. Das Feuer hinter mir treibt mich an, schneller zu sein. Die Luft wird heiß und unerträglich. Einem Rasenden gleich werfe ich die letzten Holzprügel zur Seite.

Wenn sie jetzt verschlossen ist! Das wär´s dann wohl! Ein Schwall heißer Luft wirft mich nach vorn gegen die Tür und … sie gibt nach.

Hurra, sie schwingt auf! Halb bewusstlos stolpere ich vorwärts, nur um festzustellen, dass die Tür nicht ins Freie, sondern in den

Keller unter der Scheune führt. Eine späte Erkenntnis. *Zu spät*, bemerke ich, als meine Füße keinen Boden mehr spüren und ich die im Dunkeln vor mir verborgenen Steinstufen hinunterfalle. Ich weiß nicht wie, aber irgendwie gelingt es mir, unverletzt unten anzukommen. Was nicht heißt, dass ich nicht jeden Knochen in meinem Körper spüre. Nur mit Mühe gelingt es mir, mich auf den Rücken zu drehen.

Die Tür ist zu. Ja!

Im Augenblick bin ich eine einzige Quelle des Schmerzes. Licht! Ich brauche Licht. Meine Lampe verschmort gerade eine Etage höher. Das Handy! Die eingebaute Lampe. Ich nestle das Teil aus meiner Jackentasche. Was für ein Glück! Hätte es in meiner Hosentasche gesteckt, es hätte meine unprofessionelle Art des Treppensteigens nicht überlebt. So aber verhilft es mir zu einem zweiten Leben. Aber ich muss mich beeilen. Das erkenne ich sofort, als ich den im Vergleich zur Taschenlampe winzigen und doch jetzt so wertvollen Schein der Handylampe an die Decke richte.

Holz, Bretter, Balken! Das wird nicht lange halten, sollte die Scheune darüber zusammenbrechen. Mit blutenden Fingern tippe ich die 112 in die Tasten.

Empfang? Hier draußen? Hier unten? Bayerischer Wald? Und doch! Empfang! Integrierte Leitstelle Regensburg! Welch süße Worte! »Hier Moritz Buchmann. Kommissar Buchmann«, würge ich hervor. Was sag ich denn da? Keine unnötigen Ausschweifungen. »Ich befinde mich auf dem Kollerhof in der Gemeinde Kirchbach. Die Scheune brennt und ich bin im Keller darunter gefangen. Beeilen sie sich!«

»Bewahren Sie Ruhe! Hilfe ist sofort da!«

Ruhe bewahren? Kein Problem! Ich kann mich ohnehin kaum bewegen. Über mir tobt das Inferno. Es gibt keinen Ausweg, also kann ich nur warten. In den nächsten Sekunden räume ich mit einem alten Mythos auf. Es ist nicht die Hoffnung, die zuletzt stirbt. Bei mir ist es die Neugier und auch, wenn ich mich nicht rühren kann, meine Augen können es. Und sie sehen das, wonach ich gesucht habe. Der kleine Keller ist kein Keller, sondern ein Labor. Vollgestopft mit Behältern mit für den Laien so unverständlichen Aufschriften wie *Jod*, *Schwarzer Phosphor* und *Phosphorsäure*. Dazu Rollen mit kleinen Plastikbeuteln. So ist das also: Sie haben das Crystal nicht hier gelagert, sie haben es hier hergestellt. So mussten sie es nicht über die Grenze schmuggeln. Als gute Kapitalisten wollten sie die volle Wertschöpfungskette ihres Produkts nutzen.

Wahnsinn! Ich sitze mitten in einem Methlabor. Und damit im wahren, logischen und unwiderlegbaren Motiv für den Mord an Georg Koller.

Die Frage ist nur, ob ich das noch jemandem mitteilen kann, denn in diesem Augenblick bricht die Scheune in sich zusammen. Die Decke über mir erbebt, Staub rieselt auf mich herab. Das Feuer beginnt, den Sauerstoff aus dem Keller zu saugen. Lange werde ich das nicht mehr durchhalten.

Wo bleibt nur die Feuerwehr? Plötzlich unterbricht ein unwirklicher Ton das Krachen und Knacken der Balken über mir. Es dauert einige Sekunden, bis ich registriere, dass es der Klingelton meines Handys ist. *Wie unpassend,* denke ich, doch es ist Mel. »Moritz? Moritz, wo bist du?«

»Mel!« Meine Stimmbänder geben ihren Geist auf. Nur noch ein jämmerliches Krächzen kommt aus meinem Mund.

»Kirchbach. Kollerhof.« Der Raum beginnt, sich zu drehen.

»Moritz!«

»Feuer!«, höre ich mich noch sagen.

Dann nur noch Dunkelheit!

Leises Murmeln und ein undefinierbares, rhythmisches Piepsen wecken mich. Ich muss meine Augen nicht öffnen, um zu wissen, wo ich bin. Meine Nase verrät es mir auch so. Aber wieso ein Krankenhaus? Ich versuche, mich zu konzentrieren, doch meine Gedanken sind so träge, wie mein ganzer Körper. Dick und zäh wie Blut schleicht sich meine Erinnerung in die Vergangenheit, bis sie schließlich auf das entscheidende Ereignis trifft.

Das Feuer!

Die Scheune, der Keller und das Feuer. Ganz offensichtlich und überraschend habe ich den Brand überlebt. Über das *Wie* mache ich mir keine Gedanken. Das erfahre ich noch früh genug. Dann, wenn ich die Augen geöffnet habe. Also beschließe ich diesen Schritt zu tun und hebe zwei bleischwere Augenlieder. Das Krankenzimmer ist hell und sonnendurchflutet. Im Übrigen gleicht es tausenden anderen Krankenzimmern auf dieser Welt. Außer, dass es nicht leer ist. Mel sitzt auf einem Stuhl neben meinem Bett und unterhält sich mit Marcel. Ich kann nicht umhin, einen Anflug von Rührung zu verspüren. Als die beiden bemerken, dass ich wach bin, unterbrechen sie ihre leise Unterhaltung.

»Hallo Moritz«, begrüßt mich meine Kollegin zurück im Leben. Nie war sie schöner als heute.

»Hallo alter Schwede«, grinst mein Münchner Freund auf mich herab. »Mann o Mann. Da ermittelst du in einem harmlosen Mordfall, und dann so was. Machst gleich einen Krimi aus der Sache. Wenn schon Mord, dann schon richtig, was?«

»Was macht ihr denn hier?« Was für eine blöde Frage. »Und wo bin ich eigentlich?« Auch nicht sonderlich intelligenter. Meine Stimme klingt rau und krächzend. Etwas zu trinken wäre jetzt nicht schlecht. Mein Versuch, mich aufzurichten, wird mit einem stechenden Schmerz bestraft.

»Langsam Moritz«, mahnt mich Mel mit besorgtem Blick. »Lass

es ruhig angehen. Du kannst von Glück sagen, dass du dir nichts gebrochen hast. Und Verbrennungen hast du auch keine. Nur eine kleine Rauchvergiftung und jede Menge Prellungen.«

Aha! Prellungen! Fühlt sich aber an, als hätte jemand mit einem übergroßen Hammer auf mich eingeschlagen. Über mir baumelt die Steuerung für mein Bett. Ein Knopfdruck und mein Oberkörper richtet sich wie von selbst auf.

»Du hast wirklich deinen Anteil an Glück für dieses Leben verbraucht«, meint Marcel. Ich weiß noch immer nicht, wie ich hierhergekommen bin und warum er hier ist und wiederhole meine Fragen.

»Du bist in Regensburg. Krankenhaus der Barmherzigen Brüder.«

»Und Schwestern«, fügt Marcel grinsend hinzu.

»Regensburg? Was ist passiert? Ich war doch in diesem Keller unter der Scheune. Dann brach alles zusammen und dann?«

»Dann hat dich die Feuerwehr herausgeholt«, ergänzt Mel. »Auf deinen Notruf sind die Feuerwehren der umliegenden Dörfer angerückt. Auch die Kirchbacher natürlich. Einer der Männer wusste von der Kellertür an der Rückseite der Scheune. Ein Glück, denn sie war völlig mit Büschen verwachsen. Die hätten sie so nie gefunden.«

»Von außen nicht zu sehen«, bekräftigt Marcel mit ernster Miene ihren Bericht. »Die Scheune war zu diesem Zeitpunkt bereits eingestürzt, aber die Decke über dem Keller hat gehalten. Und die Brandschutztür auch.«

»Brandschutztür?«

»Die Stahltür zur Kellertreppe. Selbstschließend. Keine Ahnung, warum die Kollers die in ihre Scheune eingebaut haben. Wie gesagt, du hast alles Glück aufgebraucht.« Ich habe Marcel selten so ernst gesehen.

»Tja und da du deinen Standort in deinem Hilferuf genau angegeben hast, haben sie dich dort auch gesucht und gefunden. Rechtzeitig gefunden.«

Der Notruf! Ach ja, genau. *Gut gemacht Moritz*, beglückwünsche ich mich.

»Und nachdem dich die Feuerwehrleute aus dem Keller gezogen haben, hat dich ein Heli hierhergebracht. Und siehe da: keine schweren Verletzungen.«

Mel ist eindeutig glücklich, das sagen zu können. Und ich, es zu hören.

»Ich habe mir echt Sorgen gemacht, nach unserem letzten Telefonat«, sagt sie.

Auch das zu hören, freut mich.

»Von Schulz haben wir dann erfahren, dass du bei den Barmherzigen bist. Und da du bisher von keinem anderen Bekannten, außer Marcel erzählt hast, habe ich ihn ausfindig gemacht und über alles informiert.«

»Wofür ich dir auch dankbar bin«, lächelt mein Freund sie an.

»So, nun weißt du, wie du hierhergekommen bist. Jetzt bist du an der Reihe. Was hast du auf dem Kollerhof gesucht?«

Da muss ich wohl etwas weiter ausholen. Erst einmal tief Luft holen und überlegen. Ich beginne mit dem Gespräch mit Wolfgang und gehe nahtlos zu meinen genialen Erkenntnissen während der Fahrt nach Cham über, um schließlich den Benzinkanister explodieren zu lassen.

»Jemand hat die Scheune angezündet?«

»Während du drinnen warst?«

Meine beiden Zuhörer sind bestürzt und ich wundere mich. Wussten sie das nicht? Wahrscheinlich konnte die Brandursache noch nicht festgestellt werden. Zu wenig Zeit. Wie lange bin ich eigentlich schon hier?

»Es ist halb neun. Also sind sechzehn Stunden vergangen. Da

sollten sie die Brandursache doch schon haben«, beantwortet Mel meine stumme Frage. »Ich muss dem Branddezernat mal Dampf machen.«

Marcel quälen ganz andere Sorgen. »Ein Mordversuch also. Jemand will dich ausschalten.«

Ich schüttle den Kopf, soweit es mein Zustand zulässt. »Nein, das glaube ich nicht. Das Feuer galt nicht mir. Ich war nur zum falschen Zeitpunkt am falschen Ort. Jemand wollte die Drogen im Keller vernichten.«

Der verdutzte Gesichtsausdruck der beiden erübrigt eine Antwort. Hat denn noch niemand den eingestürzten Keller wieder freigelegt, seit ich von dort gerettet wurde? Das darf doch nicht wahr sein. Mein Gesichtsausdruck scheint meine Empörung offen zu zeigen, denn Mel ist nun sichtlich betroffen. »Willst du damit sagen, dass deine Vermutung richtig war?«

»Ja und auch wieder nicht. Ich dachte, dass Thomas Kausche und sein polnischer Komplize Crystal nach Deutschland schmuggeln und es auf dem Kollerhof bis zur Weiterverteilung zwischenlagern. Darin habe ich mich aber getäuscht. Sie wollten den maximalen Gewinn aus der Sache schlagen und haben deshalb versucht, das Zeug selbst herzustellen. Ist ja auch nicht so besonders schwierig. Du brauchst vor allem einen ungestörten Platz, wo du in Ruhe ein Labor einrichten kannst. Und was würde sich da besser eignen, als ein abgelegener Bauernhof, der nur von einem alten Mann bewohnt wird, der sich anscheinend nur um sich selbst kümmert und dem die Dinge, die da draußen passieren, gleichgültig sind. Thomas Kausche dachte jedenfalls, Georg Kollers Hof sei das ideale Versteck. Und er hielt seinen Onkel wohl für verdattert und senil genug, damit dieser nichts von seinen Machenschaften bemerken würde. Aber genau da hat er sich wohl getäuscht. Georg muss die Laborausrüstung und die ganzen Grundstoffe zur Herstellung von

Crystal entdeckt haben und er wusste sehr wohl, um was es sich da handelte. Er hat seinen Neffen vom Hof gejagt, beobachtet von seiner Nachbarin. Ich bin mir nur nicht sicher, warum er so heftig reagiert hat. Laut Resi Bielmeier ist Georg total ausgerastet, als er Thomas zur Rede stellte. Als Kausche weg war, hat er alles im Keller der Scheune versteckt. Vermutlich hatten es Kausche und sein Partner unter dem Heu gelagert. Dann war es plötzlich fort und die beiden hatten sofort Georg in Verdacht. Jedenfalls haben wir hier unser Mordmotiv. Das Zeug unter der Scheune muss einen beträchtlichen Wert darstellen und wenn vielleicht auch nicht Thomas Kausche, so hat doch sicher der Pole nicht gezögert, diesen Wert sicherzustellen. Auch über Georgs Leiche hinweg.«

»Das passt auch zum letzten Hinweis des Opfers«, unterbricht Mel meinen Vortrag.

»Dann wäre also der Pole der Mörder. Aber warum oben auf dem Berg? Der Tatort ist doch wohl sehr seltsam.« Marcel hat aufmerksam zugehört und legt nun den Finger in die Wunde meiner Theorie.

Ich bin mir sicher, das wird sich noch herausstellen. Genauso, wie ich mir sicher bin, auf der richtigen Fährte zu sein. Zum jetzigen Zeitpunkt kann ich aber Marcels Einwand nur mit einem Schulterzucken beantworten.

Mel steht auf und blickt aus dem Fenster. »Später dann erinnerte sich Kausche an den Keller unter der Scheune und zog die richtigen Schlüsse. Er hoffte, dass sein Onkel die heiße Ware dort versteckt hatte. Doch inzwischen wimmelte der Kollerhof vor Polizei. Er musste einsehen, dass er an die Laborausrüstung nicht mehr herankommen konnte und wollte nur noch die Beweise vernichten. Dein Pech, dass du gerade da warst.« Sie dreht sich zu mir um und greift zum Handy.

»Wen rufst du an?«

»Die Drogenfahndung. Die Kollegen müssen sich sofort darum kümmern.«

»Und sie sollen Wolfgang Niebel vom Zoll in Furth im Wald informieren. Er ist wirklich ein Experte für das Zeug.« Mel nickt und gibt meine Anweisung weiter. In diesem Augenblick geht die Tür auf. Stefan hat sich nicht einmal die Zeit genommen, zu klopfen. Na, wenigstens erkundigt er sich nach meinem Befinden. Auf mein »Ich bin ok.« folgt ein kurzes Nicken und ein ebenso kurzes »Gut«.

Dann kommt er zur Sache. »Wir haben Thomas Kausche!«

»Wo?«

»Er hat sich selbst gestellt.«

»Was? Ist ihm die Sache doch über den Kopf gewachsen?«

»Das wohl nicht. Aber er hat Angst. Wir sollen ihn vor seinem Komplizen beschützen. Ich glaube, Thomas Kausche fürchtet um sein Leben.«

Napola

Der Fall *Georg Koller* ist gelöst und alles was bleibt, sind langsam abflauende Schmerzen am ganzen Körper und ein unruhiges Ziehen im Magen. Es ist dieses Gefühl, das einen beschleicht, wenn man sich sicher ist, etwas Wichtiges vergessen oder übersehen zu haben.

Ich habe heute keine Lust, allein zu Hause zu bleiben und rufe Marcel an. Mittwochs sitzt er meist zu Hause und plant den nächsten Outdoortrip. Er wird zwar sicher wieder über meine Naturphobie lästern und mir mit seinen ganz eigenen Weltansichten auf den Nerv gehen und dennoch ist er der einzige in der sehr überschaubaren Liste meiner Bekannten, der sich nach meinem Kirchbacher Abenteuer ernsthaft Sorgen um mich machte. Und weil wir schon dabei sind: Marcel ist wahrscheinlich der einzige, der sich überhaupt noch um mich sorgt. Nun gut, mit Ausnahme von Mel vielleicht. Mein Freund und Kumpel *»wenn schon – denn schon«* war es auch gewesen, der mich nach der Trennung von Andrea am Schopf gepackt und bei meinem Absturz in den Sumpf aus Alkohol und Depression gebremst hatte. Ausgerechnet Marcel der mit seinem eigenen Leben Probleme genug hat. Mit seinem Privatleben wohlgemerkt. Es gibt sicher nicht allzu viele Menschen, bei denen beruflicher Erfolg und private Katastrophen so eng beieinander liegen. Als erfolgreicher Unternehmensberater könnte er längst ein Heer von Mitarbeitern beschäftigen, lässt es aber bei vier ebenso fähigen, wie aufstrebenden Workaholics bewenden. Sie verschaffen ihm die Zeit, sein Privatleben gründlich zu vermasseln. Wechselnde und in der Regel kurze Beziehungen, die in wüsten Streitereien und Beschimpfungen enden und ihn nicht selten ein kleines Vermögen kosten, sind das Ergebnis und führten zielgenau zu Marcels Selbsteinschätzung als *nicht bindungsfähig*. Sein finanzieller Erfolg bietet ihm aber auch den Luxus, auf Geld keinen Wert zu legen und dennoch ziemlich bescheiden zu bleiben. Marcel muss nicht zeigen, was er hat. Es reicht ihm, es zu wissen. Darin unterscheidet er sich angenehm von vielen der neureichen Yuppies, die meine Stadt reichlich zu bieten hat. Marcel dagegen widmet sich seit geraumer Zeit dem Leben in der Natur und mir. Ich kann mir nicht erklären, warum mich Andrea und die Trennung von ihr so aus der Bahn geworfen hatte. Ist ja nun auch gleichgültig. Jedenfalls kann ich von Glück sagen, dass mich dieses Intermezzo nicht den Job gekostet hat. Wüsste das LKA alles, was ich in diesen wilden Wochen getrieben habe, dann gute Nacht. So aber ist noch mal alles gut gegangen. Auch dank Marcel. Obwohl er selbst mit großen Schritten ungeschickt durchs Leben tappt, war es ihm damals gelungen, mich wieder in die Spur zu hieven.

Wir haben uns im *Rubico* verabredet und ich freue mich schon auf Chop Suey mit Räucherspeck. Als ich das Lokal betrete, sitzt Marcel schon auf einem der weißen Art deco Stühle an einem ebenso weißen, kühl wirkenden Tisch und starrt in sein bereits halb leeres Weizenglas. Ich setze mich und bestelle die dunkle Version dieser Gottesgabe. Marcel wirkt noch etwas befangen angesichts meines *Beinaheablebens*. So liegt es an mir, das Eis zu brechen. Was wäre hier besser angetan, als ein Seitenhieb auf seine Naturleidenschaft.

»Na, du Stadtpimpf! Schwingst immer tolle Reden von deinen Wandertouren und siechst hier in der Stadt vor dich hin, während ich meine Tage in den Wäldern verbringe.«

»In den Wäldern! Dass ich nicht lache! Du lässt dich mit dem Geländewagen auf den Berg fahren, gehst ein paar Meter in die

Seewand und hältst dich für den großen Naturburschen. Schwach, wie immer, kann ich da nur sagen. Bist umgeben vom tollsten Urwaldgebiet weit und breit und hast nichts Besseres zu tun, als eine Leiche anzustarren.« Und dann legt er richtig los und erzählt von seiner letzten Tour in den Dolomiten. Ich kann es heute noch nicht glauben, dass Marcel und ich uns so gut verstehen.

»Ich hab diesmal sogar im Freien übernachtet. Wenn schon – denn schon. Ohne Zelt, nur im Schlafsack. Phantastisches Gefühl, nur mit den Sternen über dir, das kann ich dir sagen.«

»Ja, sicher. Phantastisches Gefühl. Eiseskälte und Insekten im Gesicht. Und am Morgen einen steifen Rücken. Da kann ich mir wahrlich Erbaulicheres vorstellen.«

»Weil du es noch nie versucht hast. Du weißt ja nicht, was dir entgeht. Du musst ja nicht gleich in den Himalaya. Du warst doch im Arbergebiet. Hast du nicht den Ausblick vom Gipfel genossen? Früh am Morgen oder kurz vor Sonnenuntergang? Oder vom Osser, Falkenstein oder Rachel? Wald, soweit das Auge reicht. Traumhaft sage ich.«

Wie bitte? Wie kommt er nur darauf, dass ich auf einem Gipfel gewesen sein könnte?

Ich erinnere mich an das Schneckeninternet – nervend!

Das Regental – ganz in Ordnung!

Die Traktoren auf den Straßen – total nervend!

Der glitzernde See – das hat schon was!

Das menschenleere Dorf – langweilig!

Die endlosen Hügelketten am Horizont – eigentlich recht schön!

Doch das werde ich Marcel nie sagen!

Niemals!

Schließlich habe ich einen Ruf zu verteidigen. Wir wechseln das Thema zu den wirklich wichtigen Dingen des Lebens: Fußball, ich bin ein leidgeprüfter Löwe und Marcel steht auf Schweinsteiger und Co. Damit gibt es Diskussionsstoff für drei Menschenleben, seine Beziehung zu Claudia, die – wieder einmal – kurz vor dem Scheitern steht, Fußball, Marcels neue Bergschuhe, die er mir langweilige fünfzehn Minuten in allen Einzelheiten erklärt, K 2 – Mountain Runner, wenn schon – denn schon, und Fußball.

Dann kommt er nochmal auf meinen Fall zu sprechen. »Ihr seid euch also sicher, dass dieser Pole der Täter ist?« Überrascht über diesen plötzlichen Themenwechsel brauche ich einige Sekunden, um die nötigen Informationen aus den Schubladen in meinem Gehirn hervorzukramen. »Liwkowsky, Jirash Liwkowsky. Ja, ich denke, wir suchen den richtigen Mann. Kausche hat uns diesen Namen verraten und seinen Komplizen während des Verhörs durch Stefan schwer belastet. Nach seiner Schilderung wollten sie tatsächlich Georg vom Hof locken, um das Labor zu räumen. Als sie an diesem Tag mit zwei Autos zum Kollerhof fuhren, sahen sie noch, wie Georg in den Bus stieg. Kausche blieb hier, während Liwkowsky dem Bus folgte.«

»Und dann wollte er das Jod, das Phosphor und das Laborzeug wegschaffen, doch er konnte es nirgends finden. Sie hatten alles in der Scheune versteckt, ahnten aber nichts vom Keller darunter.«

»Richtig. Kausche zog also wieder ab, informierte aber seinen Partner noch darüber, dass er nichts gefunden hatte. Wir konnten die Verbindung zwischen den beiden Handys nachvollziehen. Liwkowsky folgte Georg in die Seewand. Was dort geschehen ist und warum er Georg getötet hat, wissen wir noch nicht. Wir nehmen an, dass er Georg zwingen wollte, das Versteck zu verraten.«

»Anscheinend schwieg der Alte«, meint Marcel, »und sein Neffe kam zu spät auf die Idee, dass Georg die heiße Ware nur ein Stockwerk tiefer gebracht haben könnte. Sonst wäre es ein Leichtes für sie gewesen, alles in der Zeit zwischen dem Mord und dem Fund der Leiche wegzuschaffen.«

»Ja, es scheint, Georg Koller war nicht so leicht einzuschüchtern. Wahrscheinlich war sein Schweigen sein Todesurteil.«

»Aber warum kam es zum Streit zwischen Kausche und seinem Komplizen?“

»Es scheint, als habe Kausche kalte Füße bekommen. Als er erkannte, dass ihr Drogenlager für sie unerreichbar war, wollte er alle Beweise vernichten. Liwkowsky dagegen ist ein Profi. Er dachte nicht daran, das Vermögen, welches die Ware auf dem Kollerhof repräsentierte, aufzugeben. Kausche hat dann auf eigene Faust das Feuer gelegt.«

»Das dich beinahe umgebracht hätte«, vervollständigt Marcel meinen Satz.

Richtig!

Mir wird erneut bewusst, was für ein Glück ich hatte. Eigentlich müsste ich euphorisiert durch mein zweites Leben schweben. Stattdessen bin ich die Unzufriedenheit in Person. Ein Gefühl, das zwischen Kopf und Bauch hin und her flattert, lässt mich nicht zur Ruhe kommen.

»Ja«, kehre ich zu unserem Gespräch zurück, »ich war wohl zur falschen Zeit am falschen Ort. Das Feuer galt nicht mir, sondern dem Drogenlabor. Jedenfalls hat Kausche mit dieser Aktion Liwkowskys Freundschaft gründlich aufgekündigt. Er hatte noch Glück, dass er es bis zu uns geschafft hat, ehe ihn der Pole in die Finger bekam. Am Ende sah er nur noch einen Ausweg.«

»Sich zu stellen!«

»Und alles zu gestehen.«

»Hm. Und damit den Polen zum Mörder zu machen. Es kann sich doch genauso gut um eine reine Schutzbehauptung handeln. Zumal er ja bedroht wurde. Wenn beide gestritten haben, was läge näher für Kausche, als alle Schuld auf seinen Expartner zu schieben?«

»Das haben wir auch gedacht. Aber Liwkowsky ist kein unbeschriebenes Blatt. Als wir den Namen hatten, habe ich diesen sofort an meinen Kollegen Wolfgang vom Zoll weitergegeben. Sein Computer hat eine ellenlange Akte über den Mann ausgespuckt. Und Wolfgang schien hocherfreut zu sein. Seine Einheit hat Liwkowsky schon länger im Auge. Bisher schien er nur ein Phantom zu sein, aber jetzt haben wir etwas gegen ihn in der Hand. Interpol muss ihn nur noch finden.«

»Hm.«

»Hm? Schon wieder hm? Was ist heute mit dir los?«

Marcel nervt.

»Mit mir? Nichts, aber du scheinst mit dem Ergebnis eurer Ermittlungen nicht zufrieden zu sein. Irgendetwas stimmt nicht. Hab ich Recht?«

»Unsinn. Es ist alles in Ordnung.«

»Nun komm schon. Da ist doch ein Haken in der Geschichte. Du hast ihn verschluckt und wirst ihn nicht mehr los.«

Also gut, warum nicht?

»Na ja, es war zu einfach. Der ganze Fall ist so glatt gelaufen.«

»Was? Und das stört dich? Mann! Glücklich, wem seine Arbeit zu leicht erscheint.«

»Das ist es nicht. Ich hätte nur gedacht, Georgs Tod hätte andere Gründe. Es gibt da ein paar Dinge, die Resi Bielmeier erwähnt hat, dann das Bild und etwas, was Kausche gesagt hat.«

»Kausche?«

»Ja! Ich habe mir Stefans Vernehmungsprotokoll durchgelesen.«

»Nochmal Mann! Du hast Urlaub!«

»Eben! Das gibt mir Zeit, nachzudenken. Also, Kausche sagte, Georg sei während des Streits völlig ausgerastet. So wie es Resi schon erzählt hat. Kausche konnte sich fast wörtlich an alles erinnern, was Georg gesagt hatte.«

»Und was hat er gesagt, was für dich so interessant ist?«

»Er sagte unter anderem, er wolle mit dem Zeug nicht schon wieder etwas zu tun haben. *Nicht schon wieder.*«

»Das hieße ja, Georg Koller hatte schon mal was mit Crystal zu tun. Das ist doch wohl mehr als unwahrscheinlich.« Marcel schüttelt ungläubig den Kopf.

»Das dachte ich auch. Und dennoch hat Georg es gesagt.«

»Wenn euer Toter schon mit Drogen Bekanntschaft gemacht hat, müsstet ihr das nicht bei euren Ermittlungen berücksichtigen?«

Marcel hat Recht.

Das müssten wir in der Tat!

Es ist kurz nach elf Uhr, als wir aufbrechen. Wir nehmen die U-Bahn und ich fahre bis zum Odeonsplatz. Die letzten Meter gehe ich zu Fuß. Als ich die Tür des Wohnblocks, den ich mein zu Hause nenne, öffne, fällt mir ein Umschlag auf, der in meinem Briefkasten steckt. Er kommt von meiner Dienststelle. Nein, eigentlich kommt er von Resi Bielmeier, die ihn über die PI Bad Kötzting an das LKA geschickt hat. Da er an mich persönlich adressiert ist, hat ihn der Postdienst an mich weitergeleitet. Ich frage mich, was mir Georgs Nachbarin geschickt haben könnte. Den braunen Umschlag in der Hand, betrete ich meine Wohnung.

Selbst das Wetter freut sich über meine Rückkehr nach München. Ein mediterranes Hoch hat die Herrschaft über Bayern übernommen und verwöhnt Gut und Böse gleichermaßen. Es ist noch angenehm warm und ich entscheide mich, die Annehmlichkeit meines winzigen Balkons zu nutzen. Ich sitze nicht gern allein draußen, also genehmige ich mir noch ein Glas vorzüglichen Brunellos, ungeachtet der exorbitanten Kosten dieses Schwächeanfalls. Das Schicksal hatte nach meinem sozialen Absturz, welcher der Trennung von Andrea gefolgt war, wohl einen gnädigen Tag erwischt.

Mein kurzer, aber heftiger Ausflug in die Welt des Alkohols hatte nur meine berufliche Reputation, nicht aber mein Seelenleben zerstört, so dass ich den Wein ohne Skrupel genießen darf. Der auch in der Nacht nie ganz abebbende Verkehrslärm der Millionenstadt dringt herauf in den dritten Stock. Mein Balkon zeigt nach Süden und öffnet den Blick auf die Alpen, die sich heute schwarz vor dem grauen Nachthimmel abheben. Ich genieße die warme Luft und nippe an meinem Glas. Meine Beine liegen entspannt auf dem Balkongeländer, das Kuvert von Resi Bielmeier auf dem Tischchen neben mir. Ohne besondere Sorgfalt reiße ich den Umschlag auf und halte überrascht inne.

Hoppla, keine Nachricht, sondern Postkarten.

Schwarzweißpostkarten, um genau zu sein. Ich studiere die Bilder. Ein Dorf, Häuser mit alpenländischen Fassaden, ein Schloss, ein Torturm, ein Berg, wieder das Schloss, diesmal von der anderen Seite, nochmal das Dorf mit der Aufschrift *Neubeuern.* Jetzt bin ich doch neugierig. Die Karten wurden alle von der gleichen, sorgfältigen Hand beschriftet. Und alle beginnen und enden mit den gleichen Worten. *Liebe Mama* steht da und am Ende *Georg.* Nicht *Dein Georg*, nur *Georg*!

Zögernd beginne ich, die erste Karte zu lesen. Ich bin dabei, in das Seelenleben eines Jungen namens Georg Koller einzudringen.

Liebe Mama,

morgen wird ein großer Tag. Unser Zug erhält den Ehrendolch und auch ich bekomme diese Auszeichnung. Diese Woche haben wir im Freien verbracht, wo wir das Karten- und Kompass lesen gelernt haben. Im Physikunterricht habe ich keine Probleme, aber das Boxen hat mir nicht so gut gefallen. Der Lehrer wollte, dass ich meinen Gegner, den Moser Stefan zu Boden schlage, obwohl der schon aufgegeben hatte. Weil ich den Kampf abgebrochen habe, habe ich einen Verweis bekommen. So wird das nichts mit mir, meinte der Lehrer. Aber insgesamt sind sie schon mit mir zufrieden. Sie sagen, dass sie mich schon noch hinbiegen werden.

Georg
Neubeuern, 27.03.1943

Ich erinnere mich an das, was Theresa Bielmeier gesagt hatte. Georg Koller war bei der Hitlerjugend gewesen. Gab es dort Lehrer?

Mal nachsehen, denke ich und gehe in den Raum, den ich mein Büro nenne. Eine schamlose Übertreibung für die sechs Quadratmeter, in denen sich ein Bücherregal, ein Schreibtisch und – das Wichtigste – ein Computer, den ich jetzt hochfahre, um den Platz streiten. Google erscheint und ich tippe *Neubeuern* in die Suchzeile. Eine Sekunde nach Drücken der Entertaste erscheint Wikipedia und eine weitere Sekunde später habe ich alles Wissenswerte über den Ort vor Augen. Es lebe das Internet! Der schnelle Datenhighway wohlgemerkt und nicht die Informationsfeldwege des Bayerischen Waldes.

Hurra! Ein Punkt Moritz Buchmann – null Punkte ländlicher Raum.

Doch zurück nach Neubeuern: Markt am rechten Ufer des Inn. 12 Kilometer südlich von Rosenheim gelegen. Sehenswürdigkeiten: ich überfliege die Auflistung und bleibe schließlich beim Schloss Neubeuern hängen. Renommiertes Internat. Das klingt interessant! Ein Klick auf den Link. Bilder des Schlosses von allen Seiten. Das ist doch …! Ich blättere durch den Stapel Postkarten. Ja! Auch wenn sich die Umgebung in 70 Jahren gravierend verändert hat, so zeigen die Fotos auf dem Bildschirm und den Postkarten doch eindeutig das gleiche Gebäude.

Mal sehen, denke ich und scrolle durch den Artikel, der in Worten und Bildern die Schule beschreibt. Aha! Ein Eliteinternat also. Weiter zurück in der Geschichte. Hm! Auch damals schon. 1941 von der NSDAP geschlossen und 1942 eher unfreiwillig an den Staat verkauft. Und dann, verschämt versteckt in einer einzigen Zeile die Nutzung des Schlosses während des Dritten Reiches.

Oha! Georg Koller war nicht nur bei der HJ gewesen. Er war in einer Napola! Das war nun wirklich eine ganz andere Hausnummer.

Zurück zu Wikipedia. *Napola!* Ich kannte zwar den Ausdruck, die genaue Bedeutung erschließt sich mir aber erst jetzt. Georg Koller war ausersehen, ein Mitglied des nationalsozialistischen Führernachwuchses zu werden. Ein Nationalsozialist, tüchtig an Leib und Seele für den Dienst an Volk und Staat sollte der Junge vom Kollerhof nach seiner Zeit im Lager sein. Ausgebildet in der Nationalpolitischen Lehranstalt Schloss Neubeuern unter dem Einfluss der SS.

Jetzt brauche ich noch einen Schluck vom Brunello. Georg Koller war in einer Napola gewesen und niemand in Kirchbach schien davon gewusst zu haben. Zur damaligen Zeit musste es doch eine Ehre für die Familie Koller gewesen sein, einen Sohn in einer der Elite- – wieder dieses Wort – einrichtungen zu haben.

Warum hatten die Kollers das verschwiegen? Was war schiefgelaufen?

Ich muss die Postkarten lesen.

Vielleicht sollte ich sie erst sortieren, denke ich und lege sie gesondert nach Datum aufeinander. Ich setze mich wieder in meinen kleinen Freibereich mit Stadtblick und gehe mit dem jungen Georg durch seine Monate in der Napola Neubeuern.

Das Morgengrauen ist näher als die Abenddämmerung, als ich mich nachdenklich zurücklehne. Ich habe die erst hoffnungsvollen, doch nach und nach verzweifelter werdenden Nachrichten Georgs an sein Zuhause immer und immer wieder gelesen. Schon nach wenigen Schreiben wurde mir klar, dass die Karten zensiert worden waren und der Junge nicht alles schreiben konnte, was ihm auf der Seele gebrannt hatte. Er hatte deshalb immer wieder Postkarten nicht in der Schule, sondern im Dorf abgegeben. Gott allein weiß, welches Risiko er dabei eingegangen war. Es sind jedoch gerade diese Karten, die Aufschluss über die Verfassung des jungen Georg Koller geben. Ich bin wahrlich kein Psychologe, aber selbst ich erkenne, dass der Junge aus dem Bayerischen Wald alles andere als glücklich gewesen sein musste. Er hatte dem Druck der ideologischen Umerziehung nicht standgehalten.

So einfach war das! Und doch so schwierig!

Er war vom anfänglichen Musterschüler mehr und mehr zum Problemfall geworden. Anfangs waren seine Lehrer und Zugführer noch begeistert gewesen, von der körperlichen Widerstandsfähigkeit des Waldjungen. *Kein Wunder,* denke ich mit Blick auf die Umgebung, in der er aufgewachsen war. Dann jedoch war er in ihren Augen abgedriftet. Georg hatte sich Fragen gestellt. Fragen über Sinn und Moral. Fragen, die man von dem Bauernjungen nicht erwartet hatte. Ich muss gestehen, auch ich nicht. Weder seine ideologisch verblendeten Lehrer noch seine hartherzige Mutter hatten ihm diese Fragen beantworten können. Und so war er allein geblieben mit seinen Zweifeln und der Ungewissheit.

Und da war noch etwas. In einer der Postkarten schildert Georg einen als Sportunterricht getarnten Tag auf dem militärischen Hindernisparcours. Ein harter Tag, doch die entscheidende Zeile habe ich mir gemerkt. »Zugleiter Markl will unbedingt, dass wir den Wettkampf gewinnen. Hat uns deshalb die Schokolade besorgt.

Willi meinte zwar, wir sollen das Teufelszeug nicht essen, doch wir haben es dann doch getan und die anderen Züge geschlagen. Heute geht's den meisten nicht so gut und der Franz liegt sogar auf der Krankenstation.« Mir ist klar, dass Georg diese Karte nicht im Lager aufgegeben hat, doch was haben sie den Jungen gegeben? Was war in der Schokolade gewesen? Was haben sie aus den Jungen gemacht?

Plötzlich drängt sich Wolfgang Niebel in mein Gedächtnis. Und seine Zeitungsausschnitte. Ich spüre, wie Aufregung meinen Körper erfasst. Beinahe kippe ich zehn Euro Brunello auf den Boden, als ich aufspringe und fluchend Wolfgangs Kopien aus dem Büro hole. Und da ist es! Die Kollegen haben es gleich zum Aufhänger ihres Artikels gemacht: Pervitin! Der Vorläufer von Crystal Meth! Von Deutschen erfunden und im Zweiten Weltkrieg massenweise als Aufputschmittel für Soldaten eingesetzt. Dazu hatte man das weiße Pulver in Schokolade gemischt, welche bald in der Truppe als *Panzerschokolade* zu trauriger Berühmtheit gelangt war. Ich fasse es nicht: die Mistkerle hatten den Jungen Crystal gegeben, um ihre Leistung zu steigern! Ungeachtet der Auswirkungen!

Georg hat diesen Artikel gelesen und den Zusammenhang zwischen dem Zeug in seiner Scheune und der Panzerschokolade glasklar erkannt.

Das also hat er gemeint! Kein Wunder, dass er so wütend war, als er das Crystal auf seinem Hof gefunden hat.

Doch was hat das mit Georgs Tod zu tun?

Wahrscheinlich nichts, denke ich.

Und doch! Das Bild in Georgs Schlafzimmer, seine Zeit in der Napola, das Gespräch mit Resi Bielmeier. All das hat ein Saatkorn in mein Gehirn gepflanzt. Ein Saatkorn des Zweifels, das jetzt langsam durch meinen Kopf wandert und immer wieder störend an die Oberfläche drängt. Ich weiß, solange ich dieses Saatkorn nicht entfernt habe, werde ich nicht vollständig davon überzeugt sein, dass wir den richtigen Täter verfolgen. Mir bleibt keine andere Wahl.

Ich muss zurück nach Kirchbach.

Kirchbach zum Zweiten

Wieder passiere ich die imaginäre Grenze auf der A 92, welche die Ausfahrt zum Flughafen für mich bisher darstellte. *Bis hierher und nicht weiter*, lautete ein ungeschriebenes Gesetz. Airport MUC und ab in die Welt, aber nicht nach Osten bitteschön. An diesem Morgen aber tue ich etwas, von dem ich mir selbst noch gestern nicht hätte träumen lassen. Ich fahre wieder in der Bayerischen Wald.

Freiwillig!

Nun gut, nicht ganz freiwillig. Ich will dieses Saatkorn in meinem Kopf wieder loswerden. Langsam beginnt es, auszutreiben und unangenehm zu kratzen. Ich muss herausfinden, ob die Vergangenheit von Georg Koller etwas mit seinem Tod zu tun hat. Also ab nach Bayerisch Sibirien! Und das privat!

Mir ist selbstverständlich bewusst, dass mein Bauchgefühl und das Kratzen in meinem Kopf kein Anlass für weitere Ermittlungen sind. Aber schon gar kein Anlass. Schulz hätte sich wohl gefragt, ob mein Nahtoderlebnis meine Zurechnungsfähigkeit beeinflusst habe, wäre ich mit meinen Ideen zu ihm gekommen. Besser ich verschone ihn mit dieser Art von Problemen.

Also auf eigene Faust!

Mein Handy rührt sich. Ein harmloser Standardton. Nicht AC/DC oder Ähnliches.

Es ist Mel. »Hallo Moritz. Wo bist du? Schulz sagte, du hast dir noch ein paar Tage frei genommen?«

Nun gut, Mel kann ich´s ja sagen.

Ihre Antwort überrascht mich nicht: »Was willst denn du dort noch?«, wundert sie sich.

Vorbei an Landshut und dem noch immer dampfenden Kühlturm des Kernkraftwerks Ohu nähere ich mich Kirchbach und damit der Hoffnung auf Antworten. Wenigstens hat das Wetter ein Einsehen. Strahlender Sonnenschein begleitet mich ab Deggendorf hinauf auf die ersten Höhenzüge des Waldes.

Eine halbe Stunde später parke ich erneut vor dem Kirchbacher Rathaus. Bürgermeister Huber ist meine erste Anlaufstation.

»Herr Kommissar!«, empfängt er mich, joviale Freundlichkeit vortäuschend. »Welche Überraschung! Was tun Sie denn noch hier in Kirchbach? Ich dachte, Sie haben den Mörder von Georg schon gefunden?«

Ich bemühe mich um eine ernste Miene. »Ja, das ist richtig. Wir müssen nur noch Thomas Kausches Partner finden. Dennoch benötigen wir noch einige Fakten und Ermittlungen, um die Anklage zu untermauern.« Erstaunlich, wie mühelos die Lüge meine Lippen verlässt.

»Fakten?« Otto Huber setzt sich überrascht in seinen Chefsessel. »Was denn noch für Fakten? Ich dachte, der Fall ist gelöst? Ich hoffe doch, Sie verursachen keinen unnötigen Wirbel im Ort. Die Urlaubssaison geht gerade so richtig los. Da können wir einen Mord und das Tamtam darum nicht gut gebrauchen.«

Aha! Touristen, Geschäft, Saubermannimage gefährdet. Daher weht der Wind. »Kein Angst. Kein Tamtam. Nur einige unauffällige Nachfragen.«

»Na hoffentlich.« Es klingt nicht überzeugt. Ich muss ihn noch weiter beunruhigen. »Äh. Ich suche noch eine Bleibe. Nur ein paar Tage. Wüssten Sie da etwas?«

Sein Blick wird noch säuerlicher. »Wird schwierig. Wir haben gerade Saison. Fragen Sie doch mal unten in der Touristinfo. Erdgeschoss links.«

Das ist mein Stichwort. Der Herr Bürgermeister widmet sich

seinen zweifellos wichtigen Geschäften. Ich bin entlassen und gehe. Die Vorzimmerdame ist wenig überraschend noch dieselbe und ihre Neugier auch. Dennoch verbeißt sie sich die Frage, die ihr schon an den Lippen hängt. Sie weiß wohl, dass sie nur ein Minimum an Geduld aufbringen muss, da ihr Bürgermeister sicher die neuesten Neuigkeiten gleich verbreiten wird.

Ich ringe mir ein Lächeln ab und verlasse den ersten Stock der Kirchbacher Schaltzentrale. Die Touristinfo liegt gleich neben dem Eingang und wird von einer adretten Dame mittleren Alters beherrscht. Sie verkörpert das fleischgewordene »Willkommen in Kirchbach«.

Touristen aller Länder, seid willkommen!

Im ständigen Konkurrenzkampf mit Billigurlaubsländern und den Orten im Lamer Winkel und Zellertal ist sie zweifellos Kirchbachs Geheimwaffe. Als ich den mit Prospekten und Plakaten gefüllten Raum betrete, strahlt mir ihr tausendfach erprobtes Lächeln entgegen. »Grüß Gott, Herr Buchmann.« Anscheinend weiß jeder hier meinen Namen. »Womit kann ich Ihnen helfen?«

»Guten Tag«, sage ich. »Ich brauche eine Übernachtungsmöglichkeit. Nur für zwei oder drei Tage. Hätten Sie da etwas Passendes?«

Ein Schatten von Mitleid huscht über ihr Gesicht. »Drei Tage? Hmm. Das sieht gar nicht gut aus. In einigen Bundesländern haben die Ferien begonnen. Wir sind nahezu ausgebucht.«

»Nahezu? Das heißt, es gibt noch freie Betten.«

»Privat ja. Aber die Pensionen und das Hotel sind voll. Wenn Ihnen ein Zimmer auf einem Bauernhof oder in einem Privathaus zusagt? Beim Standard müssen Sie da aber Abstriche machen. Das wird sicher nicht Ihren Münchner Erwartungen entsprechen!«

Wie Sie sich vorstellen können, hält sich meine Begeisterung in sehr engen Grenzen, doch mir bleibt keine andere Wahl. Strahlend drückt sie mir eine Adresse in die Hand. »Rosina Geiger, An den

Kohlwiesen 3. Frau Geiger ist eine nette Frau. Witwe. Sie werden sie mögen.«

Na, mal sehen. Ich bedanke mich und verlasse das Rathaus. *Mann oh Mann,* denke ich und tippe die Adresse in mein Navi. *Ein Hotel hätte es schon sein können.*

Ich will schon losfahren, da fällt mein Blick auf den Kirchaufgang auf der anderen Seite des Dorfplatzes. Eine alte Frau müht sich die Stufen empor und verschwindet hinter dem Kirchenbau in Richtung Friedhof. Ein kurzes Zögern, dann stelle ich meinen Wagen wieder ab. Langsam überquere ich den Dorfplatz. Eile ist nicht vonnöten. Der Verkehr umgeht das Dorf großzügig. Offensichtlich der Normalzustand im Zentrum Kirchbachs um diese Tageszeit. Mir ist selbst nicht ganz klar, was ich hier eigentlich suche, aber mal sehen. Stefan hat zwar schon alles Wissenswerte berichtet, doch vielleicht schadet es nicht, das Familiengrab der Kollers mit eigenen Augen zu sehen. Ich krame die Beschreibung meines jungen Kollegen aus meinem Gedächtnis hervor und finde die Stelle auf Anhieb. Das Grab unterscheidet sich nicht wesentlich von all den anderen mit Blumen und Gestecken geschmückten letzten Ruhestätten. Nur ganz selten bemerke ich einen Erdhügel, der einen verwahrlosten Eindruck hinterlässt. Ein gravierender Unterschied zu den Gräbern in der Stadt, wo Anonymität und Einsamkeit die Menschen manchmal bis auf die letzte Station ihres Lebens verfolgen. Hier auf dem Land halten die Leute auch ihre Toten in Ehren.

Nanu, welch freundliche Gedanken bringe ich dem Outback da entgegen? Ich reiße mich wieder am Riemen und trete vor das geöffnete Grab der Kollers. Die Sonne versteckt sich noch hinter der Kirche und lässt den Friedhof im Schatten liegen. Der Geruch von frischer Erde verrät, dass der Totengräber den ersten Teil seines Werkes erst heute Morgen verrichtet hat. Mehr als eine Woche ist vergangen, seit Georg Koller getötet wurde und erst jetzt soll er morgen bei den ihm vorausgegangenen Mitgliedern seiner Familie eine letzte Ruhestätte finden.

Goldene Zahlen und Namen auf dem schwarzen Grabstein berichten vom Leben und Sterben der Familie Koller. Schicksale, auf wenige Buchstaben zusammengefasst. Namen, die ich aus Stefans Bericht kenne. Hochbetagte Menschen und als Kinder verstorbene ebenso, wie Gefallene und Vermisste. Die beiden großen Kriege haben auch von den Kollers ihren Blutzoll verlangt.

Und Stefanie Koller! Gestorben 1947 im Alter von 18 Jahren. Keine Einzelheiten zu ihrem Tod. Nicht »*Gefallen in Frankreich*«, wie bei Franz Koller, 19 Jahre, oder »*Gestorben an Thyphus*«, wie Gerlinde Koller, 7 Jahre. Warum nicht? Ich sollte mich näher mit Stefanie beschäftigen. Es ist wichtig. Ich spüre das.

Ich verlasse den Gottesacker, um mich auf dem Weg zu Rosina Geiger zu machen. Das Saatkorn in meinem Kopf ist deutlich größer geworden.

Rosina Geigers Luxusdomizil mit dem kreativen Namen *Haus Sonnenschein* liegt, umgeben von einem blühenden Garten, am Rande des Ortes. *Wie einfallsreich,* denke ich. Wenigstens bemüht sich das Wetter heute, dem Namen gerecht zu werden. Versteckt hinter einer Hecke tarnen Obstbäume das Gebäude. Ein hölzerner Balkon umringt das Obergeschoss. Fensterläden und Blumenkästen mit bunten Geranien verleihen der Fassade ein gemütliches Aussehen. Alles in allem ganz behaglich, so mein erster Eindruck.

So wie seine Besitzerin. Rosina Geiger ist um die 50 Jahre alt, leicht übergewichtig und es scheint, als könne sie nichts aus dem Gleichgewicht bringen. »Grüß Gott!«, hält sie mir ihre fleischige Hand entgegen. »Herr Buchmann, ja? Die Irmgard hat Sie schon angemeldet. Der Kommissar aus Regensburg.«

»München!«, korrigiere ich sie. »Irmgard?«

»Oh. München sogar. Soso. Ja, die Irmgard von der Touristinfo.«

Na das ging ja schnell. »Und?«, frage ich.

»Und was?«

»Na, haben Sie ein freies Zimmer?«

»Ach so. Ja, natürlich. Sonst hätte Sie die Irmgard ja nicht hergeschickt. Ist doch logisch, oder?«

Logisch.

»Wissen Sie, ich kann keine größeren Familien aufnehmen und einen Bus schon gar nicht. Die schnappen sich alle die Post und das Hotel im Dorf. Hab ja nur vier Zimmer. Die drei Doppelzimmer sind belegt, aber das Einzelbett ist fast immer frei. Singles kommen nicht oft zu uns.«

Wundert mit nicht, angesichts des überragenden Nachtlebens hier. »Ich bleibe aber höchstens drei Nächte«, zerstöre ich ihre Hoffnung auf ein lukrativeres Geschäft.

»Macht nichts. Dafür haben Sie den schönsten Ausblick von allen«, meint sie und packt doch tatsächlich meine Reisetasche, um sie ins Obergeschoss zu tragen.

»Nicht nötig, Frau Geiger«. Ich nehme ihr mein ohnehin überschaubares Gepäck wieder ab und folge ihr die enge Treppe hinauf.

»Rosi«, verbessert sie mich, ohne sich umzusehen. »Alle meine Gäste nennen mich Rosi.«

Also gut. Rosi! Das Zimmer ist niedrig, ausreichend groß und sauber. Bett und Schrank scheinen dem Fundus eines alten UFA-Filmes entnommen. Immerhin habe ich ein eigenes, überraschend modern ausgestattetes Badezimmer. Und der Ausblick vom Balkon ist tatsächlich schön. Kirchbach und das Regental dahinter liegen zu meinen Füßen. Von der gegenüberliegenden Seite des Tals schickt die Staatsstraße ihr beständiges Verkehrsrauschen herüber und weckt Heimatgefühle in mir, da ich mit dem Geräusch rollender Autos quasi aufgewachsen bin.

»Wirklich sehr schön«, bereite ich Rosi eine Freude. »Wo ist denn der Internetanschluss für mein Laptop?« Schlagartig weicht das Strahlen aus ihrem Gesicht. »Da muss ich Sie leider enttäuschen. Das haben wir hier draußen nicht. Zu weit weg von einem Verteiler oder wie das heißt. Drinnen im Dorf, da ist es besser, aber auch nicht optimal. Tut mir wirklich leid. Ich kann nur hoffen, die Gemeinde kriegt das bald in den Griff. Alle meine Gäste wollen das und ich muss allen absagen. Schlimm ist das, das kann ich Ihnen sagen.«

Da haben wir es wieder. Ländlicher Raum. Typisch. Nun gut. Ich muss jetzt ohnehin weiter. Die Zeit drängt und ich verabschiede mich fürs erste von meiner Hauswirtin. Denke ich zumindest. Doch Rosi hat andere Pläne mit mir. »Sie wollen doch nicht schon gehen? Ich habe extra Kaffee aufgesetzt. Kuchen ist auch noch da.«

»Ich muss leider weiter«, versuche ich, mich loszueisen. »Ich habe noch eine Menge zu erledigen.«

»Eine Tasse Kaffee wird schon drin sein.« Schon hat sie mich am Arm gepackt und zerrt mich in die Stube im Erdgeschoss. Auch hier, wie schon im Kollerhof, urige Gemütlichkeit zwischen Holzofen und Herrgottswinkel. Der Geruch frischen Kaffees schleicht sich in meine Nase. Mein Widerstand bricht augenblicklich in sich zusammen. Eine Tasse! Also gut! Rosi Geiger strahlt. »Sie sind sicher müde. Und Sie sagen selbst, dass Sie einen langen Tag vor sich haben. Da kann eine Tasse Kaffee nicht schaden.« Sie hat Recht. Ehe ich mich versehe, stehen Kanne und Kuchen auf dem Tisch.

Wir setzen uns. Rosi Geiger mag zwar etwas geschwätzig sein und sie hat auch kein Internet, aber ihr Kaffee ist vom Allerfeinsten.

Sein Duft vermischt sich mit dem Geruch des Sommers, der durch das offene Fenster hereinströmt, zu einem betörenden Aroma. »Wirklich ausgezeichnet, Rosi!«, gebe ich meine ehrliche Meinung wieder und zaubere damit ein warmherziges Lächeln auf ihr Gesicht.

»Warum sind Sie nochmal hergekommen? Beim Bäcker haben die Leute erzählt, dass der Mörder vom Koller Schorsch schon gefunden sei.« Etwas erschrocken stelle ich fest, dass es mir keine Mühe bereitet, die Lüge vor dieser einfachen Frau zu wiederholen. »Aha! Weitere Ermittlungen. Glauben Sie vielleicht, dass jemand aus dem Dorf …? Da müsste der Grund, wie sagen Sie? – das Motiv – aber schon lange zurückliegen.«

Ich verschlucke mich fast an dem Bissen Marmorkuchen. »Wie kommen Sie darauf?«

»Nun, der Schorsch … der Georg hatte seit Jahren keinen Kontakt, geschweige denn Streit mit jemandem. Außer mit seinem Neffen. Hat die Resi jedenfalls erzählt. Wer sonst sollte ihm also etwas antun?«

Ich gebe zu, ich bin überrascht über die messerscharfe Analyse dieser Frau. Besser habe ich es auch nicht gemacht.

»Sie haben sicher Recht«, würge ich hervor und flüchte mich in einen Hustenanfall. In der kurzen Zeit, die er mir schenkt, wird mir klar, dass ich das Wissen der Menschen hier brauche. Ich werde Rosi reinen Wein einschenken. Soweit es eben geht, natürlich. »Um das herauszufinden, muss ich nochmal mit Theresa Bielmeier sprechen.«

»Mit der Resi? Also glauben sie, hinter dem Schorsch seinem Tod könnte noch mehr stecken?!« Die Aufregung zaubert rote Flecken auf ihre Wangen. Sie ist jetzt von einem Jagdfieber erfasst, das alle neugierigen und redseligen Frauen überfällt, haben sie erst einmal Lunte gerochen.

Vorsicht Moritz!

»Nicht unbedingt. Unser Hauptverdächtiger sitzt in Untersuchungshaft und sein Komplize auch bald. Nur weitere Ermittlungen.« Ich spüle den Kuchen mit einem letzten Schluck Kaffee hinunter und stehe auf. Ihr Blick bleibt unverkennbar argwöhnisch. Ich bin schon in der Tür, da ruft sich mir noch einmal nach. »Die Resi ist sicher heute nicht daheim.« Auf meinen fragenden Blick fügt sie hinzu: »Die ist beim Huberbauern. Da wird heute geschlachtet. Die Resi hilft dort aus.«

»Und wo finde ich den Huberhof?«

»Sie fahren hinunter ins Dorf, die Mühlgasse entlang und überqueren die Umgehungsstraße. In der Pechlergasse finden Sie ein Schild, das auf das Kneipbecken hinweist. Dem folgen Sie. Der Hof liegt oben am Waldrand vom Predigtstuhl. Können Sie gar nicht übersehen.«

»Danke!« Ich nicke ihr noch zum Abschied zu und mache mich auf den Weg. Zurück lasse ich Neugier, eingebrannt in das Gesicht von Rosi Geiger.

Kesselfleisch

Fünf Minuten später fahre ich über einen geschotterten Weg bergan zum Bauern Huber. Das Anwesen gleicht dem Kollerhof aufs Haar, sieht man davon ab, dass dort die Scheune nur noch ein rauchender Trümmerhaufen ist. Niemand ist zu sehen und ich stelle meinen Wagen im Schatten blühender Obstbäume ab. Stimmen und Gelächter weisen mir den Weg zum Hof. Ich gehe um die Ecke und zucke zurück. Vor mir baumelt die Hälfte eines Schweines. Beinahe wäre ich dagegen gelaufen. Mühsam unterdrücke ich den aufkommenden Brechreiz und umrunde die hundert Kilo Fleisch weiträumig.

Auf dem Hof herrscht Hochbetrieb. Vor dem Stall sind Tische aufgebaut, an denen Männer und Frauen hektisch an Töpfen und Schüsseln hantieren. Alle sind derart beschäftigt, dass sie mich nicht beachten. Ich trete näher und erkenne ganze Ketten Würste, Messer, einen riesigen Topf mit einer seltsam riechenden Brühe und Berge von Fleisch.

Einer der Männer hebt den Kopf: »Ah, der Herr Kommissar! Grüß Gott! Suchen Sie jemand?« Er wischt sich die blutigen Hände an einer ebenso blutigen Schürze ab.

»Theresa Bielmeier. Sie soll hier sein.« Er nickt in Richtung einer Tür zum Wohnhaus.

»Danke.« Hoffentlich kann ich mit ihr alleine reden.

»Herr Kommissar!« Was will er denn noch? »Gleich ist das Kesselfleisch fertig. Sie sind herzlich eingeladen.«

Auch das noch. »Ich muss eigentlich nur mir Frau Bielmeier sprechen.«

»Nichts da! Wer auf´m Hof ist, wenn geschlachtet wird, der isst auch mit uns.«

Na Bravo! Ich winke ihm und gehe in den Kellerraum, wo Resi Bielmeier mit einem hölzernen Löffel eine Flüssigkeit in einem Topf bearbeitet, die verdächtig nach Blut aussieht und auch danach riecht. »Oh, Herr Kommissar Buchmann«, sagt sie, ohne mit dem Rühren aufzuhören. »Sie sind nochmal hergekommen? Gibt's noch was in Kirchbach für Sie? Ich denk, Sie wissn schon, wer den Schorsch umbracht hat? Oder ham´s in den Postkarten noch was gfundn?«

»Noch ist niemand verurteilt, aber die Beweislage ist recht dicht. Wir sind uns sicher, den oder die Täter zu kennen.«

»Der Thomas, stimmt´s?«

»Hmm! Vielleicht auch ein polnischer Drogenhändler. Das muss sich noch erst herausstellen.«

»Ham´s den schon?«

Leider nicht. »Nein, aber die Fahndung läuft. Ist nur eine Frage der Zeit.«

»Aber Sie wolln noch mal mit mir redn.« Die Bielmeier Resi ist gar nicht so dumm.

»Sie haben mir dieses Kuvert mit den Postkarten geschickt. Warum? Und warum erst jetzt?« Der Kochlöffel stockt kurz. »Ich wusst selbst nicht, was in dem Kuvert war. Ich hab´s erst jetzt geöffnet, jetzt, wo der Schorsch tot ist.«

»Woher haben Sie das Kuvert?«

»Das hat mir die Adelheid, gegebn.«

»Die Schwester von Georg?«

»Ja. Vor etwa fünf Jahren. Sie hat gsagt, der Schorsch weiß nichts davon. Und ich darf das Kuvert erst aufmachn, wenn der Schorsch gstorbn ist. Ich hab mich dran ghaltn und als ich die Postkartn gsehn hab, hab ich gedacht, das würd Sie bestimmt interessiern.

Da hab ich sie zur Polizei nach Kötzting bracht und denen gsagt, sie solln sie Ihnen bringen.«

»Haben Sie die Karten gelesen?«

Sie nickt. »Ich glaub, die hat er gschriebn, als er bei der HJ war. Hat sich anscheinend nicht wohl gfühlt in dem Lager. Davon hat der Schorsch mir nie erzählt. Überhaupt hat er nie viel vom Krieg erzählt. Alles was ich weiß, hab ich von der Adelheid.«

»Wussten Sie eigentlich, dass Georg Koller Sie als Erbin des Hofes eingesetzt hat?«

Erneut stockt der Löffel. Dann legt sie ihn langsam beiseite. Ihr Blick wirkt abwesend. »Ich bin die Erbin des Hofs? Das versteh ich nicht.« Sie sieht mich fast entrüstet an. »Was hat sich der Schorsch denn dabei gedacht?«

Sie wusste es nicht. Das habe ich mir schon gedacht. Resi Bielmeier zählte für mich von Anfang an nicht zum Kreis der Verdächtigen.

»Ach noch etwas. Was tun Sie eigentlich da?« Sie zuckt zusammen und greift sich wieder den Löffel. Hastig nimmt sie ihre Tätigkeit wieder auf. »Blut rührn. Das ist das Blut von der Sau. Wird gleich aufgfangen, wenn´s erschossn wird. Ich rühr´s um, damit´s nicht gerinnt.«

Aha.

»Aha!«

»Gleich gibt's Kesselfleich. Das solltn´s sich nicht entgehn lassn.«

Von wegen, das hätte mir gerade noch gefehlt, denke ich und trete ins Freie, komme aber nicht weit. Das Kesselfleisch ist fertig! Und es gibt kein Entrinnen. Ein grobschlächtiger Mann stellt sich mir in den Weg. »Ah, Herr Kommissar! Grüß Gott auf dem Huberhof! Herbert Huber.« Er hält mir seine Hand, groß wie eine Bratpfanne entgegen. Anstandshalber ergreife ich sie und schon werde ich zu einem der Biertische, die dort aufgebaut sind, gezogen. Die Pranke lässt mich los, doch nur, um mich auf eine der Bierbänke zu drücken.

Ich sitze neben einer Frau mittleren Alters und ehe ich mich versehe, ist der ganze Tisch bevölkert. Urbayern in Schürzen und Kitteln stoßen mit Flaschenbier auf die gelungene Tötung und Zerlegung des Schweines an. Ehe ich es mich versehe, halte ich ebenfalls eine Flasche in der Hand und proste den anderen zu. Erst jetzt bemerke ich, dass ich Durst habe und dass das Bier hervorragend schmeckt. Dem ersten Schluck folgt schnell ein zweiter.

»So und jetzt das Essen!« ruft Bauer Huber und alle stürmen zu einem weiteren Tisch, um sich einzudecken. Ich habe keine Wahl, will ich die Einheimischen nicht kränken und so stelle ich mich in die Warteschlange. Je weiter ich nach vorne rücke, desto stärker wird der Geruch von Sauerkraut, gekochtem Fleisch sowie Blut- und Leberwürsten. Das flaue Gefühl in meinem Magen ist wieder da. Oh, wie ich in diesem Augenblick das *Rubico* vermisse. Die dekorativ angerichteten kleinen Portionen teils exotischer Speisen, deren Namen ich nicht einmal ins Deutsche übersetzen kann. Das gedämpfte Licht und die getragenen Unterhaltungen in verständlicher Sprache.

Hier stapeln sich Würste und Fleisch und das unvermeidliche Sauerkraut dampft in einer riesigen Schüssel. Brotlaibe laden zum Abschneiden beliebig großer Scheiben ein. Ich schlucke mein Unbehagen hinunter und lege tapfer ein paar Stücke mageren Fleisches mit Sauerkraut und einer Scheibe Brot auf meinen Teller und schleiche damit auf meinen Platz zurück. Am Tisch sitzen zehn Menschen jeden Alters. Vom Großvater bis zum Enkelkind genießen alle den Lohn der rituellen Schlachtung.

»Nun, Herr Kommissar, was führt Sie nochmal nach Kirchbach?«, fragt mich der junge Mann, der mir gegenüber seine Leberwurst von ihrer Haut befreit. Ich bemühe mich, nicht hinzusehen und konzentriere mich darauf, von dem Stück Fleisch auf meinem Teller einen Brocken abzuschneiden.

»Ich dachte, Sie haben den Mörder schon?«, meint die Frau neben mir. Sie hat das Gelage mit einer Blutwurst eröffnet.

»Ja, der Fall ist wahrscheinlich gelöst«, bestätige ich die allgemeine Meinung. »Ich bin mehr privat hier.«

»Privat?«

»Nun, ich interessiere mich noch für einige Sachen aus dem Leben von Georg. Vielleicht brauchen wir noch ein paar Indizien, um die Anklage zu erhärten«, lüge ich, ohne mit der Wimper zu zucken.

»Aus dem Leben vom Schorsch? Was für Sachen denn?«, will Bauer Huber jetzt wissen.

»Tja, er hat ja ziemlich viel durchgemacht in seinem Leben. Warum war er eigentlich nicht verheiratet?«

»Ja, wieso eigentlich?«, will auch eine junge Frau wissen.

»Hat das einschichtige Leben bevorzugt, der Schorsch«, sagt eine andere Frau, Mitte fünfzig und stark ergraut.

»Meine Mutter hat mir mal erzählt, dass ihr der Schorsch nachglaufn ist, als sie noch ein junges Madl war.«

»Na, da hast aber Glück gehabt, dass er sie nicht erwischt hat. Sonst wär der Schorsch dein Vater gwesn.«

Ich verschlucke mich fast und die anderen brüllen los vor Lachen.

»Meine Mutter hat erzählt, dass der Schorsch mal bei der Hitlerjugend gewesen ist. Und als er zurückgekommen ist, soll er ganz verstört gewesen sein. Nicht mehr der Bub wie zuvor.«

»Da ham´s ihn zum Mann gemacht«, meint der Opa am Tisch zwischen einem Bissen Wurst und einem Schluck Bier.

Aha, denke ich. *So einer bist du.*

Soll ich?

Natürlich!

Schließlich bin ich hier, um mehr zu erfahren. Also los: »Georg war nicht nur bei der HJ. Er war in einer Napola Schule.« Ich nehme einen Schluck aus der Flasche und schaue in die Runde. Betretenes Schweigen. *Oha,* denke ich. So dumm sind die Leute hier ja gar nicht. Sie wissen zumindest, was das bedeutet.

»Woher wolln´s das wissn?«, bricht Theresa Bielmeier das Schweigen. »Davon hättn wir doch erfahrn müssn. Und der Schorsch hat auch nie was davon gsagt.«

Ich schulde ihr die Erklärung. Schließlich hat sie mir die Postkarten geschickt. »Die Postkarten. Die Karten an seine Mutter. Er hat sie aus *Neubeuern* geschickt. Und das war eine Napola Schule der SS.«

»Deshalb war er sein ganzes Leben so seltsam. Die haben ihn umerzogen, damals«, meint die Frau gegenüber vorsichtig.

»Unsinn!«, schimpft Herbert Huber. »Der Koller Schorsch war nur etwas zurückhaltend. Aber er hat nie jemandem was getan und wenn man was gebraucht hat von ihm, dann hat er geholfen. Und bloß, weil er nicht über die Zeit im Krieg redn wollte? Niemand wollte das! Und er war ja auch noch fast ein Kind damals. Ich weiß nicht, was das mit seinem Tod zu tun haben soll. Oder, Herr Kommissar?«

Höre ich da einen drohenden Unterton? Vorsicht Moritz! »Nein, ich auch nicht. Aber vielleicht gibt es etwas in der Vergangenheit von Georg, das noch jetzt Grund genug war, ihn zu töten. Sollte es so sein, möchte ich das herausfinden.«

»Dann sollten´s schnell damit anfangen. Mit Ihren Ermittlungen.« Trotz der sommerlichen Temperaturen nähert sich die Stimmung schlagartig dem Gefrierpunkt. Da habe ich wohl einen falschen Nerv bei Herrn Huber getroffen. Ich denke an die riesigen Hände des Bauern und sehe ein, dass es besser ist, das Weite zu suchen. »Danke für die Einladung«, sage ich noch, kippe das Stamperl Bärwurz, das inzwischen eingeschenkt wurde, hinunter und stehe auf, um zu meinem Auto zu gehen. Auf dem Weg dorthin umrunde ich einen Tisch, der angefüllt ist mit Mordwerkzeugen. Messer und Hacken, Schnüre und Sägen. Alles, um einem armen Schwein den Garaus zu machen. Die Messer liegen fein säuberlich aufgereiht nebeneinander. Qualitätsmesser, das erkenne ich, auch ohne ein Experte zu sein. Eine verrückte Idee keimt in meinem Kopf. Bier und Schnaps zeigen ihre Wirkung und tragen das ihre zum folgenden Diebstahl bei. Blitzschnell greife ich nach einer der Klingen und lasse sie in meiner Jacke verschwinden. Hinter mir höre ich noch, wie Huber das Festessen abbricht und die Leute zum Weiterarbeiten auffordert. »Jetzt wird nochmal gwurscht!«

Ohne mich noch einmal umzusehen, will ich in meinen BMW steigen, als sich eine Hand auf meine Schulter legt. *Erwischt,* durchzuckt es mich. Schlecht für einen Polizisten, beim Diebstahl ertappt zu werden und doppelt schlecht, von einem Kerl, wie dem Huberbauern. Wenn ich nur an seine Hände denke.

Ich drehe mich um und blicke in das Gesicht eines Mannes im frühen Rentenalter. Ich kann mich nicht erinnern, ihn am Tisch bemerkt zu haben. »Herr Kommissar.«

»Ja?«

»Sie haben Recht. Der Georg war in einer Napola. Und er wollte weg von dort.«

»Was wissen Sie darüber?«

»Meine Mutter ist oft droben gewesen auf dem Kollerhof. Wir hatten die *Klausn* in Weißenregen damals. Da hat meine Mutter immer Eier, Milch und Fleisch beim Kollerbauern geholt. Dabei ist sie oft mit der Bäuerin ins Gespräch gekommen. Ich glaub sogar, sie war die einzige, mit der die Anna geredet hat. Sie soll ja ein richtiger Drachen gewesen sein. Aber mit meiner Mutter, da hat sie sich recht gut verstanden. Meine Mutter hat nicht oft darüber geredet, aber einmal, da hat sie mit dem Vater über den Koller Schorsch gesprochen. Ich weiß auch nicht warum. Jedenfalls war ich auch in der Stube und hab es mitangehört.« Er sieht sich verstohlen um und ich bin plötzlich wieder hellwach. »Die Anna«, hat meine Mutter gesagt, »die war ganz deprimiert. Und das sei ungewöhnlich, weil sie ja sonst immer aufbrausend und herrisch gewesen ist. Aber diesmal! Der Bub, der Schorsch, sei doch bei den Elitenazis und die wollen ihn nicht. Und der Schorsch will sie auch nicht. Sie schicken ihn heim, weil er nicht so ist, wie sie es wollen. Er hat einem anderen Jungen geholfen, der es nicht mehr ausgehalten hat. Der hat drei Tage Wache stehen müssen, weil er irgendwas nicht gewusst oder gekonnt hat oder so. Drei Tage ohne zu Essen. Da hat ihm der Schorsch heimlich was gegeben. Und da hat ihn der, dem er geholfen hat, verraten. Das muss man sich mal vorstellen. Das hatte er nun davon, der dumme Bub. Und weil er schon vorher aufgefallen war und nicht so gut war, wie es die Leute dort wollten, da haben sie ihn heimgeschickt. Die Anna hat gejammert, hat meine Mutter gesagt, dass ihr Bub eine solche Chance nicht wieder bekommt. Hätte bei den Nazis Karriere machen können, hat sie gesagt. Und das alles bloß, weil er zu weich gewesen sei. Meine Mutter hat ihr versprechen müssen, dass sie niemand davon erzählt. Wegen der Schande und so.«

»Georg Koller wurde sozusagen unehrenhaft entlassen«, überlege ich laut. »Darüber war seine Mutter bestimmt nicht begeistert.«

»Bestimmt nicht! Wissen´s was ich glaub? Der hätte alles getan, um das wieder gut zu machen. Bloß, um der Anna zu gefallen.«

Ich überlege und komme zu dem Schluss, dass er Recht hat. Ich reiche ihm die Hand. »Vielen Dank! Sie haben mir sehr geholfen.«

»Glauben`s, dass das was mit dem Tod vom Schorsch zu tun hat?«

»Ich weiß es nicht. Noch nicht.«
Ich muss noch mal zum Kollerhof.
Ach übrigens: Das Kesselfleisch hat ausgezeichnet geschmeckt.

Die Flieger

Heute Morgen, noch vor meiner Abfahrt in München habe ich mir einen Plan zurechtgelegt. Eine Art Checkliste, nach der ich vorgehen will. Den Haken hinter dem Punkt *Resi* kann ich nun schon setzen. Und die Zusatzinformationen, die mir der Unbekannte nach dem Kesselfleischessen geschenkt hat, nehme ich gerne mit.

Da das Saatkorn in meinem Kopf die Form des Bildes der Jungen angenommen hat, werde ich meine Suche auf dem Kollerhof fortsetzen. Dazu brauche ich den Schlüssel zum Haus, den noch immer die Polizeiinspektion Bad Kötzting verwahrt. Das Anwesen wurde zwar inzwischen für Theresa Bielmeier freigegeben, damit sich die gute Seele des Hauses um eben dieses kümmern kann, doch hat die alte Frau ihren eigenen Türöffner vom noch lebenden Georg erhalten.

Die Kollegen von der PI Bad Kötzting händigen mir die Schlüssel ohne größere Fragen aus. Warum auch nicht? Schließlich bin ich der ermittelnde Kriminalbeamte, der einen Mord in ihrer sonst aus Pfingstritt, Kleindiebstählen und Alkoholdelikten bestehenden Welt aufgeklärt hat. Ich übergebe ihnen noch das Messer und trage ihnen auf, dieses so schnell wie möglich der *SOKO Seewand* bei der Kripo Regensburg zukommen zu lassen. Die KTU soll es mit der Tatwaffe vergleichen.

Zehn Minuten später bin ich wieder in Kirchbach. Meine Rückkehr auf den Kollerhof ist unspektakulär und hat doch für mich etwas Bedrückendes an sich.

Besser, ich lasse den Sommer in meinen Wagen, denke ich. Mit offenem Fenster fahre ich wieder den Weg hinauf, halte hundert Meter vor dem Anwesen und stelle den Motor ab. Das Knirschen der Reifen auf den Schottersteinen ist verstummt und nur noch das Zwitschern der Vögel und das entfernte Brummen eines Traktors übertönen die Ruhe. Nichts lässt erahnen, dass ich hier vor wenigen Tagen beinahe ums Leben gekommen wäre. Ich beschließe, zu Fuß zu gehen. Wohnhaus und Stall liegen verlassen und einsam vor mir und auch die Wiesen rundum werden nur von einigen Nektar suchenden Schmetterlingen und Bienen bevölkert. Ich umrunde das Haus und stehe vor den verkohlten Resten der Scheune, die gleich dem Skelett eines urzeitlichen Tieres in den Himmel ragen. Mit einem flauen Gefühl im Magen trete ich näher. Gut die Hälfte des Gebäudes ist eingestürzt. Schwarze Balken, durch die Hitze verbogenes landwirtschaftliches Gerät und kohlende Strohballen bilden ein wildes Konglomerat. Ich umgehe den Schutthaufen und sehe, dass die Kellertür – mein Lebensretter – versiegelt ist. *Hat die Spurensicherung endlich alles untersucht,* denke ich nicht ohne Ärger. Labor und Methfabrik sind sichergestellt und stehen als unüberwindbare Beweismauer zwischen Thomas Kausche und der Freiheit. Aber deshalb bin ich nicht hier. Ich muss ins Haus. Wie nicht anders zu erwarten, passt der Schlüssel, den ich aus meiner Jackentasche ziehe, und öffnet mir die Tür zur Diele des bäuerlichen Hauses der nicht mehr existierenden Familie Koller. Ich zögere kurz, dann betrete ich das Schlafzimmer zu meiner Linken. Das Bild ist noch da!

Die vier Jungen, die durch meinen Kopf schwirren. Ein kurzer Rundblick verrät das Wirken von Resi Bielmeier. Alles sieht völlig normal aus. Sogar die Blumen auf dem Fensterbrett blühen, wie frisch gegossen. Und Georgs Bett scheint nur darauf zu warten, dass sich der Hausherr nach einem langen Tag in ihm zur Ruhe legt. Es wartet vergeblich. Georg wird heute nicht kommen. Und auch morgen nicht. Er wird dieses Zimmer nie mehr betreten, so wie er die Stube nie mehr betreten wird, in die ich jetzt gehe. Er wurde getötet und ich bin mir nicht sicher, ob wir den richtigen Mörder jagen. Alle anderen schon, nur ich nicht.

Ich kann nicht sagen warum, und das macht mich wahnsinnig. Deshalb bin ich hier. Ich muss die Zahnräder in meinem Kopf zum Drehen bringen, bis die gesamte Maschine läuft und mir die Antwort verrät. Bis jetzt aber stehen die Räder still und nur ein hässliches Knirschen deutet auf das bloße Vorhandensein eines Denkapparats in meinem Kopf hin.

Auch um die Stube hat sich Resi gekümmert. Hatte ich den modrigen Geruch schlecht gelüfteter Räume erwartet, so werde ich angenehm überrascht. Georgs Nachbarin verrichtet ihr Werk, als wäre nichts geschehen. Auch hier Blumen an den Fenstern und im Herrgottswinkel. Die Figur am Kreuz schaut zu mir herab, scheint mich zu beobachten. Wie viele Generationen Kollers hat sie schon hier zu Welt kommen, aufwachsen und sterben sehen? Auch Georgs Leben ist an ihren Augen vorbeigezogen. Die harten Tage unter der strengen Knute der Mutter ebenso, wie die Stunden der Einsamkeit des alten Mannes.

»Du könntest mir sicher einiges zu meinem Fall erzählen«, sage ich zu der Figur hinauf. Doch der Gekreuzigte schweigt.

War ja zu erwarten. Also weiter ins Wohnzimmer Georgs. Auch hier deutet nichts darauf hin, dass das Haus seit einigen Tagen keinen Bewohner mehr hat. Was hoffe ich eigentlich hier zu finden? Ich bleibe vor der doch sehr überschaubaren Auswahl an Büchern stehen. Ich erinnere mich natürlich an die Lektüre über die beiden Weltkriege, die mir schon bei meinem ersten Besuch hier aufgefallen ist. Außer seinem Hof und seinen Wanderungen zum Arber scheint ihn diese Epoche am meisten interessiert zu haben. Kaum verwunderlich, prägte sie doch seine ersten Lebensjahre. Ich lege meinen Kopf schräg, um die Beschriftungen auf den Buchrücken lesen zu können. Alles wie gehabt. Die Bücher sind noch da, doch halt: *Deutsche Jagdflieger des 2. Weltkrieges*. Dieses ist mir bisher entgangen. Die Jungen haben sich laut Resi Bielmeier die *Flieger* genannt!

Nichts Ungewöhnliches. Jugendliche Schwärmerei für die Helden aus den Propagandanachrichten der Wochenschau und des Volksfunks.

Und doch! Ich ziehe das Buch aus dem Regal und als ich es hochhalte, fällt eine Fotografie zu Boden. Die Aufnahme lag eingeklemmt zwischen zwei Seiten versteckt in diesem Buch und sie ist eine genaue Kopie des Bildes im Schlafzimmer. Ich drehe das gezackte Foto um und erkenne, dass ich mich irre. Dies hier ist das Original und an Georgs Bett steht das Duplikat, das er Jahre später hat anfertigen lassen. Auf der Rückseite des altertümlichen Fotopapieres stehen in fast verblasster Bleistiftschrift Namen geschrieben. Namen, die mich verwirren, denn sie passen nicht zu den Gesichtern auf der Vorderseite. Heinz, Kurt, Joachim und dort, wo Georg stehen müsste, lässt sich gerade noch Erich erkennen. Und darunter in Klammern: *Nicht im Bild: Der Baron*. In der Mitte etwas größer und unterstrichen: *Die Flieger im Dezember 1939*. Ohne es zu bemerken, lasse ich mich in Georgs Fernsehsessel sinken. Die Flieger? Mein Blick löst sich von der Fotografie und wandert zu dem Buch. Mal sehen. Gleich nach der Einleitung des Autors finde ich eine Auflistung aller Kriegshelden in alphabetischer Reihenfolge. *Nützt nichts*, denke ich. Schließlich suche ich nach Vornamen. Frustriert blättere ich durch die Seiten. Meine Augen huschen über Zahlen und Namen, die mir nichts sagen. Männer, die in der ersten Hälfte des 20. Jahrhunderts jung gewesen und jetzt längst tot waren. Bei *H* werde ich schließlich fündig. Erich Hartmann, das ungekrönte Fliegerass aller Kriege, die dieser Planet schon genießen durfte. 352 Abschüsse. Na gratuliere! Ein paar Zeilen aus der Biografie von Erich *Bubi* Hartmann, und mir ist klar, wieso Georg sich diesen Aliasnamen erwählt hatte. Der Star unter den Jagdfliegern hatte ein Jahr in der Napola Rottweil verbracht. Georg musste in ihm den Seelenverwandten und zugleich das Idol gesehen haben.

Weiter! Heinz Bär, der eigentlich Oskar-Heinrich hieß, den Krieg überlebte und 1957, wie es sich für einen Piloten gehört, bei einem Absturz ums Leben kam.

Kurt Welter. Nanu? Nur 33 Abschüsse. Mal nachlesen. Aha. Der liebe Kurt durfte die Me 262 fliegen und gewann mit dem ersten Düsenjagdflugzeug überhaupt 16 Luftkämpfe. Karl Loibl musste das so fasziniert haben, dass er sich in ihrer Gruppe für diesen Namen entschieden hatte. Und Franz Schedlbauer, der einzige Überlebende der vier?

Joachim Brendel. 189 Abschüsse. Interessant. Ein Abschuss beim ersten Feindflug, dann 116 Flüge ohne Erfolg. Ein Spätstarter. Wie Franz? Vermutlich ja!

Ich lege das Buch zur Seite. In meinem Kopf beginnt es zu rattern. Langsam zwar, aber gut justiert und geölt läuft die Maschine an. Nur einige der Zahnräder, aber immerhin. Ich sehe die Jungen vor mir. Geprüft vom zunehmendem Versorgungsnotstand während der Kriegsjahre und den Verlusten an der Front, die auch vor ihren Familien nicht Halt gemacht hatten. Und dennoch. Verschont vom Bombenhagel der Großstädte und geblendet von der nationalsozialistischen Propaganda mit ungebrochenem jugendlichem Enthusiasmus vom Endsieg träumend. Am meisten von ihnen Georg. Die Erziehung in der Napola hatte Spuren in ihm hinterlassen, die er nicht so ohne Weiteres wegwischen konnte. Und sie suchten sich Helden. Keine Ritter, Indianer oder derartiges. Flieger! Fliegerhelden waren das gemeinsame Interesse, das die Fünf zusammengeführt hatte und zusammen hielt. Wie haben sie es gemacht? Ich versuche, mich in die Zeit hineinzudenken, wohlwissend, dass mir das nicht vollständig gelingen kann. Sie haben es geheim gehalten. Jawohl, ein Geheimbund musste es sein. Das machte die Sache gleich viel spannender. Was haben sie zusammen unternommen? Auf jeden Fall waren sie in der Seewand über dem Arbersee gewesen. Einer von ihnen musste herausgefunden haben, dass dort ein Flugzeug abgestürzt war. Nicht sehr ehrenhaft, das muss ich zugeben, aber immerhin in erreichbarer Nähe. Es war zu einer Zeit passiert, da die fünf Jungen noch Kinder gewesen waren, kaum älter als zehn Jahre. Und dennoch hatten sie sich auf den Weg hinauf zum Arber gemacht. Das Foto beweist das eindeutig. Warum? Damals muss der Bayerische Wald noch weiter vom Geschehen in der großen Welt draußen entfernt gewesen sein, als dies heute der Fall ist. Die Helden der Fliegerei blieben auch später für Georg und seine Freunde unerreichbare Gestalten aus Zeitung und Wochenschau. Doch hier hatte sich ihnen die Gelegenheit geboten, ein Jagdflugzeug zu sehen, auch wenn es nur ein ausgebranntes Wrack war. Also waren sie zum Arber aufgebrochen, um die Absturzstelle zu suchen. Schon diese kleine Reise musste ein Abenteuer für sie gewesen sein. Wie konnten sie zu diesem Zeitpunkt auch ahnen, dass sie bald Jagdflugzeuge in Hülle und Fülle zu sehen bekommen würden. Allerdings amerikanische und diese Bomben werfend und Menschen mit Maschinengewehren auf den Feldern jagend. Doch sie hatten den Propeller gefunden und das Foto mit ihrer Beute gemacht. Dann hatten sie am Berg übernachtet. Das gemeinsame Abenteuer, die Nacht im Wald über dem See. Ihr Geheimnis hatte sie zusammengeschmiedet. Hatten sie sich einen Eid geschworen? Ewige Freundschaft und Treue oder so? Gut möglich. Ich bin mir fast sicher, dass es so passiert ist. Es war die Geburt ihres Bundes gewesen. Jahre später dann hatten sie die Namen ihrer Helden der Lüfte angenommen und Georg hatte sie auf die Rückseite der Fotografie geschrieben. Zumindest für ihn hat dieser Ort Zeit seines Lebens eine besondere

Bedeutung gehabt. Warum sonst ist er bis zu seinem Tod immer wieder dort oben gewesen? Und die anderen? Franz, der mir mit viel Glück noch von diesen Ereignissen berichten könnte, wenn ich die Geduld dazu aufbringe und die Demenz seine Erinnerungen nicht gänzlich gelöscht hat. Karl und Norbert, beide laut Resi Bielmeier noch während des Krieges gestorben. Wann und vor allem wie? Das muss ich noch herausfinden. Und der Baron? Lebt er noch oder ist auch er bereits verstorben? Und wer ist oder war der Baron? Ich nehme noch einmal das Buch zur Hand. So sehr ich jedoch auch suche, ich finde weder einen Baron als Namen, noch als adeligen Fliegerhelden, der passen würde.

Sie werden sich fragen, warum mich das überhaupt beschäftigt. Ich kann darauf noch keine Antwort geben. Noch weiß ich nicht, was das alles mit dem Tod des Fliegers Georg, der in der Napola gewesen war, zu tun hat. Doch das Saatkorn in meinem Kopf weiß es und es sagt mir, dass es wichtig ist, herauszufinden, wie Karl und Norbert gestorben sind und wer hinter dem Baron steckt. Und deshalb werde ich jetzt nochmal hinunter nach Kirchbach fahren und dem Rathaus einen Besuch abstatten. Und ich bleibe hier, bis ich das Saatkorn vertrieben habe, oder auch nur, bis ich erkenne, dass ich nur einer blöden Idee hinterherlaufe. Das Bild der Flieger nehme ich mit.

In den Archiven

Auch wenn ich mir nicht sicher bin, dort noch willkommen zu sein, betrete ich doch erneut das Kirchbacher Rathaus. Vorbei an Irmgard von der Touristinfo, der ich freundlich zuwinke, steige ich wieder die Stufen hinauf in die heiligen Hallen des Bürgermeisters. Dieser weilt jedoch noch im Landratsamt und so bin ich wieder auf seine Vorzimmerdame angewiesen.

»Na, schon etwas gefunden?«, erwartet mich Claudia Thanner schnippisch. Sie ist sichtlich nicht gut auf mich zu sprechen, konnte doch meine Diskretion ihren Wissensdurst bisher in keinster Weise stillen.

»Kesselfleisch!« antworte ich und auf ihren verdutzten Blick ergänze ich noch: »beim Huberbauer.«

»Ach so«, meint sie und nickt mit dem Kopf. »Und was führt Sie wieder zu uns?«

»Sie haben doch sicher so etwas wie eine Chronik des Ortes. Aufzeichnungen über Kirchbach.«

»Nicht das ich wüsste.« Sie scheint die Antwort zu genießen. »Wenn Sie ein Geschichtsbuch wollen, müssen Sie zu Doktor Kreitinger gehen. Der kann Ihnen sicher weiterhelfen.«

Hm! Nicht gut. Mal überlegen. Ach ja, Personenstandsbücher. Ich krame das bisschen Wissen über kommunale Verwaltungsabläufe, das von meiner Ausbildung noch übrig ist, hervor. Geburten, Hochzeiten, Tod. All das ist doch in den Büchern der Gemeinde festgehalten. »Aber Geburtsurkunden und solche Dokumente haben Sie doch?«

»Natürlich. Aber ich bin mir nicht sicher, ob Sie diese einsehen dürfen. Wo der Fall doch schon abgeschlossen ist.« Langsam geht sie mir auf die Nerven. Dennoch bleibe ich ruhig. Sie hat ja Recht. Ich habe keinen Ermittlungsauftrag und bin sozusagen privat hier. Und da kann nicht jeder so einfach die Bücher der Gemeinde einsehen. Also ist Strategieänderung angesagt. »Sie müssen wissen, uns fehlen noch einige wichtige Details, um den Täter zu überführen.« Ich bemühe mich um einen verschwörerischen Unterton in meiner Stimme. »Wir müssen etwas weiter in die Vergangenheit zurück und da hatte ich gehofft, Sie könnten uns dabei eine große Hilfe sein. Wo Sie doch alles Nötige hier haben.« Ihr Panzer schmilzt schneller, wie Eis am Stiel in einer Sonneneruption. Bei dieser Frau entwickelt sich die Neugier zu einer geradezu elementaren Kraft. »Sie glauben also, dass es hier im Dorf noch Geheimnisse gibt, die zum Täter führen?«, fragt sie mit gedämpfter Stimme. Mein bedeutungsvolles Schweigen beflügelt ihre Fantasie weiter. Es wird Zeit, mein schwerstes Geschütz aufzufahren: »Können Sie ein Geheimnis für sich bewahren?«

Natürlich kann sie. Wie sonst sollte man ihren Gesichtsausdruck deuten? »Ich glaube, dass hinter dem Tod von Georg Koller noch viel mehr steckt, als wir bisher angenommen haben.« Damit habe ich sie, ohne zu viel verraten zu haben. Sie nickt bedeutungsschwer. Ihre Hand verschwindet in einer Schublade ihres Schreibtisches und kommt mit einem Schlüsselbund wieder zum Vorschein. »Das Archiv ist im Keller«, erklärt sie mit weiterhin leiser Stimme, so als ob uns jemand hören könnte. Nun werden Sie sich sicher fragen, warum ich dieses Theaterstück aufführe und nicht einfach Resi nach dem Tod von Karl und Norbert gefragt habe?

Also gut! Ich habe es vergessen. Bei meiner ersten Begegnung mit Georgs Nachbarin interessierten mich die beiden Jungen zu diesem Zeitpunkt schlicht und einfach nicht. Warum auch? Und heute Morgen? Beeindruckt von den Umständen ist mir die Frage entfallen. Blut und Fleisch des Schweines haben Karl und Norbert aus meinem Gedächtnis verdrängt. Jetzt also das Rathaus!

Unauffällig folgen, denke ich, während wir die Stufen hinabsteigen. Das Archiv der Gemeinde Kirchbach besteht aus mehreren Rollregalen mit einer beachtlichen Anzahl von Ordnern und Büchern. Ich benötige die Sterbebücher des Jahres 1945. Claudia Thanner zeigt mir die richtige Reihe und schon halte ich ein leicht vergilbtes, dickes Buch mit schwarzem Einband in der Hand.

»Nach was suchen wir denn?«

Wir! Sie hat wir gesagt! Aber ich brauche sie. »Karl Loibl und Norbert Wittenzellner. Ich muss wissen, wie sie gestorben sind.«

»Das wird schwierig. Aus den Sterbebüchern lässt sich nur das Todesdatum ablesen. Und die Sterbeurkunden aus dieser Zeit haben wir nicht mehr hier. Die liegen im Staatsarchiv in Landshut.«

Na, dann wenigstens das Datum. Die Einträge für das letzte Kriegsjahr sind beträchtlich für ein kleines Dorf. *Kriegsgefallene,* denke ich beim Durchblättern der alten Seiten. Dann habe ich sie: Karl Loibl, geb. 17.03.1929, gestorben am 22.04.1945 und Norbert Wittenzellner, geb. 21.09.1930, gestorben am 22.04.1945. Beide am gleichen Tag! Wenigstens habe ich jetzt ein Datum. Vielleicht gibt ja Alois Kreitingers Sammlung etwas mehr zu diesem Tag her.

»Hilft uns das weiter? Ich habe die beiden Namen noch nie gehört.« Claudia Thanner schaut enttäuscht über meine Schulter in das Buch.

»Kriminalarbeit bedeutet, einen langen Weg mit kurzen Schritten zu gehen«, erkläre ich ihr mit wichtiger Miene. Sie nickt nur und ich lasse sie mit ihren Gedanken zurück, natürlich nicht, ohne mich für ihre wertvolle Hilfe bedankt zu haben. Die Geschehnisse der letzten Minuten werden sicher bald ihre Runde durch das Dorf machen. Wenn auch dramaturgisch aufgepeppt durch die gute Frau Thanner. Darauf können Sie wetten.

Ich befolge ihren Rat und statte Doktor Kreitinger einen Besuch ab. Es ist kurz vor fünfzehn Uhr und ich habe Glück. Bereits nach dem ersten Läuten erscheint seine imposante Gestalt in der Tür. »Herr Buchmann?!« Er scheint ehrlich überrascht zu sein. »Ich dachte, Sie sind bereits zurück in München? Ich bin froh, Sie gesund wiederzusehen.«

»Grüß Gott, Herr Kreitinger. Ja, ich freue mich auch«. Selten war ein Satz von mir so wahr.

»Sie hatten ja wirklich großes Glück, heil aus der Sache herauszukommen. Nicht auszudenken, die Feuerwehr wäre zu spät gekommen.« Ich teile seine Meinung uneingeschränkt.

»Herr Kreitinger. Ich weiß, dass der Mord an Georg Koller vor der Aufklärung steht. Ich möchte dennoch gern auf Ihr Angebot zurückkommen, und mich ihres Archives bedienen. Ein paar offene Fragen führen doch weiter zurück und vielleicht finde ich in Ihren Unterlagen etwas Brauchbares.«

»Aber gern, wenngleich ich nicht verstehen kann, was die Vergangenheit mit Georgs Tod zu tun haben soll. Aber Sie sind ja der Kommissar, richtig?«

»Vielen Dank. Könnten Sie mir noch erklären, nach welchem System Sie Ihre Dokumente geordnet haben?« Wir haben den Dachboden erreicht und ich frage mich, wie ich in dieser Ansammlung von Bildern und Schriftstücken etwas finden soll.

»So schwer ist das gar nicht«, versucht er mich zu ermutigen. »In erster Linie ist alles nach Jahren sortiert. Innerhalb der einzelnen Jahrgänge gibt es noch einmal eine Unterteilung in Bilder, Zeitungsartikel, Briefe und Postkarten sowie sonstige behördliche Dokumente. Es gibt natürlich noch ganze Kisten und Schachteln voll von Unterlagen, die ich noch nicht gesichtet habe. Viele Familien geben mir den Nachlass von verstorbenen Angehörigen. Meist uninteressantes Zeug, aber manchmal sind wahre historische Schätze darunter. Allerdings nur, wenn man sie zu würdigen weiß.«

Habe ich bei diesen letzten Worten ein kurzes Flackern in seinen Augen gesehen? Vielleicht, aber jetzt muss ich mich erst einmal auf die Suche machen. »Danke. Ich weiß allerdings nicht, wie lange ich brauchen werde.« Das weiß ich wirklich nicht, aber vielleicht könnte mir der Doktor ja weiterhelfen? Möglich, dass er mir viel Zeit ersparen könnte. Einen Versuch ist es allemal wert. »Äh, eventuell können Sie mir eine lange Suche ersparen. Sie gelten ja bei den Kirchbachern als wandelnde Chronik des Ortes.«

»Das ist sicher weit übertrieben, aber ich helfe Ihnen natürlich gern. Um was geht es denn?«

»Nicht um was, sondern um wen. Karl Loibl und Norbert Wittenzellner. Zwei Jugendfreunde Georgs. Sie sind beide am gleichen Tag im April 1945 gestorben. Wissen Sie um die genauen Todesumstände der beiden?«

»Karl und Norbert?« Leise und gedehnt. Hallt zwischen den beiden Namen ein Echo von Trauer und Entsetzen? »Karl Loibl und Norbert Wittenzellner.« Er hat sich wieder gefasst, doch der Augenblick der Unsicherheit ist mir nicht entgangen. »Natürlich erinnere ich mich, obwohl Sie in meinen Unterlagen«, er umfasst sein Archiv mit weitausholender Geste, »nichts darüber finden werden. Aber immerhin sind beide in meinem Alter und mit mir zur Schule gegangen. Bis zu jenem Tag im April. Ja, ich weiß es noch genau. Das ganze Dorf stand unter Schock. Auch in Kriegszeiten war der Tod von gleich zwei Buben eine Tragödie, an der die ganze Region Anteil nahm. Karl und Norbert sind ertrunken.«

»Ertrunken?« Bin ich enttäuscht? Was sonst hatte ich erwartet?

»Ja. Im Regen. Der Fluss stand außergewöhnlich hoch damals. Ich glaube, es hatte lange geregnet und am Arber war noch Schneeschmelze. Außerdem war das Wasser eiskalt. Warum sie hineingefallen sind, kann ich nicht sagen. Es war ein Unglück! Eines von vielen in der damaligen Zeit, wenngleich eines der schlimmsten.«

Er versucht es herunterzuspielen, denke ich. *Warum hat er dann so betroffen reagiert, wenn auch nur für einen Wimpernschlag?* Alois Kreitinger verschweigt mir etwas, dessen bin ich mir sicher.

»Kann ich, äh, kann ich mich trotzdem noch hier umsehen? Möglich, dass ich noch etwas Interessantes entdecke.«

»Aber natürlich. Ich muss nur noch mal weg. Machen Sie sich aber keine Gedanken. Suchen Sie, so lange Sie wollen. Schließen Sie nur hinter sich die Tür, falls ich nicht da sein sollte.«

Damit dreht er sich um und geht. Er lässt mich allein in seinem Haus! Sehr vertrauenswürdig, das muss ich schon sagen. Irgendwie sind das alle hier. *Heile Welt,* denke ich. Zumindest bis letzte Woche.

Wo soll ich anfangen? Zeitungsartikel wären gut. Also gehe ich zum Regal mit der Aufschrift *Zeitungen* und dort zum Abschnitt *1940 – 1950.* Ich finde auch einen ganzen Stapel alter Zeitungsausschnitte, alle Kirchbach und Umgebung betreffend. Die Nachrichten sind auch hier unverkennbar von den Kriegsereignissen an den Fronten und den großen Städten geprägt. Essensmarkenausgaben und Mitteilungen über Arbeitseinsätze wechseln sich ab mit harmlos klingenden Meldungen über Vereinsaktivitäten und kirchlichen Nachrichten sowie dem Polizeibericht. Unter den Todesanzeigen des 24.04.1945 finde ich Karl und Norbert. Keine genauen Angaben über die Todesursache. Und auch kein Zeitungsbericht darüber. Warum nicht? War ihr Tod keine Nachricht wert? Oder durfte über ihn nicht berichtet werden? Wollten auch die Familien der beiden nicht, dass jemand über die genauen Umstände des Unglücks erfuhr? Verbot die allgegenwärtige Staatsmacht eine Veröffentlichung?

Nachdenklich lege ich die Zeitungen zurück und wende mich einer Schachtel alter Bilder mit der Aufschrift *1940 – 1945* zu. Wo kann ich mich setzen? Den Karton in der Hand sehe ich mich um. Die meisten Tische im Raum sind mit Bildern und Dias belegt. Ich möchte mich für die Gastfreundschaft von Doktor Kreitinger ungern damit bedanken, dass ich seine Arbeit durcheinander bringe. Unter einem Fenster in einer Dachgaube finde ich einen leeren Schreibtisch und stelle den Karton daneben auf den Boden. Der Stuhl ist überraschend bequem und ich mache mich über den ersten Stapel Bilder her. Sie sind mit einem Gummi zusammengebunden und mit einem Zettel *Hochwürden Paul Steiner 1945, Familienbilder* beschriftet.

Dann mal los!

Eine Stunde später lehne ich mich enttäuscht zurück. Ich habe gut und gern 200 Schwarzweißaufnahmen durchgesehen. Aufnahmen von Menschen in allen Lebenslagen. Arbeiter auf dem Feld, Frauen beim Wäsche aufhängen, Männer im Wirtshaus, Kinder in und vor der Schule und so weiter und so weiter. Viele davon nicht beschriftet, sodass ich mit den Gesichtern auf den Fotos nichts anfangen kann. Allen gleich ist der ernste Blick der Erwachsenen und die Hoffnung in den Augen der Kinder. Mein Nacken ist steif und mein Kopf schmerzt. Das Läuten der nahen Kirchenglocke zeigt mir, dass es sechzehn Uhr ist. Das Kesselfleisch im Magen lässt dem Hunger noch keine Chance und ich beschließe, noch ein weiteres Paket Bilder durchzusehen. Diesmal handelt es sich um Aufnahmen, die der rührige Herr Hochwürden auf den Bauernhöfen der Gemeinde gemacht hat. Und sie sind beschriftet. Langsam lasse ich die gezackten Bilder durch meine Finger gleiten, drehe sie um, lese die Namen und das Datum.

Und dann, endlich, ein Bild der Bauernfamilie vom Kollerhof. Schwarzweiß, doch von erstaunlicher Qualität zeigt es die Großfamilie am 17. Mai 1944. Franz Koller ist da schon fast vergessen, liegt irgendwo in Frankreichs Erde. Ob deshalb das Gesicht von Anna Koller, der Herrscherin der Familie so verbittert ist? Ich bezweifle, dass es jemals anders war, als auf diesem Bild. Streng und herrisch dominiert sie die Aufnahme. Neben ihr verschwindet Toni Koller, immerhin Bauer auf dem Hof ebenso, wie die Kinder, die ängstlich oder konzentriert – der Unterschied lässt sich nicht erkennen – in die Kamera starren. Adelheid und Heike, Ingeborg und Steffi, einen Strauß Blumen in der Hand, und Georg. Ich erkenne ihn sofort, wenngleich von der Fröhlichkeit und Lebenslust des Jungen auf dem Bild, das ich in der Jacke trage, nichts übriggeblieben scheint. Zu diesem Zeitpunkt war die Zeit in der Napola nur noch eine böse Erinnerung gewesen. Lange betrachte ich den gebrochenen Blick des Jungen, der morgen beerdigt werden wird. Damit ist nur noch Franz am Leben, der an Demenz leidet und mir kaum weiterhelfen kann.

Und vielleicht der fünfte Junge. Der, welcher das Bild im Wald, oben in der Seewand gemacht hatte. Wer war er? Wie ist sein Name? Ist er noch am Leben? Nachdenklich lehne ich mich zurück.

Zum ersten Mal sehe ich mir den Schreibtisch, an dem ich sitze, genauer an. Penibel aufgeräumt und bis auf meine Bilder leer. An der Wand ein Regal mit Büchern und Landkarten. So wie ich erkennen kann, behandeln alle die Zeit des Dritten Reiches und des Ersten Weltkriegs. An einem gläsernen Podest mit Ständer baumelt an einem dünnen Faden ein rotes Flugzeugmodell. Die Plakette auf dem Podest verrät eine Fokker Dr. I.

Manfred von Richthofens berühmter Dreidecker. Ich bin wahrlich kein Experte, doch diese Maschine kenne ich aus dem Deutschen Museum.

Ich halte das Bild noch immer in der Hand. Ob ich es mitnehmen kann? Ich mach´s einfach und stecke es zu den Fliegern in meiner Jacke. Ich werde es seinem Besitzer später wiedergeben.

Vorsichtig packe ich die übrigen Aufnahmen wieder in den Karton und stelle diesen zurück in das Regal. Ein Blick auf die Uhr. Mann, es ist schon fast siebzehn Uhr. Jetzt wird es aber Zeit. Ich gehe die Treppe hinunter und vor das Haus, läute, doch niemand reagiert. Das Haus ist leer. Alois Kreitinger ist tatsächlich fort. Noch vor wenigen Tagen hätte ich mich darüber gewundert, ein paar Tage Kirchbach haben gereicht, um mich das Vertrauen der Menschen hier im Bayerischen Wald als gegeben hinnehmen zu lassen. Also schließe ich die Tür und beeile mich, zu Rosis Pension zurück zu kommen. So langsam meldet sich doch mein Magen.

Liebe und Tod

Rosi ist nicht allein. Eine junge Frau sitzt am Tisch, als ich die Stube des Hauses Sonnenschein betrete. Eine ausgesprochen hübsche Frau wohlgemerkt. »Ah, Sie müssen Herr Buchmann sein«, unterbricht sie ihr Mahl. Die beiden auffällig unterschiedlichen Damen genießen eine auf den ersten Blick undefinierbare flüssige Nahrung. Obwohl sich mein Magen nicht mehr ignorieren lässt, reicht ein Blick in die Teller auf dem Tisch, um meinem latent vorhandenen Diätvorsatz zu neuem Auftrieb zu verhelfen. Ich erkenne Knödel, die in einer rotbraunen, mit Kraut und Bohnen gesättigten Flüssigkeit schwimmen.

»Ja, so ist es!«, erwidere ich den Gruß. »Wie es scheint, kennt hier jeder meinen Namen.« Ich ergreife die mir angebotene Hand.

»Man spricht viel im Ort über Sie«, meint sie lächelnd. Ich erwidere das Lächeln und muss feststellen, dass sie mir sympathisch ist. Sie kennen das ja. Manchmal hegt man für Personen auf Anhieb Sympathie und manchmal Abneigung, ohne je den Grund für dieses irrationale Gefühl zu erfahren. Diese Frau jedenfalls hat meine Zuneigung mit nur wenigen Worten und diesem bezaubernden Lächeln, mit dem sie sich vorstellt und mich jetzt an den Tisch bittet, ohne großen Aufwand gewonnen. Ihr schulterlanges, brünettes Haar hat sie zu einem Pferdeschwanz gebunden, ihre braunen Augen blitzen aufmerksam in den Tag. Sie ist nicht mit einem dieser Modelgesichter gesegnet, welches den wissenschaftlich berechneten Schönheitsidealen entspricht, doch hat sie eine Ausstrahlung, die mich sofort gefangen nimmt.

Offensichtlich bewege ich mich auf kontaminiertem Gelände, da ich für ein paar Herzschläge den Grund meiner Anwesenheit in

Kirchbach vergesse. Aber wirklich nur für ein paar Schläge dieses Herzens, das sich geschworen hat, allein durch den Rest seines Lebens zu gehen. Dann bin ich wieder voll bei der Sache. Versprochen!

Vielleicht ist es aber auch nur Rosi, die diesen kurzen Augenblick mit der von mir schon ängstlich erwarteten Einladung beendet. »Ah, Herr Buchmann! Sie haben doch sicher noch nichts gegessen? Kommen Sie doch her und setzen Sie sich. Ich hab genug Bohnensuppe. Die reicht für Sie auch noch.«

Ach so! Bohnensuppe nach Rosi. Ich weiß, jeder Fluchtversuch ist zwecklos. Also setze ich mich auf die Eckbank und noch ehe der Sekundenzeiger meiner Uhr eine halbe Umdrehung schafft, warten Teller und Löffel auf ihren Einsatz. Rosi lässt es sich nicht nehmen, zwei Schöpflöffel der Brühe und einen Handball von einem Knödel in meinen Teller zu füllen. Dann sieht sie mich aufmunternd an.

Plötzlich schlägt sie sich mit der flachen Hand auf die Stirn. »Oh, wie unhöflich von mir. Ich habe Ihnen Claudia ja noch gar nicht vorgestellt. Claudia Schedlbauer. Sie wissen schon?«

Nein, ich weiß gar nichts. Entsprechend dumm schaue ich wohl aus der Wäsche, denn Rosi fügt hinzu: »Franz Schedlbauers Enkelin.« Endlich fällt bei mir der Groschen. »Frau Schedlbauer. Ich freue mich wirklich, Sie kennenzulernen.«

»Weil Sie mit Opa sprechen wollen?« Noch während ich nicke, erkenne ich, wie unhöflich das ist. Und auch nicht wahr. Natürlich muss ich mit Franz Schedlbauer sprechen, aber die Bekanntschaft mit Claudia ist mir auch so alles andere als unangenehm. Natürlich kann ich ihr das nicht sagen, weshalb es vorerst beim Nicken bleibt. *Und mehr darf es auch nicht werden Moritz*, ermahne ich mich. Der gute Vorsatz hindert mich jedoch nicht daran, ihr meine ganze Aufmerksamkeit zu schenken. Ihre Stimme passt zu ihrem Äußeren.

Weich und unaufdringlich und doch verrät sie die moderne, selbstbewusste Frau, die dahinter steckt. Und hol mich der Teufel, ihr Waidlerdialekt, der die Hülle ihrer sorgfältig gewählten Worte durchdringt, stört nicht im Geringsten.

Moritz, denk an deine Aufgabe! »Ja, es wäre sehr hilfreich, wenn Sie mir die Erlaubnis hierfür geben könnten. Herr Schedlbauer ist ja wohl in einem Pflegeheim?«

Der Ausdruck ihrer braunen Augen wechselt augenblicklich ins Entrüstete. »Pflegeheim? Wie kommen Sie darauf?«

»Nun, ich dachte, sein … äh, der geistige Zustand von Herrn Schedlbauer ist nicht mehr … nun, er ist wohl schon etwas vergesslich. Dement, Sie verstehen?«. Ein kläglicher Rettungsversuch. Ganz klar, ich habe die Situation vermasselt.

»Das ist noch lange kein Grund, Opa ins Pflegeheim zu stecken.« Ihre soeben fast noch greifbare Freundlichkeit hat sich ins Nirvana verflüchtigt. Rosi Geiger beweist in diesem Augenblick ein nicht für möglich gehaltenes Gespür für die Situation. »Franz wohnt natürlich zu Hause bei seinen Kindern und bei Claudia. Er will daheim bleiben und sie wollen ihn bei sich haben, solange sie körperlich dazu noch in der Lage sind. Und Claudia ist ja auch noch da. So ist allen geholfen. In der Stadt ist das sicher anders. Kein Platz in den Wohnungen und alle in der Arbeit. Kein Wunder, dass Sie da annehmen mussten, dass das auch hier so ist. Aber bei uns auf dem Dorf legen wir noch Wert auf die Familie. Das verstehen Sie doch sicher, Herr Buchmann!«

Eigentlich nicht.

»Natürlich!«

Dabei kann ich mir nur schwer vorstellen, dass meine Mutter bei mir wohnt. Damit hier kein Irrtum aufkommt. Ich liebe meine Mutter, aber ich weiß nicht, ob sie diese Liebe noch wahrnehmen kann. Die Demenz ist bei ihr so weit fortgeschritten, dass sie mich bei meinen gelegentlichen Besuchen nicht mehr erkennt. Ich muss gestehen, dass diese Besuche in letzter Zeit immer seltener geworden sind. Bisher habe ich mir darüber wenig Gedanken gemacht, doch jetzt, im Angesicht dieser Menschen, für die allein der Gedanke, einen Angehörigen von zu Hause wegzuschicken absurd klingt, kann ich mein sorgsam unterdrücktes schlechtes Gewissen nicht mehr leugnen.

Ich fliehe zurück zu meiner Aufgabe. *Schnell noch ein Entschuldigung nachschieben,* denke ich. »Tut mir leid, wenn ich das falsch eingeschätzt habe. Ich finde es natürlich bewundernswert, wie Sie sich um Ihren Großvater kümmern.«

»Das ist doch selbstverständlich«, antwortet Claudia Schedlbauer und sie meint es auch so. Unverkennbar!

»Es geht um die Vergangenheit von Georg, ja?« Sie hat sich wieder gefangen. »Die Resi hat schon so was angedeutet. Dass Sie noch nicht von der Schuld vom Kausche überzeugt sind.«

Was? Verdammt! Bin ich so leicht zu durchschauen? Oder ist Theresa Bielmeier um Längen intelligenter, als ich es je für möglich gehalten habe?

Da es zumindest diese beiden Frauen schon wissen, kann ich das Versteckspiel hier beenden. »Ja, Sie haben Recht. Und Ihr Großvater kannte Georg Koller seit seiner Kindheit.« Ich hole das Bild aus meiner Geldbörse und zeige es ihr.

»Sehen Sie?«

»Ja«, nickt sie. »Ich kenne das Bild. Der zweite von rechts ist Opa.«

»Ich glaube, dass in der Vergangenheit etwas geschehen ist, das mit dem Tod von Georg zu tun hat. Und vielleicht erinnert sich Ihr Großvater an etwas, das mir weiterhelfen könnte.«

Ihr Blick verändert sich wieder. Traurigkeit! Ich habe noch nie jemanden getroffen, dessen Gemütslage so offen lag, wie bei dieser Frau. Ein Buch, das jeder lesen kann. »Da müssten Sie schon Glück haben. Vielleicht kommen Sie morgen vorbei? Am Nachmittag? Da geht es ihm am besten.«

»Ich freue mich.« Ich freue mich? Was sag ich denn da? Ich will zu Franz Schedlbauer und nicht zu seiner Enkelin. Auch wenn sie mir sympathisch ist. Und auch wenn ich sie ausgesprochen hübsch finde. Hübsch und irgendwie charmant. Und nicht verheiratet. Schließlich trägt sie noch ihren Mädchennamen. Oder wieder? Schließlich dürfte sie Mitte dreißig sein und da sind doch die Frauen vom Lande im Hafen der Ehe gelandet, oder? Sie wohnt auch noch bei ihren Eltern. Claudia Schedlbauer ist wohl doch eher eine hausbackene und biedere Dorfschönheit. Ohne Beruf verbringt sie den ganzen Tag zwischen Herd und Kirche. Na, was soll´s!

Schade nur, denke ich.

»Noch etwas Suppe?«, unterbricht Rosi die aufkommende Melancholie in mir. Erst jetzt fällt mir auf, dass wir drei während des Gespräches unsere Teller geleert haben. Die Bohnensuppe straft ihr Aussehen Lügen. »Nein danke«, antworte ich lächelnd. »Es war wirklich hervorragend, aber ich bin jetzt auch satt.« Und das meine ich so, wie ich es sage. Ganz ehrlich!

»Ich muss jetzt langsam nach Hause«, meint auch Claudia. »Danke für die Suppe. Du sagst es mir, wenn du wieder welche kochst, ja?«

»Versprochen. Ich weiß ja, wie gern du meine Bohnensuppe magst.« Der leise Stolz in Rosi Geigers Stimme ist unüberhörbar.

»Na dann, Herr Buchmann. Wir sehen uns morgen. Wenn Sie Glück haben, kann Ihnen Opa vielleicht weiterhelfen.«

»Gerne. Ich werde sicher kommen. Darf ich Ihnen noch meine Handynummer geben? Nur, falls etwas Unvorhergesehenes passiert.« Ich reiche ihr meine Karte und schüttle ihr die Hand, die ich ein paar Augenblicke länger, als üblich halte.

»Servus Rosi. Bis morgen.« Dann ist sie fort.

»Nun, dann gehe ich jetzt auch hinauf. Vielen Dank Rosi für das Essen. Bis morgen dann.«

»Gute Nacht, Herr Buchmann. Ja, bis morgen.«

Es ist zwar noch früh am Abend und der Predigtstuhl hat die Sonne noch nicht verschluckt, aber ich muss meine Gedanken ordnen. Außerdem sehe ich keinen Grund, weiter in der Stube zu bleiben. Ich bin satt und Claudia ist auch nicht mehr hier. Also mach ich mich auf den Weg nach oben.

Hinter mir lächelt Rosi verstehend. Vielleicht kann diese Frau ja Gedanken lesen.

Zwei Anrufe am Morgen

Der Morgen beginnt mit Sonnenschein auf der Nasenspitze und Vogelgezwitscher. Ich fühle mich ausgeruht und wie neu geboren. Man sollte also meinen, alles wäre in Ordnung. Ist es aber nicht! Wäre alles in Ordnung, müsste ich zufrieden sein und das kann ich nun wirklich nicht behaupten. Der gestrige Tag war reich an Input gewesen, doch ich war nicht in der Lage, die Informationen zu einem vernünftigen Ergebnis zusammenzuführen. Dabei hätte der Abend noch alle Möglichkeiten für das von mir so geliebte Treibenlassen der Gedanken geboten, welches mich für gemein dem Ziel meiner Suche Schritt für Schritt näher bringt. Gestern jedoch, auf dem Balkon unter dem Schirm einer traumhaft lauen Nacht, war mir genau dies nicht gelungen.

Gut! Georg, die Flieger, der Baron, Stefanie Koller. Sie alle waren bei mir gewesen, hatten versucht, mich an ihrem Geheimnis teilhaben zu lassen. Und dann war jedes Mal Claudia erschienen und hatte die anderen vertrieben. So sehr sich die Protagonisten des Mordfalls Koller auch mühten, meine Gedanken an sich zu fesseln; gegen die Enkelin von Franz Schedlbauer hatten sie keine Chance.

Was also sollte ich tun? Es wird Sie überraschen, aber ich entschied mich fürs Aufgeben. Ich legte mich um 21 Uhr, ja, Sie haben richtig gehört, um 21 Uhr ins Bett. Natürlich war an Schlaf nicht zu denken. Nicht nur, dass sich mein Körper gegen diese unzivilisierte Zeit, den Tag zu beenden, wehrte. Auch sie war wieder da. Claudia!

Oh Mann, was hat das zu bedeuten, Moritz? Noch weigere ich mich, den Gedanken zuzulassen und nur mühsam formt sich das Wort in meinem Kopf: Liebe! Also wirklich! Nur das nicht! Als der Schlaf dann doch die Oberhand gewann, war er endgültig und traumlos. Erholsam eben. Und das ist auch schon alles. Kein Ergebnis in Sachen Georg Koller! Folglich sitze ich jetzt verdrießlich vor meinem Frühstück und erst langsam registriere ich, wie unangemessen diese Gefühlslage heute ist. Rosi hat Brötchen, Butter, Honig, Marmelade, Wurst, Eier und Orangensaft, das alles eingehüllt in das Aroma ihres einzigartigen Kaffees im Garten vor ihrem Haus angerichtet. All das genieße ich an einem kleinen Tisch, der etwas abgesetzt von den anderen Bewohnern des Hauses *Sonnenschein* unter einem Kirschbaum steht. Die Sonne ist endgültig als strahlender Sieger aus dem Kampf gegen die Schlechtwetterfront hervorgegangen. Alles in allem könnte nur ein Wort diesen Morgen beschreiben: paradiesisch! Würde da nur nicht die Unzufriedenheit über den Fortgang der Ermittlungen mein Glück trüben.

Das Ehepaar am nächsten Tisch hat sein Frühstück bereits beendet und verabschiedet sich mit einem Wink von mir. Beide stecken bereits in Wanderausrüstung. Eigentlich interessiert es mich nicht, aber die Leute sind nett und ich will nicht unhöflich wirken. »Wo soll´s denn hingehen?«, erkundige ich mich deshalb.

»Hoher Bogen. Dann haben wir so ziemlich alle Berge in dieser Gegend erkundet«, antwortet sie. Und er fügt hinzu: »Morgen geht's nach Grafenau. Dann sind die Berge im Unteren Wald dran.«

Aha, Hochleistungswanderer! Sammeln Berge, wie andere Leute Briefmarken.

»Schönen Tag wünsche ich Ihnen.« Ich bemühe mich, das Bedauern mit diesen armen Kreaturen nicht in meine Stimme fließen zu lassen. Mit einem fröhlichen »Danke, Ihnen auch«, brechen die beiden zu ihrer nächsten Expedition auf. Sie werden abgelöst von Rosi, die mit einer Zeitung in der Hand erscheint. »Guten Morgen, Herr Buchmann. Passt alles? Möchten Sie die Zeitung?« Ohne es zu wollen, hebt ihre Anwesenheit meine Stimmung. Die Neuigkeiten des Tages wären nicht schlecht. Ich sage ihr das und schon halte ich die *Kötztinger Zeitung* in der Hand. Die nächsten zwanzig Minuten genieße ich Frühstück, Wetter und Atmosphäre; kurz Rosi Geigers Gastfreundschaft. Nebenbei blättere ich in der Zeitung, wobei ich die Katastrophen im politischen Teil (Hadertauer tritt endlich zurück), Weltteil (Putin narrt den Rest der Welt) und Promiteil (Prinz Harry hat Schnupfen) nur überblättere und mich auf den Lokalteil konzentriere. Nur drei kleine Artikel finden sich unter *Kirchbach*. Der Obst- und Gartenbauverein ruft seine Mitglieder auf zur monatlichen Versammlung ins Gasthaus *Zum Wirt*, die E-Jugend des FC Kirchbach wird an ihr heutiges Training erinnert und die Kirchbacher an Georg Kollers Beerdigung um 10 Uhr. Mann, das hätte ich fast vergessen! Die Rechtsmedizin hat die Leiche inzwischen freigegeben und nun bleibt für den einstigen Bauernjungen und Hoffnungsträger des Regimes nur noch ein Weg, den er heute gehen würde.

Damit steht schon fest, was ich um 10 Uhr machen werde. Nicht nur, weil sich das hier draußen auf dem Land eben gehört. Nein, dem aufmerksamen Beobachter eröffnen sich auf Beerdigungen manchmal völlig neue Erkenntnisse.

Ein Blick auf die Uhr zeigt mir, dass es noch nicht eilt. Ich blättere weiter. Na also, die Polizei hat einen Rumänischen Laster mit Crystal aufgebracht und die Tschechen konnten bei Prag ein ganzes Methlabor hochgehen lassen. Passiert das erst jetzt, oder ist es mir bisher nur entgangen? Vielleicht kennen Sie das ja? Sie fahren ein schwarzes Auto und die Welt scheint nur aus Autos in schwarz und grau zu bestehen. Dann entscheiden sie sich für Farbe, sagen wir Rot, und sie bemerken, dass genügend andere diese Farbe mögen. So geht es mir. Nahm ich bisher von Nachrichten über Drogen und speziell Crystal keine Notiz, so erkenne ich jetzt, wie drängend dieses Problem heute ist.

Doch darum soll sich Wolfgang kümmern. Ich habe andere Sorgen. Die Zeit läuft mir davon und wenn heute nichts Entscheidendes passiert, werde ich wohl oder übel die Sache abblasen müssen. Ich muss einfach mit Franz Schedlbauer sprechen. Er ist mein einziges noch verbleibendes Tor zur Vergangenheit und dieses Tor schließt sich von Tag zu Tag mehr.

Rosi hat die anderen Tische abgeräumt und kommt jetzt zu mir. »Na, was steht heute auf dem Programm? Es wird langsam Zeit, einen Schritt weiterzukommen, oder?« Wieder schafft sie es, dass ich mich fast verschlucke. Verdammt noch mal, die Frau hat Recht, aber muss sie das auch so unverblümt sagen? »Georgs Beerdigung«, antworte ich kurz angebunden und halte ihr die Zeitung hin. »Ich nehme an, Sie gehen auch hin?«

»Aber natürlich. Ich hab den Schorsch doch gekannt. Da muss man ja hingehen, wenn ein Bekannter stirbt, oder?« Ich nicke stumm, obwohl ich mir da nicht so sicher bin.

»Und Sie? Gehen Sie auch hin? Immerhin ist der Schorsch der Grund, warum Sie überhaupt hier sind.«

»Ja, ich denke, ich gehe zu der Beerdigung. Außer Claudia … Frau Schedlbauer ruft mich an, um mir zu sagen, dass ich mit ihrem Großvater sprechen kann.«

»Ah, die Claudia.«

Warum lächelt sie so süffisant? Aber Moritz! Das weißt du doch! Rosi regt mich auf. Muss sie mir immer das Gefühl geben, sie könne meine Gedanken lesen? Ich entschließe mich zur Flucht. »Nun, ich habe noch Einiges zu erledigen. Das Frühstück war wieder ausgezeichnet.«

»Danke«, erwidert sie, ohne das Lächeln aus ihrem Gesicht zu verbannen. Ich habe die Tür zum Haus fast erreicht, als sie mir noch einmal nachruft: »Herr Buchmann!«

»Ja?«, drehe ich mich um.

»So oder so. Sie werden Claudia auf jeden Fall wieder treffen, stimmt´s?«

Stimmt! Und plötzlich ärgert sie mich ein bisschen weniger.

Ich setze mich auf den einzigen Stuhl meines Zimmers und versuche, meine Gedanken zu ordnen, als mein Handy mir sagt, dass jemand zu dieser frühen Stunde mit mir sprechen will. »Herr Buchmann?«

Es ist Claudia! »Guten Morgen, Frau Schedlbauer. So früh habe ich Ihren Anruf aber nicht erwartet.«

»Ich hoffe, Sie sind schon wach?«

»Aber ja. Schließlich habe ich noch einige Fragen zu klären. Und so lang ist ein Tag auch wieder nicht. Manchmal verfliegt die Zeit wirklich zu schnell.«

»So, wie gestern Abend?«

Oha! Was meint sie denn damit? Vorsicht Moritz, Glatteis! Sage ich jetzt Nein? Nicht gut! Gehe ich auf ihr Spiel ein? Natürlich nicht! Also diplomatisch: »Sie haben Recht. Der gestrige Abend war wirklich interessant.«

Interessant? Na toll Moritz. Das ist wohl nicht gerade das Wort, das eine Frau über einen gemeinsamen Abend hören will. Aber schön unverbindlich, jawohl.

»Interessant? Ja.« Sie sagt es so, als würde sie jemandem die Uhrzeit mitteilen. Das Gespräch hat wieder sachlichen Boden erreicht. »Ich wollte Sie nur fragen, ob Sie vorbeischauen möchten. Bis zu Georgs Beerdigung ist noch etwas Zeit und ich dachte, wir könnten uns ein wenig unterhalten. Also, wie sieht es aus?«

»Ich komme sofort vorbei. Ich verspreche Ihnen, ich werde Sie nicht unnötig aufhalten. Rosi kann mir den Weg erklären. Ich denke, in einer Viertelstunde werde ich da sein.«

»Gut, dann bis in einer Viertelstunde.«

Sie legt ohne ein weiteres Wort auf und ich frage mich, ob ich einen Fehler gemacht habe. Ich kann es noch so lange leugnen, Claudia interessiert mich. Die Frau hat einen Magneten, der positiv gepolt ist und damit den negativen Pol in mir gnadenlos anzieht. Warum also bin ich nicht in ihren Versuchsballon eingestiegen. Zweifellos wollte sie unsere Bekanntschaft auf eine private Ebene heben und war unverkennbar enttäuscht, dass ich darauf nicht eingegangen bin.

Nun, vielleicht ist es ganz gut so, denkt mein Hirn, während mein Herz »*Narr*« schreit.

Jetzt aber los! Ich will gerade hinab zu Rosi gehen, um nach der Adresse der Schedlbauers zu fragen, als es zum zweiten Mal läutet.

»Hallo Moritz!«, grüßt Mels Stimme.

»Frag ihn, wie seine Ermittlungen laufen«, tönt Stefan aus dem Hintergrund. Er ist wieder einmal nur an unserem Fall interessiert.

»Ich hab´s gehört«, erspare ich Mel die Frage. Was soll ich sagen? Am besten, die Frage mit einer Gegenfrage beantworten.

»Gibt's was Neues von Liwkowsky?«

»Noch keine Spur. Der Kerl ist gerissener, als wir dachten«, meint Mel.

»Wo seid ihr? Hört sich an, als wärt ihr mit dem Auto unterwegs.«

»Rate mal! Wir sind auf dem Weg nach Kirchbach. Das Messer vom Bauernhof Huber stammt tatsächlich aus der gleichen Serie, wie die Tatwaffe. Nicht nur die gleiche Firma, sondern das gleiche Sortiment. Die Seriennummern lassen keinen Zweifel zu. Wir wollen mal Herbert Huber fragen, was er davon hält, dass Georg mit seinem Messer umgebracht wurde. Mal sehen, wie er reagiert.«

Wie Bauer Huber reagiert? Ich kann mir seine Reaktion gut vorstellen. Na, dann viel Spaß! Ich kann gut auf das Vergnügen verzichten, einem Kerl mit schaufelgroßen Händen klar zu machen, dass die Mordwaffe, wie er es sicher nennen wird, von seinem Hof stammt. Gut, dass es da die jungen Kollegen gibt, die solche Aufgaben interessant finden. Sie kennen den Bauern ja auch noch nicht.

»Wie bist du eigentlich zu dem Messer gekommen?« Stefan ahnt wohl etwas.

»Kesselfleischessen.« Mehr sage ich nicht.

»Kesselfleisch? Du?« Stefan ist anscheinend derart überrascht, dass er es dabei bewenden lässt. »Hast du sonst noch was Neues herausgefunden?«

Ich möchte zu einem Bericht ansetzen, da fällt mir ein, dass ich nichts zu berichten habe. Nichts Handfestes jedenfalls. Die Tarnnamen der Jungen? Der gleichzeitige Tod von Karl und Norbert? Das Familienbild der Kollers? Der mysteriöse Unbekannte, der sich *Baron* nannte? Einen Zusammenhang mit Georgs Tod, den es vielleicht, ja nur vielleicht gibt? Ich habe nichts, also sage ich auch nichts.

»Noch nicht wirklich. Ich glaube, Franz Schedlbauer könnte uns weiterhelfen. Er ist der letzte Überlebende der Jugendfreunde von Georg. Wenn ich Glück habe, bekomme ich noch die Gelegenheit, mit ihm zu sprechen.«

»Ich dachte, er leidet an Alzheimer?«

»Ja, aber seine Enkelin meint, es gäbe noch Hoffnung. Vielleicht erinnert er sich ja.« Ich klinge zuversichtlicher, als ich bin.

Mel meint offensichtlich noch etwas in meiner Stimme zu hören. »Enkelin? Hübsch und passendes Alter?« Typisch Frau! Selbst meine im Allgemeinen so sympathische Kollegin kann ihre geschlechtsspezifischen Verhaltensmuster manchmal nicht ablegen. *Sie hat sich bisher doch nicht sonderlich für mein Privatleben interessiert,* denke ich. Obwohl wir uns über das dienstliche hinaus gut verstehen, beschränkt sich unser Verhältnis doch ausschließlich auf unsere Arbeit.

»Hab ich bei Rosi getroffen«, erkläre ich und ärgere mich im selben Augenblick darüber. Spätestens, als ich Stefan anzüglich sagen höre: »Rosi!? Hört sich an, als verlaufen seine Ermittlungen doch erfolgreich«, weiß ich, es ist Zeit, das Gespräch zu beenden. Ich muss ihnen gar nichts erklären. Schließlich habe ich Urlaub und bin privat hier. »Idioten! Ihr könnt nach eurem Besuch auf dem Huberhof gleich wieder nach Regensburg fahren. Ich will euch hier nicht sehen«, grolle ich und sehe im Geiste die beiden grinsen. »Ich muss jetzt los. Ruft mich an, wenn ihr etwas Neues habt.«

»Klar doch. Wohin geht's denn?«

»Zur Enkelin«, sage ich und lege auf.

Auf dem Gottesacker

Claudia Schedlbauer erwartet mich im Garten ihres elterlichen Anwesens. Hat sie wirklich auf mich gewartet? Oder ist es nur die Hoffnung eines Kriminalbeamten, der auf der Suche nach einem Täter glaubt, noch etwas anderes gefunden zu haben? Alle, die in mir noch immer den zielorientierten und hochprofessionellen Sherlock Holmes sehen, mögen jetzt bitte kurz weghören: *Sie sieht einfach fabelhaft aus.* Die kurze Hose und das luftige, der Sonne dieses Tages angepasste T-Shirt machen die Sache für mich auch nicht gerade einfacher.

»Herr Buchmann«, winkt sie mich heran, »kommen Sie herein! Hier ist es angenehm schattig.« Ich trete durch die Gartentür in einen großen Obstgarten, der sich kaum von den anderen Gärten Kirchbachs unterscheidet, was bedeutet, er ist wundervoll. Sie hat es sich an einem dunklen Rattantisch mit passender Sitzgarnitur bequem gemacht.

Ihrer Einladung folgend setze ich mich in den Stuhl, ihr gegenüber. »Danke, dass Sie sich Zeit für mich nehmen«, eröffne ich unverbindlich das Gespräch. Dabei überlege ich, ob ich das *Moritz* anstelle des *Herr Buchmann* anbieten soll, sehe aber dann doch davon ab. *Zu früh,* denke ich. Noch muss ich Distanz zu einer potentiellen Zeugin wahren.

Leider!

»Aber gern. Sie müssen wissen, dass ich eigentlich in Regensburg lebe und arbeite. Ich bin ja nur im Urlaub hier, auch wenn die Arbeit in Haus und Garten nicht endet.«

»Sie kümmern sich um alles hier?«

»Meine Eltern sind schon alt. Sie können sich zwar noch selbst fortbringen, doch einige Arbeiten fallen ihnen doch zu schwer.«

»Sind Sie das einzige Kind?«

»Mein Bruder lebt in den USA. Beruflich bedingt. Da bleibt es an mir hängen, mich um sie zu kümmern. Aber ich will nicht klagen. So habe ich wenigstens einen Grund, jedes Wochenende nach Hause zu kommen.«

»Sie fahren jede Woche von Regensburg hierher?« Sie nickt. »Was sagt da Ihr Partner dazu?« Sie sieht mich an und ich weiß nicht, ob ihr Blick tadelnd ist. Bin ich zu weit gegangen? Schließlich geht mich das nichts an. Doch ihre nächsten Worte beruhigen mich. In jeder Beziehung!

»Es gibt keinen Partner. Derzeit jedenfalls nicht.« Obwohl das Gespräch in eine angenehme Richtung gleitet, vollführe ich einen leichten Schwenk. »Mir scheint, Sie würden lieber hier in Kirchbach leben.«

»Hier ist meine Heimat. Schon immer gewesen und noch immer. Ja, ich war schon draußen in der weiten Welt, wie man so sagt. Beruflich und privat. Nicht nur Regensburg, aber dort bin ich zuletzt gelandet. Und die Stadt ist nicht schlecht. Und nicht zu weit von hier entfernt. Der Kontakt zu meiner Familie und meinen Freunden hier ist nie ganz abgerissen. Selbst während meiner Zeit in Norwegen nicht. Ich bin sogar im hiesigen Trachtenverein aktiv«, erzählt sie lächelnd. »Und ich wandere gern. Wenn Sie möchten, nehme ich Sie mal mit und zeige Ihnen ein paar Touren.«

»Oh, ich bin nicht gerade der große Wanderer«, entgegne ich, »wenngleich ich mir eine Tour mit Ihnen gut vorstellen könnte.« Überrascht sieht sie mich an. »Eine Wandertour natürlich«, ergänze ich schnell.

Dummer Fehler, Moritz! Zu plump und zu durchsichtig. Doch

sie lächelt nur und wechselt das Thema. Puh, nochmal Glück gehabt. »Was erhoffen Sie sich eigentlich von Opa?« Ich sehe keinen Grund, es Ihr nicht zu sagen. »Sehen Sie! Ihr Großvater war in seiner Jugend Mitglied einer Gruppe, die sich *Die Flieger* nannte. Eine Gruppe, zu der auch Georg Koller gehörte und zwei weitere Jungen, die aber noch während des Krieges ums Leben kamen. Und eine fünfte Person, von der ich bisher nicht weiß, wer sie war und ob sie noch lebt.«

»Davon hat er mir nie erzählt.«

»Das verwundert mich nicht. Die Flieger haben schon damals alles streng geheim gehalten.«

»Warum das denn?«

»Jungen in diesem Alter sind nun mal so. Es hat ihnen wohl Spaß gemacht, eine Art Geheimbund zu sein. Das Geheimnisvolle und Abenteuerliche macht den Reiz aus. Sie haben sich sogar andere Namen gegeben. Sie benannten sich nach Fliegergrößen der damaligen Deutschen Luftwaffe. Ich glaube, untereinander haben sie sich nur mit diesen Namen angesprochen.«

»Seltsame Idole.«

»Wie gesagt: Jungen. Und vergessen Sie nicht, es war eine gänzlich andere Zeit. Keine Popstars und Sportler. Es herrschte Krieg. Ihr Großvater und die anderen kannten seit ihrem zehnten Lebensjahr keinen anderen Zustand.«

»Und was haben die Flieger mit Georgs Tod zu tun?«

Ich zögere eine Sekunde. »Ich weiß es nicht. Vielleicht gar nichts.«

»Aber Sie glauben es.«

»Es ist so ein Gefühl. Viele Kriminalfälle werden durch Intuition gelöst.« Bei diesen Worten muss ich lächeln, wären sie doch bei der Polizeiprüfung mit einem glatten *Ungenügend* belohnt worden.

»Sie glauben also, dass irgendetwas damals vorgefallen ist, das im Zusammenhang mit Georgs Tod steht. Was könnte eine Brücke zwischen damals und heute schlagen? Eine ziemlich lange Brücke, finden Sie nicht?«

Ich zucke mit den Schultern: »Hass? Rache? Liebe? Schuld? Freundschaft? Vergeltung? Gefühle sind ein starkes Tatmotiv.«

Was folgt, sind einige Sekunden Schweigen. Ich sehe mich im Garten um, der genauso, wie auch Rosis Blumenmeer dieser Erdkugel einen winzigen Flecken Paradies entreißt. Sonnenstrahlen brechen durch das Laub der Obstbäume und tauchen die Wiese darunter in weiches Licht. Mein Blick bleibt an Claudia hängen. Ihre Gedanken sind auf Wanderschaft und langsam weicht Skepsis dem Erkennen. Mir scheint, sie findet Gefallen an meiner Theorie. Plötzlich bricht sie die Stille: »Ich fürchte, Opa Franz wird Ihnen keine Tür in die Vergangenheit öffnen können.«

»Alzheimer?« Sie nickt deprimiert und hoffnungslos.

»Opas Gedächtnis ist wie das Wetter. Manchmal scheint die Sonne und schenkt uns einen schönen Tag und manchmal regnet es. Dann bleibt sein Geist in seinem Kopf und wagt sich nicht heraus. Die Zeiten des Sonnenscheins werden immer seltener und irgendwann wird es nur noch regnen.«

»Das alles klingt sehr traurig. Nicht nur wegen der Informationen, die im Kopf Ihres Großvaters gefangen sind.«

»Ich habe die Hälfte meines Lebens bei meinem Großvater verbracht. Meine Eltern sind zur Arbeit gegangen und Oma und Opa haben mich aufgezogen. Nach Omas Tod gab es nur noch Opa. Ihn jetzt so zu sehen ...« Ihre Stimme stockt und es bedarf keiner weiteren Worte, um mir ihre Gefühle mitzuteilen. Dies erledigen ihre Augen.

»Sie haben Franz sehr gern.« Unbewusst verwende ich seinen Vornamen.

»Ja, sehr. Aber bald wird außer seinem Körper nichts mehr hier sein.« Unser Gespräch hat eine deprimierende Wendung genommen. Das Schicksal von Franz kann irgendwann auch meines und ihres sein. Daran will ich jetzt nicht denken. Nicht heute und nicht mit dieser Frau in meiner Nähe. »Es tut mir leid! Können Sie mich trotzdem anrufen, wenn, nun ja, wenn die Sonne doch für Franz aufgehen sollte?«

»Gern. Aber hoffen Sie nicht zu sehr.«

Ein Rascheln lässt mich nach hinten sehen. Die Frau steht kurz vor dem Rentenalter und ist zweifellos Claudias Mutter. Die Ähnlichkeit können auch fünfundzwanzig Lebensjahre Unterschied nicht verbergen. Ich stehe auf und reiche ihr die Hand. »Guten Tag, Frau Schedlbauer. Moritz Buchmann.«

»Ja, ich weiß, wer Sie sind und auch, was Sie von Papa wollen. Ich kann nicht sagen, dass ich erfreut darüber bin, aber wenn er bereit sein sollte, mit Ihnen zu reden, dann soll es so sein. Claudia hat mir alles erklärt. Sie meinte, es muss sein.«

»Ich verspreche Ihnen, ich werde Ihrem Vater keine Fragen stellen, die er nicht beantworten will.«

»Das spielt jetzt keine Rolle mehr. Claudia hat schon entschieden. Jetzt liegt es nur noch bei Papa. Claudia, wir müssen gehen. Die Beerdigung!«

»Ja Mama, ich komme. Wir wollen nicht zu spät sein.«

»Auf Wiedersehen, Herr Buchmann.«

»Auf Wiedersehen und Danke.«

Frau Schedlbauer verlässt uns und ich blicke Claudia fest an: »Sie haben sich also für mich verwendet. Vielen Dank, kann ich da nur sagen.«

»Ich bin überzeugt davon, dass es wichtig ist. Auch für Opa.«

»Ja, das glaube ich auch. Auf Wiedersehen und äh, die Einladung zum Wandern steht?«

»Abgemacht«, sagt sie und zaubert ein Lächeln in diesen Tag.

Das Wetter spottet wahrlich dem Anlass. Strahlender Sonnenschein begleitet die Trauergemeinde auf ihrem kurzen Weg von der Kirche zum Friedhof. Ich halte mich im Hintergrund und Augen und Ohren offen. Schwarzgekleidete Menschen strömen aus dem Kirchentor dem offenen Grab entgegen. Ob wohl so viele brave Kirchbacher Georg Koller auf seinem letzten Weg begleitet hätten, wäre er an Herzinfarkt oder Altersschwäche gestorben? Schließlich sind sich ja alle einig, dass er ein verschrobener Eigenbrötler war. Sein gewaltsamer Tod verhilft dem Verstorbenen noch einmal zu ungeahnter Popularität. Der Zug wird angeführt vom Geistlichen Rat, der umzingelt von Ministranten und eskortiert vom Kirchenchor würdevollen Schrittes gen Grabstätte schreitet. In Ermangelung freundlich gesinnter Verwandtschaft ist es Resi Bielmeier, die das Bindeglied zwischen dem geistlichen Hirten und seiner frommen Herde bildet. Dieser wiederum stehen mit Bürgermeister Huber, den Mitgliedern des Gemeinderats sowie dem alten und neuen Dorfarzt die Honoratioren des Ortes vor.

Eingehüllt in eine Wolke aus Weihrauch erreicht die Spitze des Zuges das offene Grab, auf dem, gesichert durch zwei quergelegte Balken und dicke Seile der Sarg mit der sterblichen Hülle unseres Mordopfers steht.

Nachdem die Rechtsmedizin den Leichnam freigegeben hatte, stand der heutigen Zeremonie nichts mehr im Wege.

Hochwürden hebt den Blick und die Menge verstummt in ehrfürchtiger Erwartung. Es folgen die dem Ritus der katholischen Kirche entsprechenden Gebete und Gesänge. Dann skizziert der Pfarrer das Leben des Dahingeschiedenen in gefassten Worten. Ein hartes und langes Leben, verpackt in wenige Sätze. Meine Gedanken schweifen ab und auch die meisten der anderen Zuhörer machen keinen sonderlich interessierten Eindruck. Plötzlich jedoch dringen des Pfarrers Worte durch die Watte aus Unachtsamkeit in mein Bewusstsein. Jetzt hat er meine volle Aufmerksamkeit. »Georg Koller«, so der Geistliche, »hatte beileibe keine leichte Kindheit. Früh musste er den gewaltsamen Tod seines Bruders Franz und auch seiner Schwester Stefanie verschmerzen. Ein traumatisches Erlebnis für den jungen Georg.«

Gewaltsamer Tod!

Diese beiden Worte versetzen die Zahnräder in meinem Kopf in Bewegung. Franz! Gefallen im Krieg. So weit, so klar. Aber Steffi? Welcher Tod hat sie gewaltsam ereilt? Es wird höchste Zeit, mich endlich um sie zu kümmern. Und ich weiß auch schon, wen ich fragen werde.

Inzwischen nähert sich die Beisetzung ihrem Höhepunkt. Vier trachtengewandete Männer treten an das offene Grab und packen die Seile mit kräftigen Händen. Mit einem markigen »Hauruck« heben sie den Sarg empor, während ein fünfter die Balken entfernt. Der Kirchenchor intoniert *Näher mein Gott zu dir* und langsam entschwindet Georg Koller für immer dem Angesicht dieser Erde.

Ich betrachte die dem Grab am nächsten stehenden. Außer Resi Bielmeier, die ihre Augen mit einem Taschentuch trocknet, scheint niemand dem Toten eine Träne zu schenken. Nur Doktor Kreitinger wischt sich ebenfalls verstohlen über das versteinerte Gesicht. Kein Muskel scheint sich dort zu rühren. Die anderen haben wohl doch nur aus Neugier den Weg zum Gottesacker gefunden. Pfarrer Diermeier spricht sein letztes *Amen* und die Menge kondoliert noch am Grab vorbei, dann gehen die Kirchbacher nach Hause. Der sonst übliche Leichtrunk entfällt mangels Teilnehmern und Einladung.

Der Friedhof leert sich und nur Resi Bielmeier, die mit Claudia und ihrer Mutter spricht, steht am Grab. Ich sollte ihr mein Beileid ausdrücken.

Das gehört sich einfach.

Die Frauen bemerken mich erst, als ich sie anspreche.

»Ah, Herr Kommissar. Sie sind ja auch hier. Hab Sie gar nicht gesehn.« Resi hat sich wieder gefangen. Lediglich ihre Stimme verrät noch ihre Erregung.

»Grüß Gott!«, und die üblichen, dem Anlass angemessenen Floskeln. Mehr will mir nicht einfallen. Und das war´s dann auch schon. Ich muss noch den Herrn Hochwürden abfangen. Also verabschiede ich mich schnell von den Frauen und beeile mich, in die Sakristei zu gelangen. Ich will gerade die Tür öffnen, als mir diese entgegenschwingt und die Ministranten herauseilen. Nun, in Zivil, erkenne ich, dass zwei davon Mädchen sind. Ich war schon so lange nicht mehr in der Kirche, dass ich den Einzug modernerer Zeiten dort allem Anschein nach verpasst habe.

Kirchbachs Gotteshaus ist ein Rokokojuwel inmitten des Regentales. Umgeben von der typischen Hügel- und Waldlandschaft der Region weist der hochaufragende Zwiebelturm dem Suchenden den Weg in die Dorfmitte. Blattgold und Stuck in verschwenderischer Fülle zieren den Innenraum, wo Deckenfresken die Geschichte der Heiligen Elisabeth erzählen. Ohne bewusst darauf zu achten, bemühe ich mich, keinen Lärm zu verursachen und die erhabene Stille des Hauses nicht zu stören. Ich schleiche gleichsam zum Altarraum, von dessen linker Seite die Tür in die Sakristei führt.

Pfarrer Diermeier hat seine Beerdigungssoutane ausgezogen und steht mir nun wieder im üblichen Schwarz gegenüber. Er erkennt mich sofort, wie anscheinend jeder hier im Dorf. »Ah, Herr Buchmann. Sie noch hier? Gehen Sie immer auf die Beerdigungen Ihrer Mordopfer?«

Natürlich nicht. Was für ein Gedanke. Ich bemühe mich zu lächeln. »Nein, normalerweise nicht. Aber da ich schon hier bin.«

»Ja. Da Sie schon hier sind. Warum sind Sie eigentlich noch hier?

Ich habe gehört, man darf Ihnen gratulieren. Sie haben den Täter ja schon ermittelt?!«

»Ich gratuliere Ihnen auch. Zu Ihrer Predigt und Ansprache am Grab. Sehr eindrucksvoll.«

»Nun, ich bemühe mich nur, den Menschen die Vergänglichkeit des Lebens vor Augen zu führen. Und das Andenken an den Verstorbenen in Ehren zu halten.«

»Aber heißt es nicht auch, nirgendwo wird so viel gelogen, wie bei einer Beerdigung?«

»Das kann durchaus sein.« Pfarrer Diermeier lächelt. »Aber sagen Sie selbst. Wo sonst könnte die Lüge so unschädlich sein, wie am offenen Grab? Und bei Georg Koller gab es nichts zu lügen. Alles was dort gesagt wurde, entspricht der Wahrheit.«

»Oder zumindest der Wahrheit, wie wir sie kennen. Wie Sie sie kennen.«

Er zieht die Stirn in Falten. »Was meinen Sie damit?«

»Wussten Sie, dass Georg Koller in der Napola war. Einem Nationalpolitischen Erziehungslager.«

»Ich weiß, was eine Napola ist. Oder besser war. Ja, ich habe davon gehört. Sie haben es ja den Leuten im Dorf gestern gesagt.« Und damit weiß er es natürlich auch schon. »Aber was hat das mit dem Menschen Georg Koller zu tun. In dieser Zeit mussten viele Leute entgegen ihrem Willen Dinge tun oder nicht tun. Wir sollten uns nicht anmaßen, aus der sicheren Distanz der Zeit das Urteil über sie zu fällen. Und Georg Koller war noch ein Kind.«

»Verstehen Sie mich bitte nicht falsch. Ich laste ihm diese Zeit nicht an. Ich versuche nur, mir ein Gesamtbild der Situation zu verschaffen. Und da gehört die Vita des Opfers nun einmal dazu.«

»Natürlich.«

»Ach übrigens. Sie sagten, Georg musste den gewaltsamen Tod seiner Schwester Stefanie verkraften. Wieso gewaltsam?«

»Nun, ihr Tod scheint von besonderer Tragik umwoben zu sein. Ich habe die äußeren Umstände nur aus alten Aufzeichnungen von Doktor Kreitinger erfahren. Und die Hintergründe sind mir leider unbekannt. Jedenfalls hat sich Steffi Koller das Leben genommen. Sie hat sich auf dem Dachboden des Kollerhofs erhängt.«

Ich verlasse die Sakristei und finde den Friedhof verlassen vor. Freunde und Bekannte des Toten haben ihre Pflicht erfüllt und sind ebenso, wie die Neugierigen und Gewohnheitskirchgänger wieder zu ihrem Alltag zurückgekehrt. Georgs Beerdigung findet ihren Abschluss ohne den traditionellen Leichtrunk, sodass Anekdoten und Erinnerungen aus dem Leben des Verstorbenen ebenso wie Neuigkeiten und Gerüchte um dessen Tod kommenden Kaffeekränzchen und Stammtischtreffen vorbehalten bleiben. Es bedeutet aber auch, dass ich mich heute Mittag selbst um mein Essen kümmern muss. Da ich ohnehin nicht damit rechnen konnte, zum elitären Kreis der Eingeladenen zu zählen, habe ich mir deshalb von Rosi bereits am Morgen das Ausflugslokal am Blaibacher See für einen kleinen Imbiss empfehlen lassen. Ungestört verlasse ich den Friedhof, gehe zum Haus *Sonnenschein,* vor dem mein BMW auf mich wartet und fahre die zwei Kilometer zum Staudamm, der den Regen hier zum See macht. Ich verlasse die Staatsstraße, die über die Staumauer und eine Brücke den östlichen Teil dieser Region mit dem Rest der Welt verbindet und rolle hinab auf den großen Parkplatz, der um diese Zeit nur zu einem Viertel gefüllt ist. Am hinteren Ende der Teerfläche warten zahllose rote Boote und Kanus auf abenteuerhungrige Touristen. Ein drahtiger, braungebrannter Kerl, der sich eines sportlichen Körpers erfreut und ein junges Mädchen, das ihm in dieser Beziehung in nichts nachsteht, weisen die ersten der Bootsfahrer in die Kunst des Ruderns ein. An der Zufahrt zum Parkplatz duckt sich ein Holzbau an die Staumauer und erinnert mehr an einen Kiosk, denn an eine Gaststätte. Tische und Sonnenschirme vor dem Gebäude wirken einladend, was ich von der Küche, in welche eine scheinbar stets offene Tür einen Blick gewährt, leider nicht behaupten kann. Vielmehr scheint es mir kaum vorstellbar, dass der Koch, ein älterer Herr in weißer Schürze, in diesem winzigen Kämmerchen auch nur eine Bratwurst zubereiten kann. Und dennoch hat mir Rosi versprochen, der Kaiserschmarrn hier sei der Beste weit und breit. Was immer das auch bedeuten mag. Ich suche mir ein schattiges Plätzchen und obwohl Essen und Getränk kaum harmonieren werden, bestelle ich ein Weißbier. Mir ist eben gerade danach. Auf der Wiese gegenüber räkeln sich ein paar junge Menschen in der Sonne, während eine Handvoll Kinder der Kälte des Wassers trotzt.

Ich krame die Bilder hervor, die ich in meiner Jacke mit mir trage. Die vier Jungen im Wald, die Familie Koller mit Steffi – den Blumenstrauß in der Hand –, Schloss Neubeuern. Alles für sich nichtssagende Aufnahmen und doch sind sie für mich der Faden, an den ich mich klammere und zentimeterweise vorwärts hangle. Die letzte Stunde hat mich ein gutes Stück weitergebracht.

Steffi Koller hat sich das Leben genommen!

Was um alles in der Welt hat dieses junge Mädchen dazu gebracht, diesen kostbaren Schatz wegzuwerfen? Welcher Schicksalsschlag hatte das bewirkt? Der Tod von Karl und Norbert? Doch der lag zwei Jahre vor dem Suizid von Georgs Schwester. Und doch bin ich überzeugt, dass beide Ereignisse in schicksalhafter Weise zusammenhängen.

Mein Bier kommt und ich genieße den Augenblick des ersten Schluckes und kann dennoch nicht verhindern, dass die Vernunft sich anschickt, den Kampf gegen die Hoffnung für sich zu entscheiden. Ich weiß, ich irre durch den Wald und laufe Gefahr, mich zu verlaufen. Was haben das Unglück vom April 1945 und der Freitod Stefanie Kollers mit dem Mord an ihrem Bruder siebzig Jahre später zu tun? Nein, ich gebe mich nicht geschlagen. Ich bin auf dem richtigen Weg, ganz sicher. Was noch fehlt, sind die Verbindungsglieder zwischen den Ereignissen der Vergangenheit und der Gegenwart.

Mein Blick fällt auf das Bild der Familie Koller. Die strengen Gesichter der Eltern, der ernste Blick der Kinder und das offene Strahlen von Steffi. Stolz und freudig hält sie den Blumenstrauß fest vor ihrer Brust. Die Worte auf der Rückseite des Bildes erklären den Grund ihrer Freude. Es war ihr fünfzehnter Geburtstag und vielleicht waren die Blumen Ausdruck einer jungen Liebe.

Nur drei Jahre später war sie tot. Steffi, was hast du gesehen? Was hat dich zu dieser Tat getrieben?

Mein Essen ist im Anmarsch und verdrängt meine Gedanken. Ich gebe zu, es sieht nicht nur appetitlich aus, es schmeckt auch so. Hat Rosi also wieder einmal Recht behalten. Also lasse ich es mir schmecken und mich ein paar Minuten von Georg Koller ablenken.

Ich bezahle, spreche dem Koch mein Lob aus und beschließe, noch ein Stück am Seeufer entlang zu gehen. Vielleicht bringt ein kurzer Spaziergang meine Zahnräder in Schwung. Die Boote sind inzwischen zu Wasser gelassen und treiben, voll mit erwartungsvollen Touristen, den Regen hinab. Ich überquere die Fahrradbrücke über den See, genieße ein paar Augenblicke die Aussicht auf Wasser, Wiesen und Wald und wende mich dem linken Seeufer zu. Im Schatten der Uferbäume schlendere ich am Wasser entlang und beobachte die Kinder, die im kühlen Nass ihren Bewegungsdrang ausleben. Im Winter, wenn sich der See unter einer Eisdecke versteckt, wandelt er sich bestimmt zum Freizeitgebiet der Schlittschuhfahrer und Eisstockschützen. Bei diesem Gedanken fallen mir Karl und Norbert ein. Wieso waren sie im April am Wasser gewesen? Was haben sie um diese Jahreszeit am Regen gewollt? Sie waren im Fluss ertrunken.

Wieso?

Eine weitere Frage auf meiner Liste. Dumm von mir! Ich hätte Alois Kreitinger gleich nach den Einzelheiten des Unglücks befragen sollen. Na, das kann ich ja noch nachholen. Sicher kann er mir auch bei Steffis Tod weiterhelfen. Außerdem gibt es da einige Unklarheiten, seine eigene Person betreffend. Ja, ein Gespräch mit dem Doktor wäre jetzt wahrlich angebracht. Warum also länger warten? Ich krame in meiner Hosentasche und finde seine Visitenkarte. Nein, ich habe seine Nummer nicht in meinem Handy gespeichert und ja, ich bin in dieser Beziehung etwas rückständig. Wie Sie sehen, geht es auch so.

Alois Kreitinger meldet sich nach wenigen Klingeltönen. »Herr Buchmann! Was kann ich für Sie tun?«

»Guten Tag, Herr Kreitinger. Ich hoffte, Sie könnten mir nochmal Ihr historisches Wissen zur Verfügung stellen.«

»Um was genau geht es denn?«

»Nochmal um den Tod von Karl Loibl und Norbert Wittenzellner.« Und noch einiges mehr, fügen meine Gedanken, nicht aber meine Lippen hinzu. »Ich würde dazu gern bei Ihnen vorbeikommen, wenn es Ihnen Recht ist.« Er zögert kurz, dann: »Ich bin zu Hause. Wenn Sie gleich vorbeischauen möchten, gern.«

»Danke. Ich bin in einer Viertelstunde da.« Rasch, aber ohne Hast kehre ich zu meinem Wagen zurück.

»Guten Tag, Herr Buchmann. Sie sind ja noch hier. Alois Kreitinger genießt seine Veranda, auf der er mich schon erwartet hat. »Kommen Sie, setzen wir uns auf die Veranda. Ist das nicht ein herrlicher Tag?«

»Danke gern. Ja, ein wundervolles Wetter.«

»Darf ich Ihnen etwas zu trinken anbieten?«

»Ein Glas Wasser wäre nicht schlecht.« Ich sehe mich bewundernd um. »Ihr Garten ist wundervoll. Passt zum Haus.«

»Danke. Ich kann verstehen, dass für Sie als Münchner jeder Garten hier wie ein Park wirken muss. Das sind eben die Vorzüge des Landes. Die Natur liefert den Ausgleich für fehlendes Großstadtleben.«

Ich nicke zustimmend, würde aber nie unser beider Leben tauschen. Damit ist die Begrüßung auch schon beendet. Er holt das Mineralwasser und setzt sich mit dem Rücken zur Sonne an den Tisch.

»Also. Es sind sicher nicht die Reize der Natur, die Sie nochmal nach Kirchbach gezogen haben. Was suchen Sie? Wir alle dachten, dieser Kausche ist Ihr Verdächtiger.«

»Ja! Ja, Sie haben Recht. Ich gebe zu, alle Ermittlungen deuten auf Georgs Neffen hin. Aber … hier drinnen«, ich deute mit dem Finger an meine Stirn, »gibt es noch ein paar Ungereimtheiten. Ich hätte da noch einige Fragen und ich glaube, Sie sind der richtige Mann, der helfen kann, sie zu beantworten.«

»Ich helfe Ihnen natürlich gern, soweit ich kann.« Seine Stimme klingt desinteressiert. Echt oder gespielt?

»Danke, Herr Kreitinger. Sie sind jetzt 85 Jahre alt und leben schon immer in Kirchbach?« Ein Nicken bestätigt diese Feststellung. »Sie waren nie woanders? Haben die Gegend nie verlassen?«

»Nicht ganz! Nach Kriegsende bin ich zur Oberschule, so nannte man das damals, nach München gegangen. Eine meiner Tanten lebte dort und ich konnte bei ihr wohnen. Ich habe dort den höheren Schulabschluss gemacht und anschließend in Erlangen Medizin studiert. Als dann in Kirchbach die Stelle eines Dorfarztes frei wurde, habe ich hier meine Praxis aufgebaut. Das war aber bereits

1956. Ich war damals 27 Jahr alt. Die Nachkriegsjahre habe ich also nicht unmittelbar mitbekommen.«

Schade!

»Aber Sie haben doch sicher im Rahmen Ihrer Nachforschungen mit vielen Leuten aus dieser Zeit gesprochen. Die Aufzeichnungen und Berichte in Ihrem Archiv sprechen Bände.«

»Nun ja, meine Sammlung ist schon recht umfangreich, aber es kommt natürlich darauf an, was Sie wissen wollen. Ich kann Ihnen nicht versprechen, dass ich alles weiß.« Viele der Dokumente enthalten doch nur Belangloses. Es ist nicht immer leicht, das Wichtige vom Banalen zu trennen.« Schon klar! Kreitinger ist ein alter Fuchs. Damit hat er sich einen perfekten Fluchtweg geschaffen. Wird ihm meine Fragerei unangenehm, kann er sich jederzeit unter dem Deckmantel des Vergessens verstecken.

»Natürlich«, stimme ich ihm zu. »Wer kann schon die Zeit so lange festhalten? Dennoch möchte ich mit Ihnen noch einmal über den Tod der beiden Jungen sprechen. Karl und Norbert sind ertrunken. Da frage ich mich, was sie im April am Fluss getrieben haben? Nachts!«

»Ich gestehe, das hat mich auch gewundert. Ich habe jedoch aus keiner der Aufzeichnungen etwas Genaueres über dieses Unglück gefunden.«

»Nun, ich meine auch nicht Zeitungsartikel oder offizielle Berichte. Tatsächlich stand doch recht wenig über den Unfall in der Presse, finden Sie nicht? Eine Tragödie, wie diese, würde doch heute die Schlagzeilen bestimmen.«

»Nein, der Tod der beiden wurde nicht an die große Glocke gehängt«, stimmt er mir zu. »Ich kann mir das nur mit dem nahen Kriegsende erklären. Deutschland stand vor dem Untergang und nur ein paar Tage nach dem Unglück beschäftigte die Leute das Dröhnen der von Miltach herauffahrenden amerikanischen Panzer mehr, als zwei tote Jungen. Die Menschen fürchteten um ihr eigenes Leben. Niemand wusste, wie es weitergehen sollte. Karl und Norbert waren nur zwei von Dutzenden Söhnen, die allein Kirchbach im Krieg verloren hat. Haben Sie sich das Kriegerdenkmal angesehen? Jeder Name eine Familie.«

»Vielleicht haben Sie Recht, obwohl ich denke, in einem kleinen Dorf wie Kirchbach muss dieses Unglück die Menschen doch bewegt haben?!«

»Ich weiß es nicht«, meint er resigniert.

»Nun, ich wollte auch nicht die offiziellen Berichte von Ihnen hören. Ich will Ihre Erinnerung. Sie waren damals im gleichen Alter, wie Karl und Norbert. Sie haben die beiden gekannt. Ihr Tod muss doch für die Kinder des Dorfes ein Schock gewesen sein. Es wurde doch sicher über die beiden geredet?« Ich beobachte das Gesicht meines Gegenübers genau, doch verrät keine Reaktion die Gedanken von Alois Kreitinger.

»Ja, es wurde geredet. Ich gehörte jedoch nicht zum Freundeskreis der beiden. Wir waren keine *Kumpel*, wissen Sie. Natürlich waren alle Kinder im Dorf irgendwie miteinander befreundet. Mal unternahm man etwas mit dieser Gruppe, dann mit einer anderen. Beim Fußball traf man dann alle ebenso, wie beim Baden im Fluss. Und in die Schule gingen wir sowieso alle miteinander. Es gab ja nur drei Klassen. Jahrgangsübergreifend ältere und jüngere Kinder zusammengewürfelt. Aber so richtig dicke Freunde waren wir nicht. Georg, ja. Und auch Franz. Der eine tot, der andere dement. Sie waren stets mit Karl und Norbert zusammen.« Weder in seinen Augen, noch in seiner Stimme kann ich ein Zögern oder eine Schwäche erkennen. »Es stimmt schon, das Unglück war und ist ein Geheimnis, aber ich kann Ihnen hierzu wirklich nicht weiterhelfen. Und außerdem, wo glauben Sie, liegt die Verbindung von Karl und Norbert zu Georgs Tod?«

Was soll ich ihm sagen? Dass es ein Gefühl ist, eine Intuition? Klingt das nach professioneller Kriminalarbeit?

»Es gibt eine Verbindung, auch nach über siebzig Jahren. Dessen bin ich mir sicher und ich denke sie führt über Stefanie Koller.«

Das war nun offensichtlich doch eine Bombe. Alois Kreitingers Fassung zerbröselt unter ihr für wenige Herzschläge. Er hat sich sofort wieder unter Kontrolle, doch ich habe es deutlich gesehen.

Sofort nachsetzen, Moritz! »Können Sie sich auch an sie nicht genau erinnern?«

»An Steffi Koller? Doch, kann ich.« Sein Blick ist wieder fest, als er mich ansieht. »Ihr Tod war fürchterlich für alle, die sie kannten. Er zerstörte die Hoffnung vieler auf einen raschen Neuanfang. Das Dorf befand sich im Wiederaufbau und die ersten Kriegsgefangenen der Amerikaner kamen nach Hause. Ich sehe es noch vor mir, wie sie in die Arme genommen wurden. Kein lauter Jubel, wissen Sie, aber stille Freude über das Wunder. Und dann fand man Steffi. Erhängt und niemand konnte sagen warum. Ich habe mich auch später noch nach dem Grund gefragt, fand aber keine Antwort. Das war im Jahr, bevor ich Kirchbach verlassen habe. Danach habe ich die Angelegenheit aus dem Gedächtnis verloren. Verdrängt möglicherweise, wer kann das schon sagen. Bis heute, bis Sie mich wieder daran erinnern.«

Ich muss zugeben, er ist wirklich gut. Seine Erklärungen klingen logisch und nachvollziehbar und seine Stimme lässt keine Zweifel an ihrem Wahrheitsgehalt zu. Und dennoch! Sein Gesicht und seine Augen haben ihn verraten: Alois Kreitinger weiß mehr, als er mir zu sagen bereit ist.

»Jedenfalls danke ich Ihnen für Ihre Hilfe. Sie hätten nicht zufällig ein Foto von Karl und Norbert und vielleicht auch von Georg und Franz? Ein altes Klassenbild zum Beispiel. Es gab ja damals noch nicht viele Aufnahmen, aber Klassenbilder wurden ja schon gemacht.«

»Ja, ich werde mal nachsehen. Schulklassen gehörten tatsächlich zu den häufigsten Motiven der damaligen Zeit. Wenn ich etwas finde, lasse ich es Sie wissen.«

Ich will noch einen Versuch starten, ihn aus der Reserve zu locken, doch der Klingelton meines Handys verhindert das. Mit einem »Entschuldigung!«, nehme ich das Gespräch entgegen. Die Stimme dahinter lässt meinen Ärger so rasch verfliegen, wie er aufgekommen ist. Und der Inhalt des Gespräches klingt noch besser. Es ist Claudia! Ihr Großvater sei zu einem Gespräch bereit. Und die Sonne scheine über ihm. So hell, wie seit langem nicht!

»Es tut mir leid, aber ich muss gehen. Ich möchte nicht unhöflich sein, aber es ist wirklich dringend.«

»Aber bitte! Keine Ursache.« Er steht auf und reicht mir die Hand. »Tut mir wirklich leid, dass ich Ihnen nicht wirklich weiterhelfen konnte. «

»Oh, Sie haben mir weitergeholfen.«

Habe ich erwartet, mit diesen Worten eine Reaktion bei ihm zu provozieren? Wenn ja, dann habe ich mich gründlich getäuscht. Alois Kreitinger geht auf meine Behauptung nicht weiter ein und seine nächste Frage klingt eher höflich, als wirklich interessiert.

»Darf ich fragen, wohin Sie jetzt noch so eilig wollen?«

»Zu Franz. Franz Schedlbauer. Das war seine Enkelin und sie sagt, ihr Großvater habe einen Sonnentag. So nennt sie die Augenblicke, in denen sein Gedächtnis normal arbeitet«, füge ich erklärend hinzu, obwohl das in Kirchbach sicher ohnehin jeder weiß. »Sie weiß nur nicht, wie lange dieser Zustand anhält. Sie verstehen den Grund meiner Eile. Wie Sie selbst sagten, gehörte Franz zu den engsten Freunden Georgs, Karls und Norberts. Ich hoffe, er kann etwas Licht ins Dunkel der Vergangenheit bringen.« Genauer gesagt, ist er meine letzte Hoffnung, doch das verrate ich nicht.

»Franz erinnert sich? An was?« Alois Kreitinger wirkt perplex. »Was hoffen Sie, von ihm zu erfahren?«

»Den Grund für den Tod von Karl und Norbert und vielleicht auch von Steffi.«

Mit diesen Worten lasse ich ihn zurück und eile zum Wagen. Franz Schedlbauers Erinnerungen stehen mir zur Verfügung. Wie lange? Genau das ist der Punkt und deshalb darf ich keine Sekunde versäumen.

Die missglückte Rettung des Jakub Nowak

Ich will mich ja nicht loben, aber normalerweise lasse ich meine Mordfälle nicht an mich heran. Ich ziehe die Ermittlungen cool und routiniert durch. Gefühle bleiben da außen vor. Ehrlich! Aber jetzt, das Treffen mit Franz, dem vermutlich letzten der Flieger vor Augen, kann ich meine Aufregung nicht mehr leugnen. Ich parke vor dem Gartentor der Familie Schedlbauer, versichere mich noch einmal, dass ich meine Bilder bei mir habe, und läute schließlich an der Tür. Jemand kommt die Treppe herunter und dann bittet mich Claudia ins Haus. »Opa ist oben. Mama und Papa sind nicht da, also sind wir allein zu Hause. Sie haben wirklich unwahrscheinliches Glück. Ich habe Opa schon lange nicht mehr so gesund erlebt.« Ein absurder Gedanke durchzuckt mich. *Er hat auf mich gewartet. Franz will mich mitnehmen zu Norbert und Karl, zu Georg und Steffi.* Ich folge Claudia in den ersten Stock und zu einer Tür am Ende des Flurs. Unfassbar, aber mein Herz schlägt bis zum Hals. Reiß dich zusammen, Moritz!

Im ersten Augenblick denke ich, niemand sei zu Hause. Erst, als sich Claudia über das Bett beugt, sehe ich den Mann, der fast unter dem weißen Laken verschwindet. Franz Schedlbauer ist ohne Zweifel am Ende eines langen Lebens angekommen. Ein Leben, welches seinem Körper alles abverlangt hat. Reste schlohweißen Haares umrahmen ein wettergegerbtes Gesicht, aus dem überraschend wache Augen zu mir aufblicken. Im Augenblick scheint die Sonne nicht nur für den alten Mann, nein, sie brennt geradezu auf ihn hernieder.

»Opa! Das ist Herr Buchmann, von dem ich dir erzählt habe.« Claudia stellt das Bett etwas höher, während sie mich vorstellt. »Herr Buchmann!«, wiederholt sie, als er nicht reagiert.

»Herr Buchmann«, kommt die Antwort mit leiser, aber fester Stimme.

»Moritz«, antworte ich ihm und trete an das Bett heran. »Mein Name ist Moritz.« Ein Lächeln und ein Nicken bestätigen, dass meine Worte angekommen sind. »Herr Schedlbauer«, will ich beginnen, werde jedoch unterbrochen.

»Franz.«

»Franz! Gern!« In diesem Augenblick liebe ich es, in Bayern zu wohnen. Und dann gewinne ich mit einem einzigen Wort sein Vertrauen: »*Servus* Franz.«

Manchmal ist es so einfach. »Franz, es geht um Georg Koller. Du erinnerst dich an ihn?« Bei diesen Worten lege ich ihm das Foto der Flieger auf die Decke. Das Foto, das den Greis vor mir als Menschen in der Blüte seines Lebens zeigt. Einen Jungen, der gleich seinen Freunden neben ihm nicht ahnt, was die Zukunft für ihn bereit hält. Mit zitternder Hand greift er das Stück Papier, das so viel zu erzählen hat. Franz Schedlbauer betrachtet sich und die drei anderen eine gefühlte Ewigkeit, dann treten Tränen in seine Augen. Claudia beugt sich zu ihm und nimmt erschüttert seine Hand. Ihr vorwurfsvoller Blick verschließt meine Lippen, doch dann, als es fast schon nicht mehr zu geschehen scheint, ist Franz wieder da. »Das warn wir. Die Flieger! Der da ist der Schorsch.« Sein Finger zeigt auf Georg. Ohne zu zittern! »Wir sind zusammen zur Schule gangen. Nicht im gleichn Jahrgang, er war ein Jahr älter als ich. Aber in die gleiche Klasse. Damals gab es nicht viele Klassen musst du wissn. Nicht so wie heut, wo sie gleich einen holn, wenn einer keine gutn Notn hat und einen … ich weiß nicht, wie der heißt, wenn jemand nicht lesn kann. Nein, wir warn drei oder vier Jahrgänge in einer Klasse. Habn trotzdem was glernt, oder?«

»Das will ich meinen. Wie war der so, der Schorsch?«

»Der Schorsch? Na ja. War halt einer von uns. Von den Fliegern.

Der Bubi Hartmann!« Ein Lächeln huscht über das faltige Gesicht. »Wollt er unbedingt sein. Der Hartmann war halt der Größte. Jeder wollt wie er sein, und am meistn der Schorsch. Nur der Baron nicht. Also habn wir dem Schorsch den Hartmann überlassn.« Claudia hat keine Ahnung, wovon ihr Opa spricht. Mit einem leichten Kopfschütteln banne ich die Frage auf ihre Lippen. Nichts soll das Boot mit Franz Erinnerungen ins Schwanken bringen. »Ja, der Schorsch hat nur uns ghabt. Daheim war das Lebn nicht leicht für ihn. Er kam auch nicht so oft ins Dorf, musst den ganzn Tag arbeitn. Auf´m Hof. Auf´m Kollerhof musstn alle arbeitn, damit´s reicht. Ganz früh aufstehn und arbeitn bis in die Nacht. Zur Erntezeit kamen die Bauernkinder nicht mal jedn Tag in die Schule. Aber das war ganz normal damals.«

»Dann hatte er eine Jugend, wie alle anderen auch? Gab es nichts Außergewöhnliches?«

»Wie alle andern? Nein, so war das nicht. Da gab´s ja noch seine Mutter, de Koller Anna. Das war die Bäuerin auf´m Hof und sie war ein richtiger Teufl. Alle habn sie gfürchtet. Selbst der Bauer und die Knecht und Mägd sowieso. Ja, die Kollerkinder hattn keine Freud an ihrer Mutter, das kannst mir glaubn. Für sie wurd´s erst besser, als der Jakub kam.«

»Der Jakob?«

»Nein! Jakub hieß der! War ein polnischer Bub. Erntehelfer nanntn die Nazis sowas. War aber wohl ein *Zwangsarbeiter*. Habn den armen Bubn seinen Eltern weggnommen und den Bauern als Helfer gschenkt. Das hat jedenfalls der Schorsch so erzählt.«

Es dauert ein paar Sekunden, ehe das Wort die richtige Stelle in meinem Kopf erreicht.

Der polnische Bub! Polak!

Mann, wir lagen so falsch. Reiner Zufall, dass Thomas Kausches Komplize auch Pole ist. Der sterbende Georg meinte jedoch nicht ihn, sondern diesen Jakub. Kein Zweifel stört. Ich bin mir absolut sicher. Und ich bin jetzt ganz nah dran. Ich spüre das. Was ist damals geschehen, am Ende des großen Krieges? Ich will Franz nicht drängen, seine Erzählung nicht unterbrechen.

Und dann blicke ich in die Augen von Franz Schedlbauer und erkenne, wie sich dessen Blick zu lösen beginnt. Die Reise hat begonnen. Die Reise zurück in die Vergangenheit, die für den alten Mann jetzt Gegenwart ist. Entlang der langen Straße seines Lebens führt diese Reise ihn an vergangene Orte. Das Jetzt verschwindet im Dunkel der Demenz, während die ersten Jahrzehnte im Leben des auf den Tod Wartenden zum Greifen real erscheinen. Franz befindet sich nun in einer Zeit, die der Ermittler der Mordkommission Moritz Buchmann nur aus Geschichtsbüchern und Filmen kennt. Eine Zeit, in der Menschen in meiner Heimat Deutschland noch Not und Hunger kannten und Krieg. Worte, die für mich, der ich im nicht mehr wahrgenommenen Luxus aufgewachsen bin, jede Bedeutung verloren haben.

»Jakub«, reißt mich die Stimme zurück in das kleine Zimmer. »Jakub, der polnische Bub. Die Kollerbäuerin hat ihn nur *Polak* grufn. Nicht einmal seinen Namen hat sie ihm glassn. Und zum Essn hat sie ihm auch nicht gnug gebn. Dabei musst er noch mehr arbeitn als alle andern. Den Kollerkindern hat er Leid tan, aber sie habn sich nichts sagn getraut. Wegn der Altn, weißt du? War ein wahrer Teufel, die Alte. Nachts hat er immer gweint, vor Heimweh. Hat uns der Schorsch erzählt und auch die Adelheid und die Steffi, seine Schwestern. Da konntn wir doch nicht zuschaun.« Seine Augen starren mich an. »Nein, das konntn wir nicht!«

Ich wage kaum, zu atmen. Die Rätsel waren vor mir gelegen, wie ein dunkler See und jetzt steigen die Antworten wie helle Luftblasen an die Oberfläche. Die Wahrheit liegt weit in der Vergangenheit und die Brücke dorthin ist der Mann vor mir. »Als Erster hat der Norbert gsagt, dass man dem Jakub helfn müsst. Der Norbert hat seine Eltern belauscht, wie die sich unterhaltn habn. *Den Jakub räumen sie auf die Seite,* habn die gsagt. *Wenn der Ami kommt, dann kann man keine Zeugn gebrauchn, wie das gwesen ist bei uns mit den Gefangenen und besonders nicht auf'm Kollerhof.* Und deshalb wollt der Norbert ihn versteckn. Der Schorsch und ich warn zuerst dagegen gwesn. *Der Krieg dauert noch lang*, hat der Schorsch gsagt. Er habe das von seim Vater ghört. *Und Deutschland wird ihn gewinnen*, war meine Überzeugung. Mein Onkel hat uns gwarnt, etwas anderes zu sagn und zu glaubn. Er war bei der Partei, der NSDAP gwesn und hat gsagt, der Führer kann nicht besiegt werdn. Wir habn uns immer gfragt, warum der Hitler nicht besiegt werden könne und mein Opa, der im 1. Weltkrieg in Frankreich gwesn war, hat gsagt, gegn die Russn und den Ami können wir nicht bestehn. Der Schorsch hat das zuerst nicht glaubt und ich auch nicht, doch dann hab ich an meinen Opa gedacht und dass der schon eine Menge Kriegserfahrung hatte. Wo der doch den Krieg auch überlebt hat. Zum Schluss habn wir uns dann drauf geeinigt, dass Deutschland den Krieg verliert und dass wir den Jakub rettn müssn. Wir musstn uns beeilen, bevor die Kollerbäuerin den Jakub hätt verschwindn lassen. Und der Norbert hat schon einen Plan ghabt. Der Schorsch wollt ja zuerst nicht mitmachn. Er hatte Angst und er war ja auch eine Zeitlang bei der HJ gwesn. Dort habn sie ihm beigebracht, dass so was, wie wir es vorhattn, Verrat am Vaterland und am Führer sei. Der Schorsch hatte aber dann doch ein gutes Herz und hat uns verratn, wo der Jakub schlief und so. Der Baron hat dann auf die beidn gwartet und ich hab auch gwartet. Mit den Fahrrädern vom Norbert und vom Karl seim Vater. Die habn wir gebraucht, wegn den Spürhundn und weil das Versteck drübn in Lederdorn, im Haus vom Norbert seim Onkel war. Der Schorsch hat den Jakub überredt, mitzugehn. So viel Deutsch hat er schon verstandn, dass er kapiert hat, dass es um ihn geschehn sei, wenn er dort bleibt. Zuerst hat auch alles einwandfrei geklappt.«

Seine Stimme wird leiser und die letzten Worte waren kaum noch zu verstehen. Ich suche Claudias Blick, der alles verrät. Sie erkennt das Gesicht des alten Mannes, der Mensch dahinter ist ihr in diesem Augenblick fremd.

»Franz, was ist dann passiert? Was ist schiefgelaufen?«, versuche ich, ihm den Faden der Erzählung wieder zu reichen und tatsächlich, Franz ergreift ihn mit beiden Händen.

»Wir sind zur Brücke gfahrn. Der Jakub hintn aufm Gepäckträger und ich hab vorn tretn. Wir wolltn übern Regen. Der Karl und der Norbert habn auf der Brücke gwartet. Die solltn dann den Jakub rüber nach Lederdorn schaffn. Ins Versteck. Mit dem Norbert seim Rad und im Anhänger hinten drauf. Der Norbert hatte einen Anhänger, musst du wissn. Als einziger im Dorf. In den ist der Jakub gstiegn und dann sind die drei über die Brücke davon.« Wieder zwingt eine Pause meine Neugier zur Geduld. Franz hält sich das Foto vor die Augen. Seine Hand zittert jetzt wieder und lässt uns den Schmerz erahnen, den die Erinnerung in ihn bohrt. Auch Claudia fühlt es und erneut muss ich sie mit einem Kopfschütteln zurückhalten. »Dann sind die andern kommen«, eröffnet Franz das letzte Kapitel des Dramas. »Sie habn uns schon erwartet. Der Karl und der Norbert warn schon fast über die Brücke, da habn sie die andern erwischt. Ich hab mich hinter den Büschn versteckt und nur noch ghofft, dass mich niemand sieht. Es warn zwei Autos. Die Scheinwerfer warn so hell. Ich hab gedacht, warum sind die so hell? Da können sich doch der Karl und der Norbert nicht versteckn! Und das konntn sie wirklich nicht. Ich hab mich ganz tief duckt und bin bis zum Wasser runter. *Bitte nicht,* hab ich mir gedacht, *bitte nicht mich!* Ich hab nur an mich gedacht, während sie auf der Brücke meine Freunde verhaftet habn.« Seine Hand mit dem Foto zittert jetzt noch stärker und die andere krallt sich ins Bett. »Aber dann hab ich die Männer schreien ghört. Und gflucht ham die. Und da hab ich meinen Kopf durch die Büsche gschobn und gsehn, wie einer in den Regen gsprungen ist. Und dann noch einer. Mein Gott, ich hat solche Angst. Dann sind die Autos verschwundn, direkt an mir vorbei sind die gfahrn. Und sie habn einen mitgnommen. Ich hab´s nicht genau gsehn, aber ich glaub, es war der Jakub!«

Nie habe ich Stille so vollkommen empfunden, wie sie in diesen Sekunden in dem kleinen Zimmer im ersten Stock herrscht. Atem- und bewegungslos sitzen Claudia und ich da und es ist, als würden selbst unsere Herzen nicht mehr schlagen. Meine Gedanken rasen. So also waren Karl Loibl und Norbert Wittenzellner gestorben. Deshalb waren sie ertrunken. Es war ihr letzter verzweifelter Versuch gewesen, den Schergen des Regimes im Fluss zu entkommen. Doch der Fluss, der ihre Hoffnung gewesen war, hatte sie betrogen und sich ihr Leben geholt.

»Sie wusstn, dass wir kommen«, unterbricht Franz mit brechender Stimme das Schweigen. »Ich weiß nicht woher, aber sie wusstn es. Karl und Norbert … « Er lässt die jetzt kraftlose Hand mit dem Foto auf das Bett sinken. »Mich habn sie nicht erwischt. Habn eigentlich gar nicht länger gsucht. Warn wohl zufriedn, dass sie den Jakub hattn. Ich hab´s dann irgendwie nach Haus gschafft. Hab die ganze Nacht nicht gschlafn und auch die nächstn Tage nur gezittert. Ich dacht, jetzt kommen sie und holn mich auch. Aber es ist niemand kommen und auch zum Baron nicht. Und dann warn die Amis da. Den Baron haben´s auch nicht erwischt. Ich weiß nicht, wie er es gschafft hat. Hat einfach Glück ghabt. Erst später, nach´m Krieg, da hat ihn das Glück doch noch verlassn.«

Plötzlich passiert es: Die bisher klaren Augen des Alten beginnen, sich zu trüben. *Zu früh,* denke ich. *Wer war der Baron? Wie hieß er richtig?* Aber Franz Schedlbauer antwortet nicht mehr. Wolken sind aufgezogen im Geist des alten Mannes. »Wir musstn doch helfn. Das musstn wir doch!?«

Dann nichts mehr. Der Regen hat endgültig die Sonne aus Franz Kopf vertrieben.

»Opa?« Claudia setzt sich vorsichtig auf die Bettkante, nimmt seine Hand in ihre. Zum ersten Mal in den wenigen Stunden, die ich sie jetzt kenne, verbirgt ihr Gesicht ihre Gefühle. Zu aufgewühlt, zu verstört ist die Enkelin des jetzt wieder friedlich schlafenden Mannes. Ich weiß nicht, was ich sagen soll, wie ich ihr danken soll. Ihr Großvater hatte einige Augenblicke des Sonnenscheins und sie hat sie mir geschenkt. Leise trete ich beiseite. Eine seltene Empfindung breitet sich in mir aus. Es ist Achtung! Achtung vor dem Mann, der jetzt wieder schläft und der in seiner Jugend die Zivilcourage gezeigt hatte, die heute so oft vermisst wird, obwohl heute in der Regel nicht das eigene Leben auf dem Spiel steht. Claudia dreht sich zu mir um. Ihre Augen sind eine einziges Fragezeichen. »Was hat das alles zu bedeuten?«

»Ich weiß es nicht. Noch nicht, aber ich verspreche dir, du bist die erste, die alles erfährt.«

Dann drehe ich mich um und lasse Großvater und Enkelin allein. Erst, als ich die Gartentür hinter mir schließe, wird mir klar: ich habe Claudia geduzt!

Auf dem Weg zurück zu Rosis Pension wird mir bewusst, dass ich mich nicht in einem Kriminalfall, sondern in einem Drama befinde. Einem Drama, das sich über Jahrzehnte und Generationen erstreckt und erst in Georg Kollers Tod sein fulminantes Ende fand. Oder sollte es noch nicht zu Ende sein? Noch liegt die Lösung in weiter Ferne, noch ist der mögliche – oder nur von mir erhoffte – Zusammenhang zwischen den Geschehnissen in jener schicksalhaften Nacht und meinem Mordfall im Dunkeln verborgen. Ich erreiche das *Haus Sonnenschein* und finde es verlassen vor. Rosi ist nicht zu Hause, also muss ich mich heute wohl oder übel selbst um mein Abendessen kümmern. Nun, warum nicht? Ein Abstecher in *Die Post* könnte nicht nur meinen Magen besänftigen, sondern auch meine aufgewühlten Gedanken wieder in geordnete Bahnen lenken. Und vielleicht kann ich dann ja auch Claudia ein paar Stunden vergessen!

Im Gasthaus *Zur Post*

Das Gasthaus *Zur Post* beherrscht neben der Kirche und noch vor dem Rathaus den Dorfplatz Kirchbachs. Auf drei Stockwerke verteilte, mit grünen Läden bewehrte Fenster, das ausladende Dach mit aufwändig geschnitzten Firstbrettern und nicht zuletzt die geschmiedete Postkutsche in voller Fahrt, die an zwei Ketten baumelnd auch dem Letzten deutlich macht, was sich hinter der mächtigen Fassade verbirgt. All das erfüllt seinen Zweck, die Blicke auf sich zu ziehen, aufs Hervorragendste.

Die Speisekarte neben der schweren Holztür missachtend, wage ich mich in das Hauptquartier der örtlichen Prominenz und Vereine. Mein Magen hindert mich, lange zu überlegen und irgendetwas wird *Die Post* schon liefern können. Ohne groß zu überlegen, betrete ich die gut gefüllte Gaststube. Ein massives, auf meterdicken Mauern ruhendes Tonnengewölbe und die dunkle Holzvertäfelung an den Wänden sorgen für einen Hauch Gemütlichkeit und ein uriges Ambiente. Das Geldschränkchen des Sparclubs an der Wand ist ebenso vertreten, wie die Glasvitrine mit der Fahne des Schützenvereins. An einer Seitenwand zeugen stattliche Hirschgeweihe von der Schießwut einiger Kirchbacher. Darunter sitzen eben diese am Jägerstammtisch, der heute tagt und an dem Lateinisch gesprochen wird.

Mit geschultem Blick erfasse ich die Situation. Außer den Jägern haben sich einige hungrige Feriengäste eingefunden und auch aus der offenen Tür zum Nebenzimmer dringt lautes Männerlachen. Den Stammtisch, gleich neben dem Ausschank gelegen und am von der Decke baumelnden Eichenschild leicht zu erkennen, zieren die Häupter der Dorfoberen. Bürgermeister Alois Huber ist ebenso vertreten, wie seine Geistlichkeit Pfarrer Diermeier und die Doktoren der Vergangenheit und Gegenwart Kreitinger und Schnellbögl. Einige Gesichter, die auch auf Georg Kollers Beerdigung vertreten waren, Bauer Huber, ein sehr alter Mann und zwei Frauen.

»Guten Abend, die Herrschaften!«, grüße ich in alle Richtungen und strebe einem der leeren Tische zu. Ich spüre ihre Blicke wie Nadelstiche im Nacken, als ich mich setzen will, jedoch nicht dazu komme, da mich die Stimme des Bürgermeisters davon abhält. »Herr Buchmann! Setzen Sie sich doch zu uns. Vielleicht erfahren Sie ja hier etwas, das Sie interessieren könnte.« Seine Stimme klingt nach Hinterlist und Neugier. Dennoch kann ich schwerlich ablehnen, ohne die Stammtischbrüder und -schwestern zu kränken. »Gerne«, sage ich deshalb, »aber am Stammtisch?« Ich deute auf das Schild, weiß ich doch, dass ich dabei bin, in eine Sperrzone einzudringen. »Ach, heute geht´s nicht so genau. Wir hatten eine Sitzung des Gemeinderats und treffen uns noch hinterher, um uns unpolitisch zu unterhalten. Da können wir für Sie auch eine Ausnahme machen, oder?« Sein Rundblick wird mit zustimmendem Schweigen beantwortet. »Ich darf euch den berühmten Kommissar aus München vorstellen. Er glaubt zwar, den Mörder vom Schorsch schon gefunden zu haben, möchte aber noch ein bisschen ermitteln.« Alois Huber schafft es, seiner Stimme auch noch Spott hinzuzufügen und wenn er sagt *ermitteln*, klingt es doch nach *schnüffeln*.

Kaum sitze ich zwischen einer der Frauen und dem sehr alten Mann, als auch schon der Wirt der Post erscheint. Sepp Kilger ist die Inkarnation eines Wirtes. In Lederhose und Trachtenhemd thront er hinter seinem Tresen und doch scheinen seine Augen überall zugleich zu sein. Ein mächtiger, kunstvoll nach oben gezwirbelter Schnurrbart ist nicht nur Blickfang, sondern weist den etwa Fünfzigjährigen unverkennbar als Platzhirschen hier in der Post aus. Und als solcher verlässt er jetzt sein Reich an den Zapfhähnen und eilt zum Stammtisch, um mich zu begrüßen. »Na, Herr Kommissar, Ihnen gefällt´s aber sehr hier bei uns, wenn Sie schon wieder da sind. Was darf ich Ihnen bringen?«

Ich nicke betont höflich. »Die Speisekarte bitte! Und ein Pils vom Fass, wenn´s geht!«

»Aber gern. Zum Essen empfehle ich Ihnen das Hirschragout. Ist heute das Tagesgericht und ganz frisch geschossen.« Ein kurzer Blick zum Jägerstammtisch bekräftigt seine Worte, dann stapft er zurück in sein Reich hinter der Theke. Wie soll ich jetzt ein Gespräch eröffnen?

Herbert Huber, seines Zeichens Großbauer zu Kirchbach, nimmt mir die Aufgabe ab. Wenn auch auf denkbar unangenehme Weise. »Wird Zeit, dass unsere liebe Polizei den Mörder vom Schorsch findet. Dann braucht sie auch nicht mehr auf meinem Hof rumzuschnüffeln«, grantelt er, ohne dabei von seinem Glas aufzublicken.

»Die Polizei war auf deinem Hof?« Der Mann neben ihm klingt plötzlich interessiert. Sein überdimensionierter Schnurbart zittert vor Aufregung.

»Jemand hat mir die Grünen geschickt«, schimpft Huber weiter und sieht dabei mich an. Hm, die Sache gefällt mir nun gar nicht. Vor allem die sieben Striche auf Hubers Glasuntersetzer geben Anlass zur Sorge. Doch er hat das Spiel eröffnet und ich gedenke nicht, ihm den Sieg kampflos zu überlassen.

Also Offensive! »Nun ja, es hat sich doch herausgestellt, dass Georg einem Ihrer Schlachtermesser zum Opfer gefallen ist.« Das Schweigen ist vollkommen. Alle starren Herbert Huber und dessen rot anlaufendes Gesicht an. Ich weiß nicht, ob der spontanen Farbveränderung des harten Männergesichts Zorn oder Verlegenheit zu Grunde liegt. Zu meinem Besten will ich mal Zweites annehmen. Und ich habe Glück. Hubers Explosion entlädt sich schaumgebremst. »Das Messer wurde mir gestohlen. Das hab ich Ihren beiden Kollegen schon gesagt. Bei meinen Hausschlachtungen gehen die Leute ein und aus. Alle wollen mein Kesselfleisch haben. Ist das beste weit und breit.«

Da kann ich ihm nur zustimmen, was ich natürlich ohne Worte tue.

»Jeder kann das Messer genommen haben, oder?«

Postwirt Kilger verzögert meine Antwort, indem er mein Pils auf den Tisch stellt. »Und was zum Essen?«, will er noch wissen. »Nimm den Hirsch!«, ruft mein Magen und ich folge seinem Rat. Dann wende ich mich wieder der erwartungsvollen Stille um mich zu. »Sie haben ganz sicher Recht. Ich habe es ja selbst erlebt. Es gibt viele, die Gelegenheit hatten, das Messer zu entwenden. Viele könnten es haben. Nur Thomas Kausche und Jirash Liwkowsky nicht. Oder waren die beiden auch bei Ihnen auf dem Hof?« Hubers Schweigen ist Antwort genug.

»Aber das hieße ja, dass jemand aus dem Dorf … « Die Frau wagt es nicht, den Gedanken zu Ende zu führen.

»Und Sie hätten da oben in Regensburg den Falschen eingesperrt und würden diesen Jirash umsonst jagen«, folgert der Schnauzbart messerscharf.

»Nicht unbedingt. Das Motiv spricht eindeutig für Kausche und seinen Komplizen.« Geht da ein Aufatmen quer über den Tisch? »Die Tatwaffe allerdings führt nicht zu den beiden. Und vielleicht gibt es ja ein Tatmotiv, von dem wir noch nichts wissen.«

»Wie meinen Sie das?«, mischt sich Bürgermeister Alois Huber mit scharfer Stimme ein.

»Warum sollte jemand von hier Georg Übles gewollt haben?«, stellt Pfarrer Walter Diermeier die entscheidende Frage.

»Nun, ich denke, die Gründe für die Tat sind nicht in der Gegenwart zu suchen, sondern liegen viel weiter zurück. Irgendwo in

Georgs Vergangenheit. Vielleicht sogar in seiner Jugend.« Meine Worte rufen ungläubiges Gemurmel hervor. Nur Alois Kreitinger, der Herr Pfarrer und der alte Mann überlegen stumm.

»Was sollte das denn sein?«, fragt Bauer Huber mit schwerer Stimme. Die sieben Bier und was weiß ich noch alles scheinen langsam ihre Wirkung zu tun.

»Irgendetwas ist damals geschehen. Georg hat etwas getan, oder nicht getan, oder ihm wurde etwas angetan. Oder, und das ist noch viel wahrscheinlicher, er wusste etwas. Etwas, das für jemand auch nach so langer Zeit noch gefährlich werden konnte.«

Sepp Kilger schaut wieder am Tisch vorbei und will wissen, ob wir alles haben. Die willkommene Unterbrechung gibt allen die Gelegenheit, meine Ausführungen zu verdauen. Es ist merklich leiser geworden am Stammtisch.

»Wer ist denn da im Nebenzimmer?«, versuche ich die Spannung, die sich über uns aufgebaut hat, etwas zu entschärfen.

»Ach die«, meint der Wirt, »das ist die Feuerwehr. Die bereiten ihr 75-jähriges Gründungsfest vor.«

»Die Kirchbacher? Na, da muss ich mich ja noch für meine Rettung bedanken. Entschuldigen Sie mich bitte kurz.« Ich lasse die Stammtischbrüder und – schwestern mit ihren Gedanken zurück. Ich spiele mit ihnen und noch können sie die Melodie nicht hören. Nur Alois Kreitinger scheint in seinem Glas einen Impfstoff gegen HIV entdeckt zu haben. Schweigsam, mit zusammengekniffenen Lippen verfolgt er die Debatte, die sich am Tisch entwickelt hat.

Ich gehe zur Tür zum Nebenzimmer und unterbreche die Diskussion über die Liste der zum Fest einzuladenden Nachbarfeuerwehren. Eben noch herrschte Uneinigkeit darüber, ob man die Kameraden aus Chamerau einladen kann, nachdem man es versäumt hatte, deren Fahnenweihe zu besuchen. Außerdem besaßen die Chamerauer die Unverfrorenheit, beim letzten Kaminbrand im alten Kirchbacher Schulhaus als Erste vor Ort zu sein und damit die Kirchbacher Feuerwehr der Lächerlichkeit preiszugeben. Unvermittelt stehe ich im Mittelpunkt des Interesses. »Herr Kommissar! Servus!«, ruft ein Herr mittleren Alters fröhlich. Und ein rauschender Vollbart mit zugehörigem Mann jüngeren Datums erkundigt sich: »Na! Haben Sie sich gut von dem Schreck erholt?«

»Ein bisschen mehr als ein Schreck, oder? Für mich jedenfalls. Dank Ihrer Hilfe ist die Sache ja noch mal gut ausgegangen.«

»Bedanken Sie sich beim Max!«, sagt eine der Frauen und nickt zu einem schmächtige Burschen am Ende des Tisches hin. »Wenn er nicht von der Tür zum Keller gewusst hätte. Ich will mir nicht vorstellen, wie die Sache dann ausgesehen hätte.«

Ich auch nicht.

Max rettet Moritz, denke ich und nicke in Richtung des breiten Grinsens unter blitzenden Augen. »Ich möchte mich bei Ihnen allen bedanken. Und viel Glück für Ihr großes Fest.« Nicken, Dankesworte und die zum Prost erhobenen Gläser zeigen mir, dass mein Besuch angekommen ist. Auf dem Weg zurück zu den neugierig – oder auch ängstlich? – Wartenden vom Stammtisch mache ich einen Umweg zum Tresen.

»Herr Kilger!«

»Ja?«

»Die Zeche der Feuerwehr geht heute auf mich.«

Er nickt verstehend. »Das kann aber teuer werden. Wenn die mal am Löschen sind.« Dachte ich mir schon. Aber sie haben meine Haut gerettet. Und was soll ich sagen? Obwohl mein Leben nicht gerade perfekt verläuft, hänge ich doch daran. Also Freibier für die Feuerwehr!

Täusche ich mich, oder flimmert die Luft über dem Stammtisch wie zwischen zwei mit tausenden von Volt geladenen Elektroden?

Doch es ist nicht Elektrizität, die für die Spannung sorgt. Diese wird genährt vom inneren Zwiespalt der Kirchbacher, den ich gesät habe. Einerseits mögen sie mich nicht, ja, ich glaube, einige verabscheuen mich geradezu. Andererseits habe ich die Neugier in ihnen geweckt und nur ich kann diese Neugier stillen. Und da dieses Gefühl bekanntermaßen am heftigsten im weiblichen Geschlecht tobt, ist es auch die Gemeinderatsfrauenquote am Tisch, die das kurze, aber heftige Schweigen, bricht: »Nun Herr Buchmann«, – aha, nicht mehr Herr Kommissar – »was für eine Theorie haben Sie sich nun ausgedacht? Was soll hier in Kirchbach geschehen sein, das nach Ihrer Meinung zu Georgs Ermordung geführt hat?« Ich antworte nicht sofort, lasse sie eine Weile schmoren. Ein Schluck Bier verschafft mir die nötige Pause. »Das weiß ich nicht. Noch nicht.« Blitzt da Erleichterung in Bürgermeister Hubers Augen auf? Plötzlich formt sich eine Idee in meinem Kopf. Niemand hier außer Alois Kreitinger weiß von meinem Gespräch mit Franz. Also könnte ich die braven Kirchbacher noch ein bisschen locken.

Soll ich? Nun, warum nicht? »Es gibt da einige Dinge, die ich noch herausfinden muss. Wie zum Beispiel sind damals Karl Loibl und Norbert Wittenzellner ums Leben gekommen? Sie waren Georgs Jugendfreunde. Sie sind im Fluss ertrunken. Was haben sie dort gemacht, mitten in der Nacht und um diese Jahreszeit?«

Es ist der Moment, da Leben in den alten Mann fließt. Bisher still und regungslos das Geschehen am Tisch verfolgend, setzt er nun zu einem Schluck und dann zum Reden an. »Der Wittenzellner Norbert und der Loibl Karl sagen Sie? Ja, ja. Deren Tod war wirklich geheimnisvoll.«

Schlagartig wird es leiser am Stammtisch. Alle Blicke wenden sich dem Alten zu. Na also! Mein Besuch hier scheint doch nicht umsonst zu sein. Es gibt noch mehr Menschen, die sich an das Unglück erinnern.

»Wie meinen Sie das?«, dränge ich, da der Alte keine Anstalten macht, sein Wissen preiszugeben. Seine Aufmerksamkeit ist wieder dem Glas Bier vor ihm gewidmet.

»Hm!«, sagt er leise in die knisternde Stille hinein. »Das war schon seltsam damals. Richtig geheimnisvoll und wir Kinder haben sowieso nichts mitbekommen. Erst hat es geheißen, die Schwarzen haben sie geholt, ja, ja.«

»Die Schwarzen?«

»Na, die Gestapo.« Seine Stimme ist zum Flüstern verkommen. Fast so, als sitze der Stachel der Angst vor der Geheimen Staatspolizei des Naziregimes noch heute in ihm. Auch Sepp Kilger und die übrigen Gäste spitzen jetzt die Ohren. »Niemand wusste, warum und niemand hat danach davon gesprochen. Aber der Laumer Emil, dem sein Vater, der war damals Bürgermeister. Da hat der Emil gehört, wie sie daheim leise von einer Festnahme gesprochen haben. Aber dann, ein paar Tage später, das war glaub ich, als die Amerikaner schon da warn, da hat man die Buben aus dem Regen gezogen. Sind beide ertrunken und keiner wusste, was sie in der Nacht unten am Fluss gewollt haben.«

Einer der jüngeren Männer am Tisch bricht das folgende Schweigen. »Bist du dir da sicher, Walter? Ich glaube, das ist wieder eine deiner alten Geschichten. Du phantasierst mal wieder.«

»Halt´s Maul du Depp! Warst nicht mal bei der Bundeswehr und willst mir´s Redn verbieten? Werd erst mal trocken hinter den Ohren! Ich weiß genau, was ich sag. Der Karl und der Norbert sind ertrunken. Der Arber hat damals sein Schmelzwasser herab geschickt und noch dazu hat es geregnet. Das Wasser stand fast bis zur Hölzlmühle und es war eiskalt. Der Fluss hat die beiden zu sich geholt.«

»Ziemlich unglaubliche Geschichte«, meint eine der beiden

Frauen. Insgesamt scheint die Tischversammlung den Worten von Walter wenig Glauben zu schenken. Und der spürt das auch. »Ihr Narren! Ihr habt ja keine Ahnung!«

Streit liegt in der Luft, wie Mehlstaub in einer Bäckerei. Alois Huber beweist ungeahnte Sensibilität für die Stimmung. »Wenn der Walter sagt, so war es, dann war es so«. Wirft er seine ganze Autorität in die Schale und erstickt das Feuer, noch ehe es zu lodern beginnt.

»Natürlich war es so. Der Doktor kann´s euch bestätigen. Der kann sich bestimmt auch erinnern.«

Alle Köpfe drehen sich in Richtung des Platzes, an dem seit Jahrzehnten Alois Kreitinger Abende wie diesen verbringt, der jetzt aber leer ist.

»Nanu, wo ist er denn?« Nicht nur Bauer Huber schaut verdutzt drein.

»Sepp«, schreit Bürgermeister Huber zum Postwirt, »hast du den Alois gesehen?«

»Der ist gerade eben gegangen. Als ihr so gespannt dem Walter zugehört habt.«

»Seltsam, so heimlich und leise.«

»Warum ist er eigentlich schon heim?« Auch eine der Frauen fragt sich das jetzt. »Sonst ist er doch immer einer von den Letzten.«

»Der Alois war heut nicht gut drauf«, meint der Huber Bauer. »Hat fast nichts gesagt, den ganzen Abend. Wo er sich doch sonst so gern redn hört.«

So, so! Warum hat Alois Kreitinger den Stammtisch verlassen? Ich muss gestehen, auch ich habe sein Verschwinden nicht bemerkt. Hat er Angst vor mir und meinen Fragen? Warum sollte er? Ich weiß, dass der alte Walter die Wahrheit erzählt hat. Und auch, dass Emil die Wahrheit erzählt hat. Damals. Nur ging es nicht um die Verhaftung von Karl und Norbert, sondern um Jakub. Aber das kann Walter nun wirklich nicht wissen. Alois Kreitinger aber weiß mehr, als er preiszugeben bereit ist.

Wieder ein Rad im Getriebe, das sich zu drehen beginnt. Der Zeitpunkt, da alle ineinandergreifen und der Motor läuft, rückt näher. Ich spüre das. Fragen sie mich nicht warum. Es ist einfach so.

Bürgermeister Huber reißt mich aus meinen Gedanken. »Ich frag mich nur, was das mit dem Schorsch zu tun hat?« Ungewollt bin ich wieder der Nordpol am Kompass des Interesses. Für einige Minuten war ich dem Bewusstsein der Kirchbacher entschwunden, jetzt aber richten sich erneut alle Blicke auf mich. »Es ist ein Glied in der Kette«, sehe ich mich genötigt, zu erklären. »Noch fehlen einige, aber wenn ich sie alle beisammen habe, dann dreht sich die Maschine und dann … «

Ja, dann.

Wird es jemals so weit kommen? Im Augenblick beschäftigen mich andere Probleme. Unvorhergesehen Probleme. Alois Huber sieht die Zeit gekommen, die Ehre seines Dorfes zu verteidigen. Und nebenbei noch seine Freunde zu beeindrucken, natürlich. »Und jetzt konstruieren Sie eine Geschichte, in der irgendein alter Nazi mit Georgs Tod zu tun hat. Sie wollen mein Dorf – er sagt es tatsächlich: *mein* Dorf – in den Schmutz ziehen und brave Kirchbacher, alles anständige Leute, in eine Ecke stellen mit diesem braunen Gesindel.«

Es klingt wie eine Drohung.

»Niemand zweifelt an der Aufrichtigkeit der Kirchbacher. Und niemand glaubt, sie sind Nazis. Wie kommen Sie darauf?«

Doch jetzt ist der Kommunalpolitiker in Alois Huber erwacht. »Nur, dass wir uns verstehen, Herr Kommissar!« Die Worte sprudeln verächtlich aus ihm heraus. »Hier gibt es und hier gab es keine Nationalsozialisten.« Damit bewegt sich Huber auf bekanntem Terrain. In keiner Stadt und in keinem Dorf gab es nach dem 07. Mai

1945 Nationalsozialisten. Im nächsten Dorf, ja, da vielleicht habe man gehört, aber hier? Nein, auf keinen Fall. Dabei war zumindest Georg Koller in einer Napola gewesen und Karl und Norbert wurden von der Gestapo verhaftet, denke ich, verleihe dem Gedanken jedoch keine Worte.

Und so ist es Herbert Huber, der meine Überlegungen in die Runde wirft. »Und das alles nur, weil der Schorsch in einer Napola gewesen und die Gestapo die beiden Buben geholt hat?«

»Ich weiß nicht, warum wir Ihre Fragen überhaupt beantworten?« Die Stimme des Bürgermeisters hat einen gefährlichen Unterton angenommen. »Ich habe mich informiert. Sie ermitteln gar nicht. Der Fall Georg Koller gilt als abgeschlossen. Ihre tolle Truppe, hat es nur noch nicht geschafft, den Komplizen von diesem Kausche zu fangen, obwohl Ihnen doch dieser ganze Polizeiapparat zur Verfügung steht. Schade um die Steuergelder.«

Aha, alles klar! Der Herr Bürgermeister sieht die Zeit gekommen, vor seinen Wählern die Muskeln spielen zu lassen.

»Ja, Herr Buchmann. Sie sind als Urlauber hier und als solcher sollten Sie Ihren Aufenthalt auch sehen. Dann können Sie Kirchbach zufrieden wieder verlassen. Ich würde ungern Ihre Dienststelle anrufen und bei Ihrem Vorgesetzten nachfragen, ob er weiß, dass Sie auf eigene Faust weiterermitteln und dabei unbescholtene Bürger belästigen.«

Oha! Das war nun eindeutig eine Drohung. Ich möchte ihn gerne erinnern, dass auch er von den milden Gaben des Steuerzahlers profitiert, schlucke meinen Ärger aber hinunter. Verdammt, so habe ich mir das nicht vorgestellt.

Die Situation droht zu eskalieren. Das Einzige, das mich jetzt noch retten kann, ist ein Hirsch. Und da kommt er auch schon. Pünktlich, wie gerufen in Form eines Ragouts mit Knödel und Blaukraut. Serviert vom Post Sepp persönlich.

»Sie entschuldigen mich bitte. Ich habe eine Verabredung mit einem Hirschen und würde diese gerne einhalten.« Bauer Huber erwidert meinen Blick einen Hauch freundlicher als zuvor und ich dirigiere Josef Kilger zu einem der kleinen Ecktische, doch bevor ich den Stammtisch verlasse, schieße ich noch einen Pfeil ab. Ich weiß, es ist ziemlich unprofessionell, aber gestehen Sie mir bitte diesen kleinen Schwächeanfall zu. »Der Tod von Norbert und Karl und auch der Freitod von Steffi Koller haben etwas mit dem Mord an Georg zu tun. Und ich finde heraus, was. Eher werde ich Kirchbach nicht verlassen.« *Und wenn ich mich hier niederlassen müsste,* füge ich in Gedanken hinzu, hoffe aber natürlich, dass es nicht so weit kommen wird. Ich verlasse die Runde im Bewusstsein, mir keine Freunde gemacht zu haben. Und Bürgermeister Alois Huber ist ein ernstzunehmender Gegner.

Zum Teufel auch! Er hat Recht!

Ich darf eigentlich nicht ermitteln und niemand muss meine Fragen beantworten.

Ich verlasse die Post, nur um festzustellen, dass sich das Wetter der unfreundlichen Stimmung der Stammtischler angepasst hat. Das Fehlen der Sterne am Himmel deutet auf eine geschlossene Wolkendecke hin, aus welcher leichter Nieselregen auf Kirchbach hernieder fällt. Ob ich nochmal hineingehe und den Wirt um einen Schirm bitte? Lieber nicht, auch wenn mir dieser seit meinem Versprechen, morgen zum Mittagessen wiederzukommen und dann auch die sicher üppige Zeche der Feuerwehr zu begleichen, durchaus wohlgesonnen ist. Die paar Meter kann ich auch so gehen, denke ich und nehme den Regen in Kauf.

Unmittelbar nach Verlassen des Dorfplatzes wird die Straßenbeleuchtung spärlicher. Milchige Laternen im Stil der Jahrhundertwende, ein Relikt des letzten staatlich geförderten Dorferneuerungsprogramms, mühen sich vergeblich, das Gemisch von Regentropfen und vom Asphalt aufsteigenden Nebel zu durchdringen. Die im Dorfkern noch eng stehenden Häuser rücken auseinander und da Rosis Pension *Sonnenschein* doch ein gutes Stück jenseits des Dorfrandes liegt, begleiten mich auf dem letzten Stück des Weges Dunkelheit und Leere. Meine Kleidung saugt sich schneller voll, als erwartet. Ich beeile mich, meine Trockenheit versprechende Unterkunft zu erreichen, als ich Schritte hinter mir höre. Rasch drehe ich mich um, doch mein Blick verliert sich im Dunkel.

Was ist denn jetzt los? Phantasiere ich schon? Kopfschüttelnd haste ich weiter.

Da! Wieder nasses Tappen auf glitzerndem Asphalt. Und wieder drehe ich mich um. War das ein Schatten, der hinter der Gartenhecke verschwand? Moritz, es wird Zeit, zur Vernunft zu kommen!

Leichter gesagt, als getan, wenn das Gedächtnis ungewollt Erinnerungen an *Mississippi Burning* hervorzaubert, ohne dass ich es verhindern kann. Nun mal langsam. Weder bin ich Gene Hackmann oder Willem Dafoe, noch war Georg Koller ein ermordeter Menschenrechtler. Und die Bewohner dieses Landstriches mag ein eigenwilliger Charakter auszeichnen, doch von den Methoden eines Ku-Klux-Clan trennt sie doch mehr, als die bloße Distanz Ostbayerns zu den Südstaaten der USA.

Dennoch atme ich unbewusst auf, als ich die Tür zu Rosis Paradies erreiche. Und siehe da: Mein Wagen parkt auch noch unbeschädigt und nicht mit Hetzparolen verschmiert vor dem Haus. Habe ich wirklich etwas anderes erwartet? Noch einmal blicke ich in die nach wie vor leere Straße zurück, dann gehe ich auf mein ebenso leeres Zimmer.

Erst jetzt bemerke ich, dass ich durch und durch nass bin und die Kälte sich zu meiner Haut durchgekämpft hat. Ich freue mich auf eine heiße Dusche. Eine Minute später fließen Wasser und Gedanken im Gleichklang. Der Tag brachte ein Füllhorn von Informationen, die es zu sortieren gilt. Und selbst der dem simplen Akt der Nahrungsaufnahme gewidmete Besuch der *Post* hat sich als gewinnbringend erwiesen. Langsam, fast widerwillig, beginnt sich das Räderwerk in meinem Kopf zu drehen. Während heißes Wasser meinen Körper in wohlige Wärme taucht, setzt die Maschine den Schluss an den Anfang. Bisher habe ich Alois Kreitinger aus meinen Überlegungen ausgeklammert, doch sein seltsames Verhalten rückt ihn näher in den Mittelpunkt des Gesamtbildes. Es ist geradezu offensichtlich, dass er mehr weiß, als er bereit ist, preiszugeben. Er teilte seine Jugend mit den Fliegern und lebte im selben Dorf. Damit ist er Zeitzeuge der Geschehnisse und auch wenn er nach eigener Aussage – vielleicht gelogen? – nicht zum engeren Umfeld Georgs zählte, so hat er sich schon aufgrund seines Faibles für lokale Geschichte mit dem Verschwinden der Jungen beschäftigt. Ich werde ihm morgen mal auf den Zahn fühlen und ihn mit einigen unangenehmen Fragen konfrontieren. Gleich als allererstes.

Plötzlich passiert es! Ein kleines Rädchen setzt sich schwungvoll in Bewegung und es ist Franz Schedlbauer, der es dreht. Ein paar Worte! Untergegangen im Bericht des alten Mannes, tauchen sie jetzt wieder auf. *Der Baron hat´s auch geschafft. Erst später hat ihn das Glück verlassen.*

Der Baron hat überlebt. Bis heute? Und warum hat ihn das Glück doch noch verlassen? Ist er doch noch gestorben? Er ist der fünfte Junge, dessen Identität sich weiter vor mir versteckt. Ich brauche seinen Namen! Unbedingt!

Von ganz hinten schiebt sich ein schon fast vergessener Begriff ins Blickfeld. Polak!

Was hat Jakubs Schicksal mit dem Mord zu tun? Oder meinte

Georg doch Kausches Komplizen? Egal, diese Spur lasse ich jetzt außen vor.

Zurück zu den Fliegern. Ihr Rad dreht sich langsam, rastet ein und nimmt ein anderes mit. Namen! Die Jungen gaben sich Namen berühmter Fliegerhelden. Aber Baron? Habe ich nicht gefunden. Vielleicht das falsche Buch? Zweiter Weltkrieg. Unser Land kann sich doch rühmen, zweimal die Welt heimgesucht zu haben.

Langsam drehe ich das Wasser ab und tappe mit nassen Füssen durch das Zimmer. Laptop? Vergiss es! Kein Internet. Ich weiß, es ist spät, aber ich muss das jetzt wissen. Stefan wird das schon verstehen.

»Was ist los?« Seine Stimme verrät, dass er tatsächlich schon im Bett war.

»Stefan, entschuldige, aber du musst etwas für mich nachsehen. Im Netz. Ich hab ja hier keines und es ist wirklich wichtig.«

»Das hoffe ich«, mault er, doch ich vermeine schon wieder einen neugierigen Unterton in seiner Stimme zu hören. »Es wird Zeit, dass wir Liwkowsky finden. Schulz bekommt gehörig Druck von oben und möchte bald eine Pressekonferenz abhalten. Da wäre es nicht schlecht, wenn wir beide Tatverdächtigen präsentieren könnten«, erklärt er, während er seinen Laptop hochfährt. »Also, was soll das Netz für dich ausspucken?«

»Schau bitte nach, ob du eine Liste Deutscher Jagdflieger des 1. Weltkrieges findest!«

»Was? Nicht mehr? Da ist es ja kaum wert, den Computer hochzufahren.« Keine zehn Sekunden später hat er sie. »Ist da. Und was genau suchst du?« Ich überlege. »Wer war der berühmteste Jagdpilot?«

Zwei Sekunden später: »Manfred von Richthofen. Hm! Ich hab hier einen ausführlichen Artikel über ihn. Weißt du was? Ich schicke in dir auf dein Smartphone. Dann kannst du selbst suchen, während ich mich wieder aufs Ohr haue.«

»Geht in Ordnung«, grinse ich heimlich. »Und schlaf dich aus! Du kannst dir eine Stunde Dienstzeit gut schreiben.«

»Ha, ha. Das wär ja ganz was Neues. Ich halt dich auf dem Laufenden, was die Fahndung betrifft.«

»Danke und Grüße an Mel. Bis dann.«

Stefan verschwindet für diese Nacht wieder aus meinem Leben. Er hat nicht einmal gefragt, warum ich das alles wissen will. Eine Minute später baut sich die übermittelte Seite auf dem Display meines Smarties auf. Ein Bild Manfred von Richthofens. Schwarzweiß. Jugendliches Gesicht, entschlossene Augen. Wie gemacht für einen Helden. Eine Liste seiner Abschüsse, ein Bild seines Flugzeuges, seine Auszeichnungen.

Moment mal!

Sein Flugzeug! Ein roter Dreidecker! Den hab ich doch schon mal gesehen. Wo? Deutsches Museum? Wahrscheinlich. Nein, erst kürzlich, aber wo? Mann, es war doch erst gestern. Aber sicher.

Ich spule den Film dieses Tages noch einmal ab und dann ist es da! Kreitingers Archiv. Der Tisch, das Regal, das Modell. Die Aufschrift erscheint vor meinen Augen. Manfred von Richthofen. Meine Augen fliegen zurück auf das Display. Ich scrolle nach unten. Noch einmal. Manfred von Richthofen. Genannt wirklich und wahrhaftig:

Der rote Baron!

Gelbe Orchideen

Alois Kreitinger ist der fünfte Junge, der Baron! Er hat das Foto in der Seewand geschossen und er hat an der Rettungsaktion für Jakub Nowak teilgenommen. Und er war einer der besten Jugendfreunde meines Mordopfers!

Ist das wirklich so? Was hab ich schon in der Hand? Ein Spielzeugflugzeug auf einem Regal! Aber keine Sorge. Ich habe eine Idee, wie ich meine Hypothese untermauern kann. Doch dazu muss ich Walter Diermeier sprechen. Sollte der Herr Pfarrer meine Erwartungen erfüllen, wird aus der Vermutung Gewissheit werden.

Dies weckt in mir die unterschiedlichsten Empfindungen gegenüber Alois Kreitinger. Seine Haltung als Junge nötigt mir die gleiche Hochachtung ab, die ich Franz Schedlbauer entgegenbringe. Das allein aber ist es nicht. Alois Kreitinger hat mich belogen! Er hatte behauptet, Georg nicht näher zu kennen! Das Gegenteil ist der Fall! Tatsächlich gibt und gab es wohl wenige Menschen, die Georg Koller besser kannten, als der Herr Doktor. Warum lügt er? Hat er nur etwas zu verbergen oder ist es noch mehr? Wie dem auch sei, ich werde ihm heute gehörig auf den Zahn fühlen. So sehr, dass es schmerzen wird.

Ich weiß nicht, ob es die Wut auf Alois Kreitinger ist oder einfach die Hoffnung, die Identität des Barons gelüftet zu haben. Jedenfalls bedurfte es zahlreicher Anläufe, um mein aufgewühltes Gemüt in den Schlafmodus zu versetzen. Dementsprechend mürrisch verlaufen die ersten Minuten des neuen Tages. Es wird mein letzter Tag in Kirchbach. Davon gehe ich aus. Freue ich mich darüber? Vorgestern hätten Sie über meine Antwort nicht lange nachdenken müssen. Heute bin ich mir da nicht mehr so sicher. Meine üblich zähe Morgenprozedur zieht sich noch länger hin und ich ärgere mich über mich selbst.

Mein Handy beendet den Trübsinn. Stefan beweist einmal mehr jenen Elan, den ich mir für mich wünschen würde. Sein Anruf ist mir willkommen, führt er doch meine wild umher wirbelnden Gedanken wieder auf einen geraden Weg.

»Guten Morgen, Waidlerkommissar«, klingt seine entnervend fröhliche Stimme aus dem Gerät.

»Selber Waidler! Was bildest du dir ein? Hast du vergessen, dass ich in Urlaub bin? Wie kannst du mich zu dieser Tageszeit mit deiner Stimme nerven?«

»Urlaub! Dass ich nicht lache. Du im Bayerischen Wald und Urlaub. Ich nehme an, du ermittelst Tag und Nacht und denkst, wir machen es uns hier gemütlich, bis du uns den Täter präsentierst?«

»Nun, ich glaube zwar nicht, dass ihr die Füße auf den Tisch legt und nichts tut, aber der Rest trifft´s schon ziemlich genau.« Ich höre, wie er die Luft anhält.

»Soll das heißen, du hast einen Täter? Einen anderen als Kausche oder Liwkowsky meine ich.«

»Ich muss gestehen, damit kann ich noch nicht dienen. Aber ihr solltet euch nicht darauf verlassen, dass es so bleibt.«

»Was willst du damit sagen?«

»Nun, ihr wart doch bei Herbert Huber. Was hat er euch denn über den Verbleib des Messers erzählt?«

»Na, vielen Dank auch. Da hast du uns ja was Schönes eingebrockt. Am liebsten würde ich diesen Besuch so schnell wie möglich vergessen.«

»Jetzt sag bloß, der Huberbauer hat euch nicht freundlich empfangen?« Nur gut, dass Stefan mein höhnisches Grinsen nicht sieht.

»Hör bloß auf! Du hast genau gewusst, was für ein Typ das ist. Ich komme ja selbst aus dem Wald, aber so einen sturen Grantler hab ich auch noch nicht erlebt. Mel war fix und fertig. Glaub nicht, dass du damit ungeschoren davonkommst.« Jetzt kann ich ein Lachen nur noch mühevoll unterdrücken. »Und was habt ihr herausgefunden?«

»Dieser Bauernschädel behauptet, das Messer wäre ihm gestohlen worden. Mal was ganz Neues. Mit gestohlenen Tatwaffen könnten wir den ganzen Dom hier auskleiden. Aber immerhin hat er Recht damit, dass auf seinem Hof eine Menge Leute ein- und ausgehen.«

»Ja, aber weder Thomas Kausche, noch Jirash Liwkowsky. Wie sollten sie an das Messer gekommen sein?«

»Das haben wir uns auch schon gefragt. Wir nehmen an, Georg hatte es bei sich. Er war sicher des Öfteren auf dem Huberhof. Vielleicht wollte er sich mit dem Messer verteidigen. Liwkowsky hat es ihm im Kampf abgenommen und damit zugestochen. Das würde auch die Hämatome an Georgs Armen erklären.«

Ja, das klingt plausibel. Und dennoch! »Klingt vernünftig. Und was sagt Kausche dazu? Du hast ihn doch sicher schon verhört.«

»Streitet alles ab. Nicht die Sache mit dem Crystal und dem Labor. Da sind die Beweise doch zu erdrückend. Aber mit dem Mord an Georg will er nichts zu tun haben. Die Sache schiebt er weiterhin auf Liwkowsky.«

Der es auch nicht war, denke ich. Was soll ich Stefan sagen? Noch nichts. Es ist noch zu früh. Ein paar Stunden noch, dann ist es vorüber. Ganz sicher!

»Vielleicht ist Liwkowsky tatsächlich nicht der Mörder. Konzentriert euch auf die Drogensache! Die dürfte reichen, um ihn für einige Jahre aus dem Verkehr zu ziehen.«

»Was ist denn jetzt los? Mann Moritz! Du hast doch noch was in der Hinterhand. Rück schon raus!«

»Es ist noch zu früh. Ich bin mir noch nicht sicher, aber heute Abend hoffe ich, Licht ins Dunkel gebracht zu haben.«

»Du willst die Karten also nicht auf den Tisch legen.« Seine Stimme klingt enttäuscht und ich kann ihn verstehen. »Also gut. Ich fürchte, du vergisst, dass wir ein Team sind. Das solltest du nicht, weißt du?« Empörung hat sich in seine Enttäuschung gemischt. Ich kann darauf jetzt keine Rücksicht nehmen. »Hab ich nicht vergessen. Bestimmt! Glaub mir, ihr werdet noch heute alles hören, was ich weiß.« Oder zu wissen glaube. Damit beende ich das Gespräch.

Ich sehne mich nach Rosis Kaffee, dessen Aroma mir den Weg in den Frühstücksraum weist. Der Regen der letzten Nacht verwehrt mir und Rosis übrigen Gästen den Genuss eines Gartenfrühstücks. Das Haus Sonnenschein kann jedoch mit einem von seiner Besitzerin liebevoll dekorierten Zimmer aufwarten, in welchem mich der Duft des Kaffees und frischer Brötchen sowie das Gemurmel meiner Mitbewohner empfängt. Soweit ich es von meinem Einzeltisch in der Ecke beim Fenster verfolgen kann, drehen sich die Gespräche um die stets gleichen Themen: Das Wetter, Wandermöglichkeiten bei diesem Wetter, Hoffnung auf besseres Wetter. Rosi erscheint und gießt ihr Meisterstück in eine blauweiße Tasse, die umringt von Brötchen, Marmelade, Butter, Käse, Honig und Orangensaft das Zentrum meiner Frühstückswelt bildet.

»Guten Morgen!« Mehr sagt sie nicht. Und das will etwas heißen bei Rosina Geiger. Unterliege ich einer Täuschung oder blitzen ihre Augen in einer Mischung aus Heiterkeit und Spott auf mich herab? Na, was soll´s? Ich habe heute Wichtigeres zu beachten, als Rosis Befindlichkeiten. Ich spüre den Erfolgsdruck, der beträchtlich an Gewicht zugenommen hat. Natürlich bin ich selber schuld an meiner Lage. Spätestens nach dem Gespräch mit Stefan ist mir klar, dass ich bei meinen Kollegen Erwartungen geweckt habe. Und nicht nur bei ihnen. Meine Gedanken vollführen einen Schwenk hin zu Claudia Schedlbauer. Auch ihr habe ich nichts weniger als die Wahrheit versprochen.

Die Wahrheit! Mann Moritz! Da hast du dich aber weit aus dem Fenster gelehnt. Jetzt gibt es kein Zurück mehr. Heute muss ich liefern!

Das Summen des Handys in meiner Tasche unterbricht meine Gedanken. Verdammt! Normalerweise schalte ich den Störenfried vor so elementaren Dingen wie dem Frühstück aus, doch heute habe ich das anscheinend vergessen. Ein Blick aufs Display: Marcel! Nun gut, vielleicht schafft es seine Unbekümmertheit die Wogen meiner Gefühlswelten zu glätten. Bereits seine ersten Worte reichen, um mir zu zeigen, dass meine Hoffnung vergeblich war. Zu besorgt klingt seine Stimme. Bei ihm ein völlig fremder Klang. Selbst während meiner Auszeit nach der Trennung von Andrea war es seine optimistische Sichtweise der Dinge gewesen, die mir zurück ins Leben geholfen hat. Es war die Zeit gewesen, da meine Wohnung einer Studentenküche geglichen hatte und mein Leben auch.

»Du bist schon wieder in Kirchbach? Hast du denn noch nicht genug?« Vorwürfe anstelle einer Begrüßung. Na toll!

»Danke, mir geht es auch gut«, versuche ich ihn wieder herunterzuholen.

Ein kurzes Atemholen, dann: »Entschuldigung, aber ich mache mir eben Sorgen.«

Meine Feuershow scheint ihn mächtig beeindruckt zu haben. »Was ist denn mit euch los? Mel, Stefan und jetzt auch noch du? Kausche ist in Haft. Was glaubt ihr eigentlich, was mir passieren soll?« Ich weiß nicht, ob ich empört oder belustigt sein soll ob ihrer Angst.

»Ich habe mit Melanie gesprochen. Sie meint, du verrennst dich in eine sinnlose Sache. Du weiß genau, wie eindeutig die Indizien gegen Kausche und Liwkowsky sprechen. Es ist doch mehr als wahrscheinlich, dass deine Reise in die Vergangenheit vergeblich ist. Und alle wissen davon. Wirst du die Niederlage ertragen, wenn sie dich einholt?«

Werde ich das?

Muss ich nicht! Es gibt keine Niederlage. »Keine Sorge. Sollte ich Unrecht haben, hake ich das Ganze als unfreiwilligen Urlaub im Bayerischen Wald ab und trete den Rückzug nach München an«, lüge ich leise, um Rosi und ihre Pensionsgäste nicht mit meinen Problemen zu belästigen. Ich muss feststellen, dass mich Georgs Tod zu einem ganz passablen Lügner gemacht hat.

Und dann rückt Marcel mit seiner wahren Sorge heraus: »Melanie sagte noch, deine Suche führt dich in die Zeit des Dritten Reichs.«

»Ja?!«

»In Nazikreise!«

»Ja?!«

»Dir ist schon klar, dass das gefährlich sein kann? Auch heute noch. Hast du *Der Marathon Mann* mit Dustin Hofmann und *Die Akte Odessa* gesehen?«

Das ist nun zu viel! Ich kann ein Lachen nicht mehr unterdrücken. Oh Marcel! Auch das ist ein Grund, warum ich von dir nicht loskomme, obwohl du manchmal die personifizierte Nervensäge bist. Es ist deine Naivität, die dich so unbeschwert durchs Leben stolpern lässt! Es ist deine Bescheidenheit, welche die Wunder der Natur über die Errungenschaften der Neuzeit stellt. Und es sind auch die fast schon kindlichen Sorgen, die du dir um mich machst, auch wenn du damit manchmal nervst.

Auch das ist Marcel. Irgendwie misslingen auch seine besten

Absichten. Das mag auch der Grund dafür sein, dass er wenige bis nur einen Freund hat – mich.

»Georg Koller war kein Nazischerge«, flüstere ich noch immer amüsiert. »Er war ein Junge, wie alle anderen, auch wenn er in Neubeuern ganz sicher einer ideologischen Gehirnwäsche unterzogen wurde. Aber allein schon die Tatsache, dass er aus der Napola geflogen ist, beweist doch, dass er nicht zum Nazi taugte, meinst du nicht? Er hat sich geweigert, einen anderen Jungen zu verprügeln und wieder einem anderen hat er Essen gegeben. Kurz, er hatte ein zu gutes Herz für diese Anstalt. Georg Koller war ein Opfer, kein Täter!«

Und doch könnte er etwas getan haben, das jetzt zu seinem Tod führte. Diesen Gedanken lasse ich jedoch eingesperrt im Gefängnis meines Kopfes.

»Das ist sicher wahr, aber du hast vielleicht trotzdem in ein Nazinest gestochert.« Er räuspert sich kurz. »Was ich sagen will ist einfach: Sei vorsichtig! Du hast schon einmal Glück gehabt. Fordere es nicht nochmal heraus.«

»Es freut mich, dass du dir Sorgen um mich machst.« Es freut mich wirklich.

»Ist doch selbstverständlich. Und abbringen kann ich dich ohnehin nicht davon. Wenn du mal dran bist, dann ziehst du es auch durch, was? Wenn schon, denn schon!«

Selten war Marcels Standardspruch so passend. Und so Unrecht hat er nun auch wieder nicht. Vielleicht kann ich wirklich nicht absehen, auf was ich mich eingelassen habe – oder will es nicht –.

Jetzt aber los, Moritz! Heute bringst du die Sache zu Ende.

»Wenn schon, denn schon!«

Ich beende mein Frühstück früher als sonst und verabschiede mich von Rosi. Obwohl sie weiter ungewohnt schweigsam den Tisch abräumt, verrät ihr Blick alles. Auch sie weiß, dass ich keine Zeit mehr zu verlieren habe. Ein ungutes Gefühl beginnt, sich in mir breit zu machen. Also los! Ich fange mit Pfarrer Diermeier an. Mal sehen, ob ich ihn vor der Morgenandacht abfangen kann. Obwohl die Zeit drängt, lasse ich den BMW stehen und gehe die Strecke zur Kirche zu Fuß. Der kurze Marsch sollte reichen, Körper und Kopf in Schwung zu bringen. Es ist zwanzig vor acht, als ich den Dorfplatz erreiche. Ich eile die Stufen zur Kirche hinauf, erreiche aber deren oberen Absatz nicht. Claudia verlässt eben die Bäckerei auf der anderen Straßenseite! Eine Papiertüte mit dem Inhalt ihres Frühstücks in der Hand geht sie zu ihrem Golf am Straßenrand.

Ich weiß, ich weiß! Aber ich kann einfach nicht anders. Zeitnot hin, Eile her! Ich laufe noch einmal zurück. »Guten Morgen! Auch schon unterwegs?« Nicht sehr geistreich, das gebe ich zu, aber etwas Besseres fällt mir gerade nicht ein.

»Guten Morgen!« Trotz der frühen Stunde wirkt sie schon hellwach. »Frühstück geholt«, erklärt sie kurz angebunden und hält den Beutel in die Höhe. »Sie haben ja gestern in der Post mächtig Staub aufgewirbelt.«

Mann, die Buschtrommeln funktionieren ja mal wieder bestens. Es würde mich nicht wundern, wenn schon alle im Dorf über meinen Auftritt Bescheid wüssten. Inklusive Ausschmückungen und Übertreibungen natürlich. »So machen Sie sich aber keine Freunde in Kirchbach.« Will ich auch gar nicht. Außer ihr und Rosi und Resi und noch ein paar anderen vielleicht.

»Eigentlich wollte ich nur etwas essen«, erkläre ich schulterzuckend. »Der Rest hat sich so ergeben.« Klingt nicht sehr glaubwürdig und ist es vermutlich auch nicht.

»So ergeben? Ich habe eher den Eindruck, alles was Sie tun, dient nur Ihren Ermittlungen.« Sie meint damit auch unsere Unterhaltung gestern, sagt es aber nicht. Also Vorsicht! Ich will unsere Bekanntschaft nicht abwürgen, noch ehe sie sich in die Richtung entwickeln kann, die ich erhoffe. »Da haben Sie nicht ganz Unrecht, aber manchmal hat das auch seine angenehmen Seiten.«

Kluger Schachzug Moritz! Jetzt hat sie einen Satz, über den sie nachdenken muss. Schnell noch einen draufsetzen! »Das Gespräch mit Ihnen würde ich liebend gern auch ohne Mordfall wiederholen.« So, jetzt weiß sie Bescheid! Sie antwortet mit einem unergründlichen Lächeln. Unmöglich, Gedanken oder Gefühle daraus abzulesen.

Drei Schläge der Kirchenglocke hämmern Pfarrer Diermeier in mein Bewusstsein zurück. Ich muss los!

»Ich muss los! Ich hoffe sehr, wir sehen uns nochmal, bevor ich abreise.«

»Sie glauben also, heute die Antworten zu finden, nach denen Sie suchen?« Mit einem kurzen Nicken drehe ich mich um und eile im Laufschritt die Stufen hinauf. Ich muss den Pfarrer noch vor dem Gottesdienst sprechen.

Pfarrer Walter Diermeier bereitet sich vor, seine Lämmer um sich zu versammeln. Eine sehr überschaubare Herde Lämmer, wie ein Blick in die Kirche zeigt. Eine Handvoll Frauen, zwei Männer und alle haben die Mitte ihres Lebens deutlich hinter sich. Ich finde den Herrn Pfarrer in der Sakristei, wo er sich trotz des zu erwartenden geringen Publikums mit ernster Miene gewissenhaft auf die heutige Frühmesse vorbereitet.

»Grüß Gott, Herr Pfarrer!«, unterbreche ich seine Bemühungen, sich ohne Hilfe in die Soutane zu zwängen.

»Herr Buchmann! Grüß Gott! Was führt Sie in unsere Kirche?«, begrüßt er mich schwitzend. Sein rechter Arm hat sich im Ärmel des priesterlichen Gewandes verfangen und seine Versuche, den Kopf frei zu bekommen, scheitern kläglich.

»Lassen Sie sich helfen!« Ich packe den Ärmel mit der Rechten und das Gewand mit der Linken und mit vereinten Kräften gelingt es uns, den Pfarrer gottesdiensttauglich zu kleiden.

»Danke«, keucht er. »Früher haben mir meine Ministranten geholfen, aber heute muss ich schon froh sein, an den Sonntagen nicht allein am Altar zu stehen.«

»Und allein in der Kirche zu sein«, vollende ich den Satz.

»Sie haben leider Recht. Ich sehe schon die Zeiten kommen, da nicht einmal mehr an Ostern und Weihnachten alle Bänke besetzt sind.«

»Wird Ihnen da nicht Angst um Ihre Kirche?«

»Meine Kirche? Ich hoffe, noch ist es unser aller Kirche. Auch Ihre, Herr Kommissar! Und machen Sie sich da mal keine Gedanken. Wir haben Christenverfolgung und Säkularisation überlebt. Mutter Kirche wird es noch geben, wenn wir alle schon längst nicht mehr sind.« Mit einem Blick auf die Uhr beendet er seine kurze Predigt. »Sie haben meine Frage noch nicht beantwortet. Was führt Sie in unsere Kirche?«

»Nun, Sie haben ja gestern in der *Post* mitbekommen, dass ich noch ein bisschen in der Vergangenheit stochere. Ich hoffe, Sie können mir dabei helfen?«

»Wenn es nicht zu lange dauert. In fünf Minuten beginnt die Messe!«

»Dann kommen wir gleich zur Sache. Sie haben die Bilder Ihres Vorgängers Alois Kreitinger ausgehändigt. Doktor Kreitinger sagte mir, es gab auch andere Fotografien. Solche, die nicht von Pfarrer Steiner aufgenommen wurden. Also muss damals noch jemand in Kirchbach einen Fotoapparat besessen haben. Können Sie sich vorstellen, wer?«

»Ich kann es mir nicht vorstellen, ich weiß es. Der Besitzer der

Kamera hat Pfarrer Steiner einen Teil seiner Sammlung geschenkt. Die Fotos befanden sich in einem dicken Umschlag. Es handelte sich überwiegend um Landschaftsaufnahmen und Gebäude. Vielleicht hat Pfarrer Steiner deshalb diese Bilder nicht großartig sortiert. Er war ja mehr an Menschen interessiert, hat überwiegend das Leben der Leute des Dorfes und der Umgebung festgehalten. Wer weiß, ob er sich überhaupt alle Aufnahmen angesehen hat. Jedenfalls fand er es angemessen, den Umschlag Alois Kreitinger, dem Sohn des Fotografen zu schenken. Und jetzt muss ich zu meinen wartenden Schäflein. Auf Wiedersehen, Herr Buchmann.«

»Auf Wiedersehen. Und Danke für Ihre Zeit.« Leise verlasse ich die Sakristei, in der Gewissheit, die Identität des fünften Jungen endgültig zu kennen. Ein Indiz ist gut, zwei fast schon die Wahrheit. Alois Kreitinger hatte Zugang zur Kamera seines Vaters und hat damit seine Freunde in der Seewand fotografiert.

Jetzt, da ich Gewissheit habe, wird mein Besuch bei Doktor Kreitinger noch etwas unangenehmer für ihn verlaufen. Er weiß eindeutig mehr, als er bisher bereit war, preiszugeben und ich bin heute nicht gewillt, mich ohne Antworten abspeisen zu lassen.

Mein Weg zurück führt mich noch einmal vorbei am Familiengrab Koller. Georgs Sarg ist inzwischen unter der Erde, auf dem Hügel darüber welken Resi Bielmeiers Blumen vor sich hin. Eigentlich hatte ich nicht vor, noch einmal an das Grab zu treten. Ich bin schon ein gutes Stück weiter, da sticht mir ein leuchtendes Gelb mitten aus der dunklen, frischen Erde über Georgs Sarg in die Augen. Ich verlangsame meine Schritte, dann drehe ich mich um. Angezogen wie eine Biene von der Blüte tragen mich meine Beine wie von selbst zu der Stelle. Es ist ein leuchtendes Gelb und es sind ungewöhnliche Blumen für ein Grab. Ich bin nun wahrlich kein großer Florist, aber dass es sich hier um eine der unzähligen Orchideensorten handelt, kann selbst ich erkennen. Den Blumen wurde kein Wasser gegönnt, der Strauß liegt einfach auf dem Grabhügel. Die Form der Blüte weckt ein Deja-vu Gefühl in mir, das ich nicht zuordnen kann. Ich knie nieder und ohne ersichtlichen Grund zähle ich die Blumen. Fünfzehn sonnengelbe Blüten zieren das Grab Georgs. Oder sind sie gar nicht für ihn gedacht? Ich überfliege noch einmal den Grabstein, der in goldenen Buchstaben und Zahlen das Schicksal der Mitglieder der Familie Koller erzählt. Geburtstage und Sterbetage. Dazwischen Leben so vielfältig, wie die Welt selbst. Plötzlich bleiben mein Augen an einem Datum hängen. Es ist ein Geburtstag und er ist heute. Stefanie Koller trat am 17.05.1929 ins Leben, nur um dieses achtzehn Jahre später, von eigener Hand, auf dem Dachboden ihres Elternhauses wieder zu beenden.

Ein Rad in meinem Kopf beginnt, sich zu drehen. Eines der kleinen, versteckten. Es dirigiert meine Hand zu meiner Jackentasche und lässt sie die Fotografien dort hervorholen. Es ist die Aufnahme der Familie Koller. Und es ist das Datum auf der Rückseite. 17.05.1944! Stefanie Kollers fünfzehnter Geburtstag. Der Blumenstrauß in ihrer Hand, das Strahlen ihrer Augen. Es ist unmöglich, die Blüten auf dem Bild zu zählen und die Aufnahme ist schwarzweiß. Aber Sie dürfen mir glauben: Es sind fünfzehn! Und ich wette mein Auto, meine Wohnung, einfach alles:

Sie sind gelb!

»Wo kann man hier Blumen kaufen?« Die Frau sieht mich verständnislos an. Ich weiß nicht, was sie zu dieser Stunde auf dem Friedhof macht und es interessiert mich auch nicht.

»Beim Gärtner?«

»Natürlich, beim Gärtner. Könnten Sie mir noch sagen, wo der ist?« Nur mit Mühe behalte ich meine Contenance. Und siehe da: Kirchbach rühmt sich einer eigenen Gärtnerei, zu der sie mir jetzt deutlich freundlicher den Weg erklärt. Jetzt brauche ich doch mein Auto. Also zurück in die Pension, die ich im Laufschritt in wenigen Minuten erreiche. Rosi beobachtet erstaunt, wie ich in mein Zimmer eile, kann sich ein Lachen nicht verkneifen, da ich fast die Treppe hinunterstolpere und sieht mir kopfschüttelnd nach, als ich ohne Gruß davonrase. Die Gärtnerei liegt mitten im Dorf und ist leicht zu finden. Langsam rolle ich die Einfahrt hinauf. Vorbei an Stauden, Baumschösslingen und dem Wohnhaus des Besitzers erreiche ich den flachen Anbau, in dem sich der Verkaufsraum befindet.

Öffnungszeiten 7.00 Uhr - 18.00 Uhr steht an der Tür geschrieben, durch die ich in einen kleinen, schwülfeuchten Raum trete. Dschungelklima, das die angrenzenden Treibhäuser mitten im Bayerischen Wald simulieren. Hinter einem winzigen Tresen formt eine junge Frau geschickt ein kunstvolles Gebinde, in einem der Gewächshäuser erkenne ich einen Mann bei der Arbeit.

»Wie kann ich Ihnen helfen? Brauchen Sie eine Strauß oder Topfblumen?« Ihre Stimme entspricht ihrem Äußeren: einfach nett!

»Weder noch. Tut mir leid. Oder vielleicht doch? Könnten Sie mir einen kleinen Strauß Buntes zusammenstellen?«

»Aber gern.« Sie legt ihr halb fertiges Werk beiseite, sammelt aus zahllosen Vasen Blumen, Gräser und anderes Grünzeug, um diese mit flinken Händen zu einem kleinen Kunstwerk zu verbinden.

»Kann ich Sie noch etwas fragen?«

»Aber gern!«

»Sie haben seit sieben Uhr geöffnet. Hat heute schon jemand Blumen gekauft?«

»Viel war noch nicht los. Zwei Sträuße wurden bestellt«, sie deutet auf den zur Seite gelegten, halb fertigen Strauß, »und einer abgeholt. Gelbe Orchideen, Zygopetalum. Waren bestellt, da wir diese Sorte nicht vorrätig haben. Aber warum wollen Sie das wissen?«

»Weil er der Kommissar aus München ist!« Der Mann steht plötzlich hinter mir, einen Kiste mit Blumensetzlingen in den Händen.

»Richtig! Moritz Buchmann, Grüß Gott! Es wäre sehr wichtig für mich zu wissen, wer die Orchideen bestellt und abgeholt hat.«

»Der gleiche, der sie jedes Jahr bestellt.«

Die Maschine in meinem Kopf ist angesprungen. Es ist ein Schnellstart von Null auf Hundert. Alle Räder und Getriebe drehen sich im Gleichklang, liefern alle Antworten auf alle Fragen. In Sekunden entsteht das gesamte Szenario des Falles Georg Koller vor meinen Augen. Es geschieht so schnell, dass ich mich am Tresen festhalten muss. Die Frau sieht mich erschrocken an. »Alles in Ordnung?«

»Danke. Es geht mir gut.« Sehr gut sogar. »Was kostet der Strauß?«

»Fünfzehn Euro, inklusive Dekofolie. Ist gleich fertig.«

Fünf Minuten später sitze ich wieder in meinem BMW, der Blumenstrauß liegt auf dem Beifahrersitz. Ich habe mich getäuscht. Ein kleines, winziges Rädchen der Maschine steht noch still.

Warum erst jetzt?, steht darauf geschrieben.

»Warum erst jetzt?«, frage ich mein Ebenbild im Innenspiegel meines Wagens.

Nur Alois Kreitinger kann dieses letzte Rädchen in Bewegung setzen.

Es wird Zeit, ihn aufzusuchen.

Der fünfte Junge

Mir schwant nichts Gutes, als ich die Auffahrt zum Hause Kreitinger erreiche. Das Garagentor steht offen und der Porsche ist nirgends zu sehen. Meine Befürchtungen bestätigen sich Sekunden später. Nicht Alois Kreitinger öffnet mir die Tür, sondern eine kleine, stämmige Frau, die sich als seine Haushälterin zu erkennen gibt. »Der Herr Doktor ist nicht zu Hause«, teilt sie mir mit, was ich ohnehin schon weiß.

Verdammt! »Sie können mir nicht sagen, wann er wieder kommt?«

Kopfschütteln. »Und wohin er gegangen ist auch nicht, nehme ich an.«

»Das hat er mir nicht gesagt, aber er ist vor etwa einer halben Stunde losgefahren und er hat seine Wanderschuhe mitgenommen. Und einen Karton. Ich glaube, das waren Bilder aus seinem Archiv.«

Wanderschuhe! Alles klar! Ich will schon gehen, doch sie hält mich zurück. »Warten´s noch. Der Herr Doktor hat schon damit gerechnet, dass Sie kommen werden. Er hat gesagt, ich soll Ihnen das da geben.« Sie hält mir einen Briefumschlag entgegen, den sie aus einer der unergründlichen Taschen ihrer Schürze gezogen hat. »Danke«, murmle ich und reiße den Umschlag auf. Geduld ist eine jetzt unpassende Tugend. Meine Zeit wird knapp. Sie läuft mir durch die Finger wie Wasser, das ich nicht aufhalten kann. Meine Augen tasten über das Papier. Bereits die erste Zeile zündet ein Feuerwerk in meinem Kopf. »Dies schreibe ich nieder, damit du weißt und verstehst, was geschehen ist und geschehen wird«, steht da in feiner, geschwungener Schrift geschrieben. *Die Schrift eines Mädchens! Stefanie Kollers Schrift!* Ihre Lebensbeichte dringt durch meinen Kopf in mein Herz, um dort Gefühle auszulösen, die mir im Zusammenhang mit meiner Arbeit bisher fremd waren. Atemlos folgen meine Augen der siebzig Jahre alten Tinte.

Und dann passiert es! Das letzte Rädchen rastet ein, um sich munter im Gleichklang mit den anderen zu drehen.

Wieder überquere ich die Passstraße unter dem Arbergipfel, diesmal jedoch in die entgegengesetzte Richtung. Vorbei an den hochmodernen Liftanlagen, die dem Berg zwar Geld bringen, ihm jedoch auch auf dieser Seite jedes Stück Natur entrissen haben, rase ich dem See entgegen. Unten im Tal weigern sich die Wolken beharrlich zu weichen, doch hier oben zaubert die Sonne unzählige Perlen auf Gräser und Bäume. Ich fahre durch eine Landschaft in Bildern, doch ich sehe sie nicht.

Ich habe den Fall gelöst.

Ein Hurra darauf?

Nein, wahrlich nicht. Ich empfinde keinen Triumph, ist mir doch bewusst, dass der Tod von Georg Koller nur das Ende eines Dramas ist, welches bereits vor siebzig Jahren geschrieben wurde. Ein Drama, das am Ende nur Verlierer kennt.

See und Seehaus liegen da, wie ich sie in Erinnerung habe. Nur das Wetter ist besser, als vor neun Tagen, wenngleich sich die Seewand noch hinter Nebelschwaden verbirgt. Noch herrscht Ruhe am und um den Eiszeitsee. Nur wenige Autos stehen auf dem Parkplatz neben der Straße und hurra, Alois Kreitingers Cayenne ist eines von ihnen. Ich parke direkt daneben und steige aus. Bereits mein erster Schritt landet in einer Pfütze, die der Regen der letzten Nacht hinterlassen hat. Betreten sehe ich auf meine Füße, die in dünnen Sandalen mit sicher ultraglatter Sohle stecken. Na, prima! Das kommt davon, wenn man sofort und ohne zu überlegen losfährt. Meine Turnschuhe stehen trocken in Rosis Pension. Wie komme ich jetzt da hinauf? Dunkel drohen die dichten Wälder von den steilen Hügeln rings um den See. Fein säuberlich aufgereihte Tretboote und im Konvoi schwimmende Enten warten gleichermaßen auf die ersten Touristen.

Mein Blick fällt auf eine Wanderkarte, die den Massen den Weg weisen soll, mir jedoch nicht weiter hilft, da Kartenlesen nicht zu meinen herausragenden Talenten zählt. Das darf doch nicht wahr sein! Jetzt bin ich kurz vor dem Ziel und finde den letzten Weg nicht. Da! Der Kiosk neben dem Gasthaus. Eine Frau tritt heran und sperrt ihren Broterwerb auf, um sich auf den Ansturm von gierigen Kindern und genervten Eltern vorzubereiten.

»Entschuldigung!«, spreche ich sie an, während sie einen Ständer mit Postkarten und Luftballons ins Freie schiebt. »Können Sie mir den Weg zur Seewand zeigen? Ich muss dringend dort hinauf.«

»Sie wissen aber schon, dass man den nicht mehr gehen soll?«, lautet ihre Antwort. Also gut, zücke ich eben mal wieder meinen Dienstausweis. »Kriminalpolizei!« Mehr muss ich nicht sagen. »Ach so. Wegen dem Mord! Na dann. Hier links rum und am zweiten Querweg rechts. Dann kommen Sie direkt hin.«

»Vielen Dank«, und los geht´s. Der Regen hat dem Arbersee Wasser im Überfluss gespendet, sodass der Überlauf das tut, was er soll – er läuft über. Und ich bekomme erneut nasse Füße. Wahrscheinlich nicht zum letzten Mal an diesem Tag. Der Wanderweg Nummer Eins in Richtung Bodenmais biegt gleich hinter dem Seehaus ab und gleicht heute einem kleinen Bach. Obwohl sich die immer stärker werdende Sonne redlich müht, Weg und Wald dampfend zu trocknen, tropft und läuft Wasser aus allen Richtungen herab. Ich verfluche meine Schuhe und kämpfe mich nach oben. Ich würde jetzt hundert Euro für Josef Späth und seinen Geländewagen geben, doch bleibt mir nichts anderes übrig, als über glitschige und glatte Steine zu stolpern und darauf zu achten, mir nicht die Füße zu brechen. Dennoch rutsche ich mehrfach aus, habe aber Glück, mich nicht zu verletzen. Der Weg wird steiler und verlangt meiner kaum vorhandenen Kondition alles ab. Nach fünfzehn Minuten erreiche ich schwer atmend den zweiten Forstweg, der mich bei meiner ersten Bekanntschaft mit der Seewand bequem in Josefs Wagen herauf gebracht hat. Ich wende mich nach rechts und fünf weitere Minuten später zeigt mir eine verblassende Fünf an einem Baum, dass ich richtig liege. Der Weg durch die Seewand verjüngt sich am Ende der Forststraße und ist so verlassen, wie eh und je. Nichts ist mehr vom Trubel der Einsatzfahrzeuge und Schaulustigen zu spüren. Nach den wenigen Metern bequemen Forstweges geht es nun wieder über Stock und Stein, garniert mit feuchtem Moos und glänzenden Farnen. Auch hier quillt Wasser aus jeder Ritze und erschwert mir das Leben. Meine Schuhe sind durch und durch nass und rutschen, wie eine Ente auf Eis. Dennoch erreiche ich wohlbehalten das Totenbrett für Alex Schulz. Inzwischen bin ich schweißgebadet und habe Krämpfe in den Beinen. Der Anstieg und das vorsichtige, nach sicheren Trittstellen suchende Hin- und Herspringen zeigen Wirkung. Ich halte den Atem an und lausche.

Von Alois Kreitinger keine Spur. Soll ich rufen? Alles, was ich höre, ist der Wind in den Bäumen, das Plätschern abertausender Wassertropfen und das Hämmern eines Spechtes. Umgeben von den Geräuschen der Natur gehe ich weiter hinauf. Vielleicht ist der Gesuchte oben, an der Stelle, wo Georg gefunden und getötet worden war. Weitere zwanzig Minuten vergehen, dann stehe ich wieder auf dem schmalen Weg, eingezwängt in den Abhang zur Rechten und die Felswand zur Linken. Unwillkürlich zieht es meinen Blick dorthin, doch von Georgs letzter Botschaft ist nichts mehr übrig. Nur mit viel Phantasie lässt sich das Wort *Polak* mehr erahnen, denn lesen. Auch hier keine Spur von Doktor Kreitinger.

Doch! Ist das dort eine Schachtel? Ich verlasse den Weg und taste mich den Abhang hinab zu einem kleinen Felsen, auf dem eine Pappschachtel steht. Mit zitternden Knien erreiche ich sie. Zehn Meter weiter mündet der Hang in die Steilwand, um sich hundert Meter tiefer in den See zu stürzen. Ja, es ist Kreitingers Schachtel. Ich sehe Bilder aus fernen Tagen. Schwarzweißaufnahmen und sie zeigen die Flieger: Karl, Norbert, Franz, Georg und Alois. Fünf Jungen in den verschiedensten Altersstufen. Kinder von etwa zehn Jahren bis Jugendliche bis sechzehn. Ich kannte sie nicht und dennoch weiß ich, dass sie es sind.

Und Steffi! Immer wieder Steffi!

Für einen Augenblick verliere ich die Konzentration und schon ist es passiert. Ich rutsche aus, verliere das Gleichgewicht und falle. Der Abhang ist steil, steiler, als ich es erwartet habe. Ich purzle und rolle ihn hinab. Mit der mir eigenen unnachahmlichen Ungeschicklichkeit meide ich rettende Bäume und Sträucher, die ich vergeblich zu fassen versuche. Der Abgrund rückt immer näher und trotz ernsthaftester Bemühungen will es mir nicht gelingen, die Talfahrt zu stoppen. Mein Herz rast und schon sehe ich mich im freien Fall, als kräftige Finger mein Handgelenk packen und mich zurückreißen. Keuchend und zitternd krieche ich auf allen Vieren weg von der Felskante. Dann rolle ich mich auf den Rücken und starre in das Gesicht meines Retters. »Hallo, Herr Buchmann! Sie sollten besser auf sich aufpassen!«

»Guten Tag, Herr Kreitinger!«

Ich sitze auf einem großen Stein, während Alois Kreitinger an einen Baum gelehnt aus seltsam leeren Augen auf mich herabsieht. Ich würde auch lieber stehen, ihm auf Augenhöhe begegnen, doch sehen sich meine Füße außer Stande, mich zu tragen.

»Ich habe Sie schon erwartet«, bricht er die Stille.

»Sie wollten gefunden werden, ich weiß. Sie brauchen jemand, um über alles zu reden. Warum sonst hätten Sie mir diesen Brief aushändigen lassen?« Ich ziehe das Kuvert aus meiner Jackentasche.

»Sie wissen, warum ich hier oben bin?«, beantwortet er meine Frage mit einer Gegenfrage.

»Ja, ich denke, ich weiß es. Es ist ein besonderer Platz für Sie. Ein besonderer Platz für den Baron, für die Flieger.«

»Baron. Ja, so habe ich mich genannt. Und die anderen auch.« Seine Stimme klingt nachdenklich, wie aus weiter Ferne. »Das alles hätte nicht so kommen dürfen. Es war Karl, der als erster meinte, dass sie Jakub töten würden.«

»Jakub, den polnischen Jungen.«

Er nickt. »Deportiert, entführt von zu Hause. *Erntehelfer* nannten sie das. Klang harmloser als *Zwangsarbeiter*. Karl war sich sicher, dass ihn die Braunen aus dem Weg schaffen würden, wenn die Amis kommen. Und schließlich dachten wir dasselbe.«

»Und was denken Sie heute? Glauben Sie wirklich, Jakub war in Lebensgefahr?«

Er zuckt mit den Schultern. »Wahrscheinlich nicht. Sicher, die Nazis wollten das Ende vor Augen möglichst viele Zeugen ihrer Verbrechen beseitigen. Denken Sie nur an die Todesmärsche aus den Konzentrationslagern. Aber ein fünfzehnjähriger polnischer Junge auf einem Bauernhof? Was wusste der schon zu berichten? Und hätten wir geahnt, dass der Krieg knapp zwei Wochen später vorbei sein würde, wäre alles ganz anders gekommen. Nein, heute denke ich, wir haben einen Fehler gemacht. Aber was zählt schon das Heute? Was passiert ist, ist passiert. Und es geschah 1945, vor fast siebzig Jahren. Unsere Sicht der Dinge damals war eine ganz andere. Wir waren Jungen, sechzehn Jahre alt und den Kopf voller Helden, Dramen und Abenteuer. Kameradschaft und Ehre waren die Gefühle, die uns antrieben. Ob falsch oder richtig, ob Sie es lächerlich finden oder nicht. Die Flieger waren eine Gemeinschaft, zusammengehalten von Idealen, die Ihnen heute befremdlich erscheinen mögen. Vielleicht lag es an unserem Alter, vielleicht am Krieg. Sechs Jahre dauerte dieser und sechs Jahre gab es uns.«

»Sie haben sich hier gefunden. Hier an der Absturzstelle von Doktor Schulz.«

»Ja, dort unten, wo jetzt das Marterl steht. Dort haben wir es geschworen. Ewige Freundschaft.« Ein verträumtes Lächeln umspielt seine Lippen.

»Aber das war 1939. Sie waren erst elf Jahre alt.«

»Norbert sogar erst zehn. Nur Karl, der war schon 12. Er war es auch, der uns vom Absturz erzählt hat.« Alois Kreitinger setzt sich auf einen Baumstumpf und lehnt sich an einen Stein. Er scheint Nässe und Kälte des Felsens nicht zu bemerken. Auch seine Augen nehmen Baum und Strauch nicht mehr wahr, sind in weite Ferne gerichtet.

Die Zeitreise beginnt und ich werde sie nicht mehr unterbrechen.

Damals – 1939

»Wenn ich so überlege, war es meistens Karl, der die Vorschläge für unsere Unternehmungen machte. Nicht weiter verwunderlich, er war ja auch der älteste unter uns. Es war bereits Dezember, aber es gab noch keinen Schnee und so waren wir an diesem Tag unten am Regen und haben Boote schwimmen lassen. Solche aus Rinde geschnitzt und mit Segeln aus Blättern. Franz hatte das schönste Stück Rinde vom Ziegelberg geholt und sein Boot glich schon mehr einem Schiff. Zwei Masten hatte es und Segel aus Stoff. Ich weiß nicht mehr, woher er ihn hatte, aber ich sehe die weißen Segel noch heute vor mir. Wir setzten sie oberhalb der Brücke ein und wetteten, welches die Stromschnellen zwischen den Pfeilern am schnellsten durchfahren würde. Georg gewann. Die Erntezeit lag schon ein paar Wochen zurück. Auf den Bauernhöfen ging es nun etwas ruhiger zu und so hatte er Zeit, ein schönes und schnelles Schiff zu schnitzen. Während wir unsere Boote mit Holzstecken aus dem Wasser fischen, kam er kaum hinterher und musste bis zu den Knien ins kalte Wasser, um es zu erwischen, ehe es hinab nach Miltach schwamm.«

Schweigend betrachte ich Alois Kreitinger. Ich sehe den Körper eines alten, müden Mannes. Ich sehe die Augen eines Jungen und ich sehe das Lächeln, welches die Erschöpfung eines langen Lebens für Augenblicke aus seinem Gesicht wischt. »Georg watete gerade mit seinem Boot in der Hand ans Ufer zurück, als Karl ankam. Er war ganz aufgeregt und wedelte mit einer Zeitungsseite herum. Ich wusste sofort, dass es ums Fliegen ging. Jeder von uns verehrte die Piloten aus den Wochenschauen und die Jagdflieger waren unsere Helden. Wir trafen uns so oft wie möglich, bauten kleine Flugzeuge aus Holz und ein richtig großes aus Zweigen und Holzresten. Das stand hinten in der Scheune von Norberts Großvater. Ein Besenstiel war der Steuerknüppel und Blechdosen die Pedale. Aber wir flogen! Ja, in unseren Köpfen, da flogen wir. Aber keiner von uns hatte je ein echtes Flugzeug gesehen. Und dann kam Karl und erzählte uns, oben am Arbersee sei ein Jagdflugzeug abgestürzt. Man muss sich unsere Aufregung vorstellen. So nahe und dennoch für uns unerreichbar. Wie sollten wir an die Absturzstelle kommen? Jeder kannte den Arber und auch den See dem Namen nach, aber nur Franz war schon dort gewesen. Und das auch nur, weil einmal seine Tante aus Stuttgart zu Besuch gewesen war und unbedingt hinauf wollte. Sie hatte ihren Neffen damals mitgenommen, aber auch Franz konnte uns nicht sagen, wie wir hinauf kommen sollten. Die Absturzstelle hätte genauso gut auf der Zugspitze sein können, für uns schien sie unerreichbar. Zwei Tage dauerte es, bis uns ein glücklicher Zufall half. Der Zufall hieß Onkel Korbinian, war der Bruder meines Vaters und Kohlenhändler. Drei Tage nach dem Absturz musste er nach Bayerisch Eisenstein, irgendetwas abholen.« Doktor Kreitinger unterbricht seine Erinnerung, überlegt. Dann schüttelt er den Kopf. »Fällt mir nicht mehr ein, was. Hm! Na jedenfalls hatte er einen kleinen Lastwagen und auf dem haben wir uns hinten versteckt. Unter Planen und Säcken. Es hat eine ganze Weile gedauert, bis wir den Mut aufbrachten, diese Gelegenheit zu nutzen. Erst haben wir alle davon gesprochen, unbedingt das Flugzeugwrack sehen zu wollen. Jeder hat behauptet, er würde sofort zum Arbersee fahren, wenn dies nur möglich wäre. Ha, sogar der ängstliche Norbert meinte, er würde alles geben, um das Flugzeug zu finden. Es war Mut, geboren in der Gewissheit, das Abenteuer ohnehin nicht antreten zu können. Als ich dann jedoch von Onkel Korbinian und seinem Lastkraftwagen berichtete, waren alle erst einmal richtig erschrocken. Irgendwie wollte dann jedoch keiner von uns als Schwächling vor den anderen dastehen. Obwohl wir alle wussten, dass wir zu Hause Schwierigkeiten wie noch nie bekommen würden, lagen wir dann doch auf der Ladefläche des Wagens meines Onkels. Wir haben Zettel geschrieben, unsere Eltern bräuchten sich keine Sorgen zu machen, wir kämen in zwei Tagen zurück. Niemand wusste aber, wohin wir uns verdrückt hatten. In Wahrheit waren es auch nicht unsere Eltern, die sich Sorgen machen mussten. Wir waren es, denn nach unserer Rückkehr haben sie uns allen überdeutlich klar gemacht, dass damals die Prügelstrafe noch kein Tabu war. Vom Hausarrest gar nicht zu sprechen. Dennoch bereute keiner von uns, was wir getan hatten. Wir lagen also unter diesen Planen – sogar Norbert – und hofften, nicht entdeckt zu werden. Die Fahrt schien endlos zu dauern. Ich weiß noch, dass ich mir Sorgen machte, ob wir es bis zum Einbruch der Dunkelheit schaffen würden. Keiner dachte daran, ob wir die Stelle überhaupt finden konnten. Was aber, wenn sich der Weg von Bayerisch Eisenstein zum Großen Arbersee als zu weit herausstellen sollte? Was, wenn auf dem Arber schon Schnee lag? Nun ja, wir hatten Glück. Onkel Korbinian legte oben bei der Hindenburgkanzel eine Pinkelpause ein und wir schlüpften ungesehen von der Ladefläche in den Wald. Auch so dauerte es noch gute eineinhalb Stunden, bis wir den See erreichten. Wie sollten wir jetzt den Eingang zur Seewand finden, wie die Absturzstelle? Wir hatten keine Ahnung und es war bereits später Nachmittag. Wieder stand das Glück auf unserer Seite. Karl belauschte zwei Männer, die sich über das Unglück unterhielten. Es handelte sich um zwei der Suchkräfte, die seit dem Absturz Wrackteile und nicht zuletzt die Leiche des Piloten geborgen hatten. Er konnte ihrem Gespräch den ungefähren Absturzort entnehmen. *In der Felsflanke über dem linken Seeufer, etwa auf halber Höhe*. Dort sollte das Ziel unserer Träume, verstreut zwischen Bäumen und Felsspalten liegen. Wir schlichen uns in den

Wald und kämpften uns hinauf. Heute würden wir den Aufstieg querfeldein wohl als lebensgefährlich betrachten, für uns Jungen war er Abenteuer pur. Und wieder hatten wir Glück. Auch hier oben lag noch kein Schnee. Schließlich hörten wir Stimmen und schlichen uns heran. Die Suchmannschaft war noch immer unterwegs und wir mussten warten, bis sie am Ende des Tages abzog. Immerhin wies sie uns den Weg. Als die Stimmen ins Tal gewandert waren, warteten wir noch einige Minuten, ehe wir näherschlichen. War es die Anstrengung oder die Ehrfurcht? Ich kann es nicht sagen, aber wir hielten den Atem an. Die Absturzstelle lag in einem flachen Taleinschnitt, durch den sich ein kleiner Bach hinab zum See schlängelte – wie er es noch heute tut. Das Flugzeug hatte eine Schneise gebrochener Bäume in den Wald geschlagen. Obwohl die Suchmannschaft schon Einiges geborgen hatte, lagen die größten Teile der Maschine noch herum. Später habe ich erfahren, dass zuerst neben dem Piloten der Motor und das Cockpit sichergestellt worden waren. Ich spüre noch heute unsere Aufregung, als wir die geborstenen Tragflächen sahen. Die Maschine war von den Bäumen völlig auseinandergerissen worden. Eines der Räder lag weiter oben in den Felsen, das andere war noch am Rumpf, der sich in die Wand gebohrt hatte. Wie eine Rakete! Die Kanzel stand offen. Ich weiß nicht, ob sich Alex Schulz noch durch einen Absprung retten wollte. Ich glaube nicht. Er war wohl bei Nebel ungebremst in die Seewand geknallt. Wir haben dann die ganze Stelle abgesucht. Keiner hat viel gesprochen. Irgendwie war uns auch bewusst, dass hier ein Pilot gestorben war. Georg hat dann den Propeller gefunden. Er musste sich von der Maschine gelöst haben, denn er lag viel weiter oben, fast schon in der Höhe, wo wir uns jetzt befinden. Ich habe dann das Bild geschossen, das Sie in Georgs Schlafzimmer gesehen haben. Ja, ich hatte die Kamera meines Vaters mitgenommen. Hätte er es gewusst, oder der Kamera wäre etwas geschehen, ich weiß nicht, was Papa mit mir gemacht hätte. Aber es ist alles gut gegangen. Mein Vater hat mir schon früh gezeigt, wie man fotografiert und auch, wie man die Bilder entwickelt. Ich gebe zu, besonders gut ist es nicht geworden, aber ich konnte Abzüge für alle machen und für jeden hat das Bild einen besonderen Platz in seinem Leben gefunden. Wir bemerkten zu spät, dass die Nacht hereinbrach. Für einen Abstieg war es zu spät und so blieben wir in der Wand. Hier an dieser Stelle haben wir diese Nacht verbracht und hier fand alles seinen Anfang.«

Wieder unterbricht er seine Erzählung. Ich entschließe mich, noch nichts zu sagen. »Es war die bedeutendste Nacht in unserem bisherigen Leben«, fährt er schließlich fort, »und es war die kälteste.« Er schlingt seine Arme um seinen Körper, so als würde die Kälte erneut ihre Zähne in ihn krallen. »Wir hatte natürlich kein Zelt dabei und wir hatten keine Decken. Es war Georg, dem es gelang, ein Feuer zu machen. Wer weiß, vielleicht wären wir sonst erfroren? Karl, Franz und ich hatten Rucksäcke, in denen etwas Brot und Käse, Butter und meine Kamera steckten. Dazu etwas Wasser zu trinken und ein wenig Geld. Sehr wenig Geld. Dennoch fühlten wir uns auf dem Gipfel des Glücks. Wir saßen hier und redeten und redeten. Franz erzählte von den Heldentaten seines Opas, der zur See gefahren war und Norbert malte seine Abenteuer, die er erleben würde, wäre er erst einmal Pilot. Und ich habe natürlich von den Abenteuern des *Roten Barons* erzählt, die ich aus einem Buch meines Vaters kannte. Die Nacht war wundervoll. Zwischen den Bäumen konnte man die Sterne sehen und der Mond spiegelte sich unten im See.«

Fast vermeine ich, das Glitzern der Sterne in seinen Augen zu sehen.

»Irgendwann haben wir beschlossen, nicht nur Freunde zu sein. Nein, wir waren Flieger, die in dieser Nacht über der Welt schwebten. Ich glaube, es war wieder Karl, der die Idee hatte, wir müssten einen Eid leisten. Einen Eid auf Kameradschaft, Treue, Mut, Heldentum, Brüderlichkeit. Heute mag man darüber lächeln, für uns aber bedeutete dies in jenem Augenblick alles und so schwuren wir auf all diese Ideale, die in unseren Herzen brannten und uns erfüllten. Wir schwuren auf den abgestürzten Piloten und der Eid hielt fast sechs Jahre.«

»Bis zu jener Nacht 1945, als Sie Jakub Nowak retten wollten«, breche ich mein Schweigen. Er scheint es nicht zu hören, verharrt im Jahr 1939. »Wir verbrachten also die Nacht auf dem Boden. Die Kälte ließ mich nicht schlafen und am nächsten Morgen mussten wir zusehen, von hier zu verschwinden. Die Bergungstrupps kamen von unten, sodass wir weiter nach oben mussten. Ich habe fürchterlich gefroren, das weiß ich noch. Wir sind dann über den Gipfel zum kleinen Arbersee und von dort nach Lohberg gelaufen. Ich glaube, wir haben wenig geredet und waren ziemlich kaputt. In Lohberg hat uns ein Landwirt auf seinem Traktor nach Lam mitgenommen. So ging es dann weiter. Gehen, mitfahren, meist auf Pferdefuhrwerken und wieder gehen. Spät am Abend haben wir dann Kirchbach erreicht. Das Willkommen dort war alles andere als herzlich, aber das sagte ich bereits. Außerdem hatten wir mit Strafe gerechnet und sie irgendwie als letzte Bestätigung unseres Bundes angesehen. Wir waren jetzt die *Flieger* und die *Flieger* konnte nichts trennen. Und so war es dann auch für einige Jahre.«

Heute

»Bis sie Jakub Nowak retten wollten«, wiederhole ich mich. Alois Kreitinger schweigt einige Herzschläge lang.

»Ja, mit Jakub begann das Unglück.«

Die Lebensbeichte des alten Mannes wird durch sich nähernde Schritte unterbrochen. Nur leise ist das nasse Tappen auf Fels und Geröll zu vernehmen. Zwei Wanderer kommen langsam den steilen Weg herauf. Ohne zu sprechen und ohne Rucksack sind sie leicht als Einheimische auszumachen. Leise und bemüht, die Natur um sich nicht zu stören, entlockt ihnen unsere Anwesenheit nicht mehr, als ein knappes »Servus« im Vorbeigehen. Dann sind wir wieder allein in unserem Mikrokosmos aus Bäumen, Wasser und Fels. Nur das Pfeifen der Vögel ist zu hören. Alois Kreitinger braucht Zeit und ich bin gewillt, sie ihm zu lassen. Immerhin stehen wir vor einem Zeitsprung von sechs Jahren. Sechs Jahre Krieg, der auch an den fünf Jungen nicht spurlos vorbeigegangen war.

»In den folgenden Jahren haben wir uns so oft, wie möglich getroffen. Ich kann heute noch nicht verstehen, dass niemand unseren Geheimbund bemerkt hat.« Er fährt sich mit der Hand durch das beneidenswert dichte Haar.

»Auch Steffi nicht?«, bringe ich einen neuen Namen ins Spiel.

»Steffi? Doch, ja. Steffi hat es gewusst. Sie gehörte zwar nicht zu uns … und irgendwie doch. Heute glaube ich, sie wusste alles. Ob von Georg oder weil sie uns beobachtet hat. Steffi hat aber nie ein Wort darüber verloren. Sie hat uns nie verraten.«

»Sie hat *Sie* nie verraten!«

Sein Blick sucht den meinen und er weiß, dass ich es weiß. Er senkt die Augen, findet eine Ameise, die den langen Weg auf seinen Schuh auf sich genommen hat. »Steffi war, *ist* die Liebe meines Lebens. Von Anfang an, bis heute. Wie Sie wissen, habe ich nie geheiratet. Die Leute fragen sich, warum. Es kam einfach nicht mehr in Frage.«

»Sie sind nie über ihren Tod hinweggekommen. All die Jahre nicht.«

»Ich weiß nicht. Ich habe es nie versucht. Warum auch? Wenn ich träume, dann noch immer von ihr und wenn ich die Augen schließe, sehe ich das Mädchen von einst. Warum diese Bilder durch neue ersetzen, sie zerstören?«

Ich ziehe die Fotos hervor, die ich seit meiner Rückkehr nach Kirchbach bei mir trage. Es ist die Aufnahme der Familie Koller, die ich ihm nun reiche.

»Sie haben ihr die Blumen geschenkt, nicht wahr?« Seine Augen sehen das Mädchen und verlieren ihren Glanz.

»Es war ihr fünfzehnter Geburtstag. Sie hat Orchideen geliebt. Gelbe Orchideen. Wir waren in der Schule in der gleichen Klasse. Sie hatte die Orchideen im Biologiebuch gesehen. Das Bild war ohne Farbe gewesen, aber sie hatte die Blüten in ihrem Buch gelb angemalt. Ich wusste, ich musste sie ihr schenken. Sie werden sich fragen, wie ich an die Blumen gelangte. Das war nicht einfach. Wirklich nicht, nein. Ohne Norbert hätte ich sie nie bekommen. Er hat mir sein Fahrrad geliehen. Norbert hätte sein Rad niemandem gegeben, niemals! Nur mir! Nur einem der Flieger! Und so bin ich nach Cham geradelt. Eine Stadt, die für uns Kinder so weit entfernt war, als würden Sie heute nach Hamburg fahren. Wenn sie denken, ich hätte die Orchideen dort einfach kaufen können, dann täuschen sie sich. Ich musste sie bestellen, aber sie konnten sie tatsächlich besorgen. Zu einem für mich unerschwinglichen

Preis. Sie haben sechs Reichsmark gekostet. Meine Freunde haben mir das Geld geliehen. Ja, meine Freunde.«

Seine Stimme ist leise, Sehnsucht schwingt in ihr. Sehnsucht nach einer unwiederbringlichen Freundschaft.

»Aber das war es wert. Jede Mark. Ich habe nie das Strahlen ihrer Augen vergessen, als ich sie ihr gegeben habe.«

Sehnsucht ist Schmerz gewichen. Ich gebe zu, es fällt mir schwer, das zu verstehen, aber Doktor Alois Kreitinger liebt dieses Mädchen bis zum heutigen Tag, bis zu dieser Sekunde. »Und wusste sie es? Hat sie…?«

»Ja. Sie wusste es. Doch weder sie noch ich trauten uns, unsere Gefühle offen zu zeigen. Bis zu jenem Tag.« Diesmal bedarf es keiner Frage. Alois Kreitinger ist bereit, die Geschichte seines Lebens mit mir zu teilen. »Der Krieg dauerte bereits fünf Jahre, als Georg uns erzählte, sie hätten einen Helfer für die Hofarbeit bekommen. Als Ersatz für seinen Bruder Franz, der in Frankreich gefallen war. Bis dahin hatten wir ein fast normales Leben geführt. Wir waren Kinder und die Front weit entfernt. Anfangs lief es ja auch ganz gut für Deutschland und die Wochenschauen und das Volksradio konnten Sieg um Sieg vermelden. Für uns war es eine aufregende Zeit. Es gab ja kein Fernsehen, aber die Propaganda des Regimes sorgte dafür, dass auch die Leute auf dem Lande von den Triumphen der Wehrmacht und des Führers erfuhren. Alle zwei Wochen kam die Wochenschau in den Saal der Post. Ja, schon damals war das Wirtshaus der Mittelpunkt Kirchbachs«, fügt er mit einem Blick auf mich hinzu. »Wir Kinder saßen ganz aufgeregt auf dem Boden, und bestaunten die Bilder. Besonders wir Flieger konnten es nicht erwarten, sahen wir doch erstmals unsere Idole und ihre Flugzeuge in Aktion. Kein Bericht ohne die Helden der Lüfte. In dieser Zeit haben wir dann auch die Namen der Jagdflieger angenommen. Nur ich wollte noch mehr, natürlich! Ich hatte einen Bericht über die

Jagdstaffel Manfred von Richthofens gesehen und mein Vater erzählte mir vom Roten Baron. So wurde er mein Held. Ich wollte kein anderer sein. Ansonsten lief das Leben für uns in seinen gewohnten Bahnen. Erst nach und nach spürten wir den Krieg. Wir hörten von den Bombardierungen der Städte und die Lebensmittel wurden knapper. Wir mussten auf den Feldern mitarbeiten, da die Männer an der Front waren und immer öfter hieß es, der eine oder andere kehre nicht zurück. Georgs und Steffis Bruder Franz war bereits 1940 an der Westfront gefallen und 1945 war sein Gesicht nur noch eine verschwommene Erinnerung. Georg trat der Hitlerjugend bei und verschwand für ein paar Monate aus unserem Leben. Niemand ahnte damals, dass er in einer Napola gewesen war. Eines Tages war er plötzlich wieder da. So sehr wir auch bettelten, es kam kein Wort über diese Zeit über seine Lippen. Irgendwann ließen wir es dann dabei bewenden. Hauptsache, die Flieger waren wieder komplett.

Dann kam Jakub! Uns wurde verboten, mit ihm zu sprechen. Wir taten es trotzdem. Ich war oft auf dem Kollerhof, schon wegen Steffi. Auch wenn wir die Koller Anna fürchteten, haben wir mit Jakub so etwas wie Freundschaft geschlossen. Viel Zeit hatte er nicht. Ständig musste er im Stall und auf dem Feld arbeiten. Abends legte er sich meist müde nieder oder er musste noch im Haus helfen. Heute weiß ich, dass er auch zu wenig zu essen bekam. Bis Ende des Jahres war er noch dünner, als bei seiner Ankunft auf dem Kollerhof. Georg erzählte uns, Jakub weine oft, wenn er sich unbeobachtet fühlte. Einmal gab er mir mit seinen wenigen Worten Deutsch zu verstehen, dass er nach Hause wolle. Ihn plagte schreckliches Heimweh nach seinen Eltern, von denen er nicht einmal wusste, ob sie noch lebten. Anna Koller hat ihren Anteil zum Leid des Jungen beigetragen. Nie hat sie ihn bei seinem Namen gerufen. Für sie war er nur der *Polak*, der Arbeiter.

Zu dieser Zeit spürten auch unsere Familien bereits den Mangel an allem. Dennoch sahen wir Flieger es als unsere Aufgabe, Jakub zu helfen. Wir steckten ihm heimlich Essen zu und Karl schenkte ihm sogar ein Paar seiner alten Schuhe, als der Winter kam. Ich glaube, es war das einzige Mal, dass ich ihn habe lächeln sehen. Wer weiß schon, welch schreckliche Dinge er hatte sehen müssen, bevor er nach Kirchbach gebracht worden war. Ich erinnere mich gut an sein Gesicht. Es war das eines fünfzehnjährigen Jungen, doch seine Augen waren viel älter. Jakub war also zur Mission der Flieger geworden. Auch wenn der Führer und seine Helfer versuchten, uns davon zu überzeugen, dass alle Menschen östlich der Oder Untermenschen seien, so fühlten wir Kinder doch, dass dies nicht stimmen konnte. Jakub machte so gar nicht den Eindruck eines Untermenschen. Und eine Gefahr für das deutsche Volk konnten wir in ihm nun wahrlich auch nicht erkennen. Also halfen wir, wo wir helfen konnten, wenn auch Georg stets in Sorge war, wir könnten entdeckt werden. Steffi hatte diese Angst nicht. Sie kümmerte sich ebenfalls um ihn. Dann kam Silvester 1944/45 und so langsam wurde es jedem bewusst, dass der Krieg verloren war. Die Alten flüsterten es hinter vorgehaltener Hand und die Angst vor dem Russen ging um. *Die Russen kommen*, hieß es und alle hofften, dass es die Amerikaner sein würden, die das Rennen gewinnen würden. Und schließlich war es dann so weit, dass der Krieg auch nach uns Fliegern die Hand ausstreckte.«

Wieder macht sich die Zeitmaschine auf die Reise. Ich spüre es und ich bin bereit, mich mitnehmen zu lassen. Alois Kreitinger ist auf dem Weg, doch das Ziel ist diesmal ein anderes. Die Zahlen auf der Anzeige der Maschine zeigen April 1945. Sechs Jahre sind seit der letzten Reise vergangen und das Ende des Krieges schielt schon über die Hügel herab auf die Dörfer im Tal des Flusses. Nur die wenigsten ahnen, dass das Tausendjährige Reich nur ein paar Tage später untergehen würde. Auch der Junge nicht, der jetzt ein alter Mann ist und mir gegenüber sitzt. Ich schließe die Augen. Es gibt nur noch seine Stimme und die Bilder in meinem Kopf.

»Karl erfuhr es als Erster«, beginnt die Erzählung. »Ich muss …

Damals - 1945

…zur Wehrmacht«, sagte Karl niedergeschlagen, kaum dass er sich zu den anderen ans Ufer des Flusses gesetzt hatte.

»Du?«, meinte Franz ungläubig. »Du blinde Nuss kannst ja einen Panzer nicht von einem Traktor unterscheiden.« Der gequälte Unterton im Lachen der anderen war nicht zu überhören.

»Ich dachte, du bist wegen deiner schlechten Augen untauglich«, meinte Alois, als sie sich wieder beruhigt hatten.

»Dachte ich auch, aber jetzt brauchen sie anscheinend jeden«, antwortete Karl.

»Mich auch«, brachte Franz zögerlich hervor. »Habe es gestern erfahren. Flakhelfer.« Mehr musste er nicht sagen. Jeder von ihnen wusste, was das bedeutete. Auch Alois, der die Nachricht ebenfalls gestern erhalten hatte. Also er, Karl und Franz. Das war das Ende der Flieger. Er wusste es und er hatte Angst davor, es seinen Freunden zu sagen. Seinen besten Freunden, den einzigen, zu denen er blindes Vertrauen hatte. Es hatte keinen Sinn. Die Wahrheit wurde nicht besser, indem man sie verschwieg. »Ich muss auch zur Flak«, sagte er leise.

»Aber, dann ist es aus mit den Fliegern.« Georgs Stimme klang bestimmt und traurig zugleich.

Ja, dachte sich Alois, *Georg hat Recht. Unser Bund wird auseinandergerissen, wie eine Entenfamilie durch die Ratten.*

»Meine Mutter hat geweint, als sie die Einberufung gelesen hat«, sagte Karl eben leise, als Norberts Fahrrad den Abhang herunterratterte. Der mit 15 Jahren jüngste von ihnen konnte sich als einziger eines eigenen Fahrrades rühmen, das seinem Bruder Florian gehört hatte, der aber vor zwei Jahren im Feld geblieben war. Das für ihn viel zu große Rad war Norberts ganzer Stolz und trotzdem ließ er es jetzt achtlos fallen und rannte aufgeregt zu seinen vier Freunden. »Wir müssen Jakub fortschaffen!«, keuchte er, nachdem er sich verschwörerisch umgeblickt hatte. Nur langsam drangen seine Worte durch die Watte ihres jüngsten Schmerzes an ihr Bewusstsein.

»Wir müssen was?«, meinte Franz schließlich.

»Jakub. Wir müssen Jakub fortschaffen. Er ist in Lebensgefahr.« Norbert saß nun bei ihnen und sie bildeten unbewusst einen Kreis. »Die Flieger müssen ihn retten«, bohrte der Schüler mit den kurzen, braunen Haaren und der Hakennase nach.

»Es gibt keine Flieger mehr«, sagte Karl mürrisch. Jetzt war es an Norbert, verdutzt dreinzuschauen. Ein paar Erklärungen später fiel auch seine Begeisterung in sich zusammen. Alois glaubte, Tränen in den Augen des Freundes zu sehen. Stets hatten sie auf ihn aufgepasst, hatten ihn gegen die unvermeidlichen Hänseleien älterer Mitschüler geschützt. Norbert war eine graue Maus und wurde von den meisten kaum beachtet. Zu diesen meisten zählten auch seine Eltern, die nach dem Tod des älteren ihrer beiden Söhne in dumpfe Trauer verfallen waren. Auch Norbert hatte um seinen einzigen Bruder getrauert, doch als dann Jakub gekommen war, hatte er sich seiner angenommen. Keiner von ihnen hatte sich so um den polnischen Jungen gekümmert, wie der gleichaltrige Norbert. »Ich glaube, der Jakub ist für ihn ein Ersatz für den Florian«, hatte Georg einmal gesagt und damit lag er wohl nicht weit von der Wahrheit entfernt. Langsam hatte Norbert seine Lebensfreude und sein sonniges Gemüt, das sie so geliebt hatten, wiedergefunden. Ihn jetzt weinen zu sehen, schmerzte Alois mehr, als er sich eingestehen wollte.

»Wann?«, wollte der Kleine wissen.

»Nächste Woche«, antwortet Karl.

»Bei uns auch.« Franz und Alois sahen sich an.

»Dann dürfen wir keine Zeit verlieren. Diese Woche gibt es uns noch. Wir können es noch schaffen.« Norbert ließ einfach nicht locker.

»Was ist denn eigentlich los?«, wollte Alois jetzt für sie alle wissen.

»Die Amis kommen!« Sie antworteten mit einem unsicheren Lachen.

»Wenn die Amis schon hier wären, würde uns der Führer kaum noch zu den Waffen rufen«, meinte Georg.

»Sie sind ja noch nicht hier, aber bald«, ließ sich Norbert nicht beirren.

»Mein Vater sagte, in Straubing draußen haben Tiefflieger schon Bauern auf den Feldern erschossen«, flüsterte Karl.

»Wenn nur die Russen nicht kommen«, gab Franz die allgemeine Stimmung der Kirchbacher wieder.

»Die Russen werden Deutschland nie betreten, sagt meine Mutter.« Die anderen sahen Georg nur mitleidig an. Sie alle kannten Anna Koller und wussten auch um ihre politische Einstellung. Alois glaubte sogar, sie liebe den Führer mehr, als ihren Sohn, der jetzt betreten zu Boden sah und den Alois neben den anderen drei als seinen besten Freund bezeichnete.

»Na gut, sollen sie doch kommen. Aber was hat das mit Jakub zu tun?« Alle starrten Norbert jetzt erwartungsvoll an.

»Es war gestern Abend«, flüsterte der, »als sich Mama und Papa in der Küche unterhalten haben. Ich lag auf der Ofenbank und sie haben mich nicht bemerkt.«

Graue Maus, dachte Alois, während Norbert fortfuhr: »Vielleicht haben sie auch gedacht, ich schlafe, jedenfalls hat Papa erzählt, dass sie auf freier Strecke den Zug anhalten mussten.« Norberts Vater war Zugschaffner. Er war 1918 mit nur einem Arm aus Frankreich zurückgekehrt und konnte deshalb nicht mithelfen, das neue großdeutsche Reich zu schaffen. Stattdessen fuhr er täglich die Linie Furth im Wald - Schwandorf und zwickte mit der Hand, die ihm Kaiser und Vaterland gelassen hatten, Löcher in die Fahrkarten der Reisenden. Manchmal kam er sogar bis Regensburg, Weiden oder Nürnberg. Gerhard Wittenzellner erfuhr so manches auf diesen Fahrten und wusste damit mehr, als die meisten seiner Kirchbacher Mitbürger.

»Irgendwo bei Weiden«, fuhr Norbert mit seiner Erzählung fort, »Neunburg vorm Wald oder so. Und da hat er sie gesehen.«

»Wen gesehen?«, fragten Georg und Karl gleichzeitig. Der schmächtige Junge blickte nervös in alle Richtungen. »Juden«, flüsterte er mit kaum noch vernehmbarer Stimme.

»Juden?«, meinte Alois fast ebenso leise.

Norbert nickte heftig. »Hunderte«, sagte Papa, »vielleicht sogar Tausende. Erst kamen nur ein paar und überquerten das Bahngleis. Doch dann wollte der Zug nicht mehr aufhören. Sie sollen furchtbar ausgesehen haben. Papa glaubt, dass sie seit Wochen nichts Anständiges mehr zu essen hatten und viele konnten kaum noch gehen.«

»Woher sind sie gekommen?«, wollte Franz wissen.

»Und wohin bringen sie die Juden?«, schob Karl seine Frage nach.

»Papa wusste es erst auch nicht, aber sie wurden von Männern mit Gewehren bewacht. Und die sagten überhaupt nichts. Als Papa sie fragte, haben sie ihm einen Rempler gegeben und gesagt, er solle sich um seine eigenen Angelegenheiten kümmern, wenn er nicht gleich mitgehen wolle.« Erschrocken sahen sie Norbert an. »Aber im Zug dann, als sie weitergefahren sind, da hat Papa einen Mann belauscht, der es wusste. Er sagte, sie kommen aus Flossenbürg. Da gibt es ein KZ, ein Arbeitslager sagte er, und sie haben es geräumt, weil der Feind kommt und sie nicht wollen, dass die Juden erzählen können, was die Deutschen mit ihnen angestellt haben. Deshalb bringen sie sie nach Süden.«

»Sie bringen sie vor dem Feind in Sicherheit«, meinte Georg.

Norbert schüttelte den Kopf. »Nein, nicht in Sicherheit. Sie wollen sie alle töten! Am liebsten wäre es ihnen, sie würden alle unterwegs sterben«, hörte Papa den Mann sagen.

»Das glaube ich nicht«, widersprach Franz. »Warum sollten sie den Tod dieser Menschen wollen?«

»Na, weil sie Juden sind«, sagte Karl und zuckte mit den Schultern.

»Genau.« Norbert sah sie der Reihe nach an. »Auf der Rückfahrt nach Cham sind dann in Schwandorf zwei Männer in den Zug gestiegen. Sie haben sich leise unterhalten, aber mein Papa hat wieder alles gehört, was sie gesagt haben. Sie haben sie erschossen!«

»Wen?«

»Die Juden.«

»Alle?«

»Nein, nicht alle. Aber die, die nicht mehr weitergehen konnten, hat einer der Männer gesagt. Und der andere Mann hat gesagt, dieses Pack sei selber schuld an seiner Situation. Der Führer täte schon recht, die Welt vom Judentum zu befreien.«

Es folgten Minuten des Schweigens. Nur das Plätschern des Wassers und das Gequake der Wildenten dämpfte die Gedanken der Jungen. Jeder versuchte, das eben gehörte mit seinen eigenen Erfahrungen in Einklang zu bringen. So auch Alois Kreitinger. Natürlich erinnerte sich der Sechzehnjährige an die Familie Rothbaum und ihren Krämerladen neben dem Mühlbach. Die drei Buben und die zwei Mädchen waren allesamt jünger als er gewesen, sodass er wenig Kontakt zu ihnen gehabt hatte. Und als sie dann eines Tages verschwunden waren, hatte er sich keine großartigen Gedanken hierüber gemacht. Er erinnerte sich gut an die nette Frau hinter dem Tresen des Ladens, die den Kindern Süßigkeiten zugesteckt hatte, wenn diese im Laden eingekauft hatten. Auch wenn manche Kirchbacher geflüstert hatten, die Rothbaums hätte man ins Arbeitslager gebracht, so konnte er sich die nette Frau und die fünf Kinder niemals in Lumpen und halbverhungert vorstellen.

Was passierte da?

Der Gedanke, Norberts Vater könne lügen oder gar Norbert selbst, kam ihm ebenso wenig in den Sinn, wie den anderen. Das war völlig ausgeschlossen.

»Versteht ihr?«, brach ihr Jüngster schließlich das quälende Schweigen. »Wenn sie alle Zeugen beseitigen wollen, dann doch auch den Jakub! Der ist doch auch ein Gefangener. Oder glaubt ihr, der ist freiwillig hier?«

»Freiwillig bei der Anna? Niemals!«, meinte Franz und beschwor damit einen hysterischen Lachanfall seiner Freunde herauf. Sogar Georg entrang sich ein Lachen. Die Spannung der letzten Minuten löste sich und Alois bemerkte, dass er wieder klarer denken konnte. Nur Georg blieb ernst.

»Es geht ihm besser, als den meisten Soldaten da draußen«, verteidigte er sich und seine Familie. Karl verstand die Lage des Freundes.

»Du hast sicher Recht, aber denk nur, dem Jakub haben sie seine Familie weggenommen. Und du weißt genau, wie ihn das Heimweh quält. Auch wenn ihm bisher nichts geschehen ist, er ist ein Zwangsarbeiter und nichts anderes.«

»Als Ersatz für den Franz, den sie erschossen haben«, versuchte Georg eine letzte Rechtfertigung. Der Schmerz der Erinnerung an seinen Bruder schrie aus seinen Augen. Alois legte seinen Arm um den Freund.

»Wir wissen das und wir wissen, dass ihr nichts für das Schicksal von Jakub könnt. Es war nicht deine Familie, die ihn der seinen entrissen hat. Wäre er nicht bei euch, so müsste er woanders arbeiten. Jetzt geht es darum, ob sein Leben in Gefahr ist. Und wenn ja, was die Flieger, was wir dagegen tun können.«

»Richtig«, stimmte ihm Karl zu. »Wir müssen jetzt entscheiden, was zu tun ist. Wir haben nur noch wenig Zeit. Nächste Woche gibt es die Flieger nicht mehr.«

Die Sonne hatte auf ihrer Bahn über den Horizont eine weitere Stunde hinter sich gebracht. Bald würde sie sich hinter dem Gipfel des Predigtstuhles für diesen Tag zur Ruhe setzen. Hinter den fünf Jungen lag eine Stunde voll Streit, Versöhnung und Planung. Norberts Vorschlag traf nicht bei allen auf offene Ohren und besonders Georg hatte sich bis zuletzt gegen das Unterfangen gewehrt.

»Ich kann mir nicht vorstellen, dass Jakub in Gefahr ist«, hatte er immer wieder gesagt. »Er selbst stellt doch auch keine Gefahr für irgendjemanden dar.«

»Wir wissen nicht, was er durchgemacht hat, bevor er zu euch auf den Hof gekommen ist«, hatte Franz gemeint.

Am deutlichsten sah Norbert das drohende Unheil kommen. »Sie werden alle beseitigen, die davon berichten können, was wir – er sagte es wirklich: *wir* – verbrochen haben.«

Doch erst Karls Worte waren es, die sie alle, auch Georg, ins Herz trafen: »Wir sind nun schon seit sechs Jahren zusammen«, hatte er gesagt. »Sechs Jahre, und was haben die Flieger wirklich Bedeutendes geleistet? Wir haben gespielt und getan, als würden wir durch die Lüfte fliegen. Wir haben die Berichte über Bubi Hartmann und Heinz Bär, über Kurt Welter und all die anderen gelesen und getan, als wären wir sie. Soll das alles sein? Nächste Woche müssen Alois, Franz und ich fort. Georg kann nur zu Hause bleiben, weil er auf dem Hof gebraucht wird und Norbert, weil er noch zu jung ist und vielleicht holen sie die beiden auch noch. Nächste Woche sind die Flieger Geschichte. Niemand wird sich an uns erinnern und an das, was wir uns vor sechs Jahren in jener Nacht geschworen haben. Und jetzt ist Jakub da und wenn es auch nur eine Möglichkeit gibt, dass er in Gefahr schwebt, dann können wir doch noch etwas tun, was bleibt. Etwas, das unseren Bund weiterleben lässt.« Schließlich hatte auch Georg zugestimmt, wenn auch Alois den Eindruck nicht los wurde, dass im Innern des Freundes der Zweifel weiter nagte.

Vielleicht, weil Jakub bei ihm lebt, dachte er sich. Sie trafen den polnischen Jungen nur gelegentlich und wussten bestimmt nur einen Bruchteil von dem, was Georg über ihn wusste. Dennoch, die Entscheidung war gefallen.

Nur, was genau wollten sie eigentlich tun? Wie Jakub wegschaffen, wo ihn verstecken?

Und wieder war es Norbert, der einen Plan im Kopf hatte. Offensichtlich hatte er sich am Vortag nicht nur zu der Rettungsaktion entschlossen, er hatte sich auch schon Gedanken über die Einzelheiten gemacht. »Ihr kennt doch meinen Onkel drüben in Lederdorn«, begann er, ihnen seine Gedanken offen zu legen. Vier Köpfe nickten. Sie hatten ihren Freund vor einem Jahr begleitet, als dieser aus Onkel Jonathans Garten Kirschen holen gegangen war. Es war ein unglaubliches Kirschenjahr gewesen und sie hatten den roten Traum körbeweise nach Hause getragen. Natürlich nicht, ohne dass ein guter Teil der Früchte zuvor in ihren Mägen gelandet wäre. Dann war Onkel Jonathan einberufen worden, um zu verteidigen, was nicht mehr zu verteidigen war. Die letzte Nachricht hatten Norberts Eltern als einzige erreichbare Verwandte aus Italien erhalten, wo Fallschirmjäger Jonathan aus Monte Casino geschrieben hatte.

»Sein Haus steht außerhalb des Dorfes und es ist leer. Dort könnten wir Jakub verstecken«, fuhr Norbert fort.

Ein gutes Versteck, dachte Alois, *doch wie lange werden wir es brauchen?*

»Aber wie lange muss er dort bleiben?«, hatte Franz den gleichen Gedanken. »Wir wissen doch nicht, wann der Krieg zu Ende ist. Was wenn die Amerikaner nicht kommen? Habt ihr nichts von den Geheimwaffen gehört? Stellt euch nur vor, wir gewinnen den Krieg doch noch! Was dann?«

»Der Krieg ist verloren«, sagte Karl leise, aber bestimmt. Doch das waren nur die Worte, die über seine Lippen kamen. Ungehört blieben seine Sorgen, dass jemand hören könnte, was sie sprachen; dass jemand sie verraten könnte. Allein der Zweifel am Endsieg war schon Hochverrat und konnte den Tod bedeuten. Karl hatte Angst und trotzdem sagte er: »Wir brauchen Lebensmittel für Jakub. Vielleicht für mehrere Wochen. Die müssten wir nach Lederdorn schaffen, ohne dass es jemand bemerkt.«

»Wir sind zu fünft. Es reicht, wenn jeder ein wenig von seinem Essen abzweigt. Das wird nicht weiter auffallen. Und Georg kann vom Bauernhof sicher etwas mitgehen lassen, ohne dass es bemerkt wird.« Alois sah hierin das Geringste ihrer Probleme. Er schämte sich, es zu sagen, aber er machte sich Sorgen um Steffi. Wie würde sie reagieren, wenn Jakub plötzlich verschwand? Würde sie etwas ahnen? Würde ihr Verdacht auf Georg und seine Freunde fallen? Oder würde man sie am Ende vielleicht sogar der Mithilfe verdächtigen, wenn die Sache aufflog? Das durfte auf keinen Fall geschehen!

Niemals!

»Und wie und wann wollt ihr ihn von unserem Hof bringen, ohne dabei erwischt zu werden?« Georg holte ihn in die Gegenwart zurück.

»Es muss diese Woche geschehen. Natürlich muss es Nacht sein. Und du musst ihn begleiten«, antwortete Norbert.

»Warum ich?«

»Jakub wird mit keinem von uns mitten in der Nacht den Hof

verlassen. Das würde ich an seiner Stelle auch nicht. Ich hätte viel zu viel Angst. Du gehörst zum Kollerhof. Er muss tun, was du ihm sagst. Und ich denke, wir sollten ihm erst im Versteck erklären, worum es geht.«

»Gut! Einverstanden! Was, wenn Steffi etwas bemerkt? Ihre Kammer ist gleich gegenüber von dem Stall, wo Jakub schläft.«

»Das darf nicht passieren«, sagte Alois ungewöhnlich scharf. »Stefanie darf da nicht hineingezogen werden. Das ist unsere Angelegenheit.«

Auch wenn sie nie darüber gesprochen hatten, die vier Jungen am Ufer des Regens, die an diesem Frühlingstag mit Alois das Abenteuer ihres Lebens planten, wussten genau Bescheid. Die Orchideen waren nicht verborgen geblieben und auch nicht, woher sie gekommen waren. Ja, sie wussten Bescheid über Alois und Steffi, doch nie, niemals hätten sie den Freund mit diesem Wissen in Bedrängnis gebracht. Alois und Steffi, das war eine Sache, die Flieger eine andere.

»Morgen geht es nicht. Morgen ist Schafkopfabend in der Post. Keine Ahnung, wann Papa da heimkommt. Er könnte uns überraschen.«

Also einigten sie sich auf Sonntag.

Später, als alle Rollen verteilt und die Aufgaben für jeden festgelegt waren, machten sie sich auf den Heimweg. Sie verließen ihren Treffpunkt paarweise, Franz und Norbert, Karl und Georg. Alois wartete noch fünf Minuten, in denen Anspannung und Unbehagen im Minutentakt wechselten. Auf was hatten sie sich da eingelassen? *Die anderen sind sich der Gefahr vielleicht nicht bewusst,* dachte er. Wenn sie erwischt würden, hätte das nicht nur für sie und Jakub unabsehbare Folgen, auch ihre Familien würden unter ihrem Verrat leiden. Und auch Steffi. *Hoffentlich passiert uns nichts. Wenn uns nichts geschieht, dann auch ihr nicht.* Mit dieser vagen Hoffnung im Herzen ging er nach Hause, nicht ahnend, dass sie sich nie mehr alle fünf gemeinsam treffen würden.

Der nächste Tag verdeutlichte ihnen auf brutalste Weise, dass die Uhr für sie ablief. Erstmals streckte der Krieg seine kalten Klauen nach den an den Fluss hingestreuten Dörfern aus. In Miltach, nur drei Kilometer entfernt schlug er erbarmungslos in Form amerikanischer Tiefflieger zu und hinterließ einen zerstörten Bahnhof und die Leichen mehrerer Flüchtlinge, die vom Tod noch in der Heimat um ihr Leben betrogen wurden.

Es muss morgen geschehen, dachte sich Karl. Er hatte den trüben Tag zu Hause verbracht. Seine Mutter wollte ihn nicht aus den Augen lassen. »Die letzten Tage will ich dich bei mir haben«, hatte sie gesagt und auch Karl verspürte das Verlangen, bei seiner Familie zu sein. Heute Nacht jedoch würde er sich davonschleichen und hoffen, dass niemand ihn vermisste, ehe er wohlbehalten wieder in seinem Bett lag.

Ein paar Straßen weiter wunderte sich Alfons Schedlbauer den ganzen Tag über seinen Bruder Franz. An normalen Tagen ließ dieser keine Gelegenheit aus, den jüngeren zu necken und Streit zu suchen. Heute aber wirkte Franz wie tot. Selbst, als Alfons mit den Malstiften des Bruders, die sein Heiligtum waren, die Stallwand verziert hatte, war dieser erstaunlich ruhig geblieben und hatte ihm die Stifte lediglich wieder weggenommen. Die erwartete Kopfnuss dagegen war ausgeblieben.

Während für vier der fünf Flieger die Angst mit dem Fortschreiten dieses verregneten Tages beständig wuchs, umklammerte sie Georgs Herz mit eisernem Würgegriff. Die letzte Nacht hatte er kein Auge zugetan. Selbstzweifel, Angst, Ehre, Freundschaft, Gehorsam, Treue und wieder Selbstzweifel bildeten ein undurchdringliches Gefühlsdickicht, dem er nicht entrinnen konnte. Am Morgen hatte er dann mit seiner Mutter gesprochen und sie hatte alles Nötige in die Wege geleitet. Seit seiner Rückkehr aus der Napola hatte sie ihn nicht mehr gelobt, doch diesmal hatte sie ihn in die Arme genommen.

»Jetzt wird alles wieder gut!«, hatte sie gesagt. »Alles wird wieder so wie früher!«

Hört sie gar keine Nachrichten, liest sie keine Zeitung, hat sie nichts mitbekommen?

Seine Mutter lebte auf dem Hof in ihrer eigenen Welt. Das drohende Ende dieser konnte oder wollte sie nicht wahrhaben. Und dennoch war er in seiner Verzweiflung zu ihr gegangen. Wusste sie eigentlich, wie sehr er sie vermisste? Wie sehr ihn ihre Missachtung traf? Sie war stets eine harte Frau gewesen und hatte ihre Kinder nicht weniger streng behandelt, als die übrigen Leute auf dem Hof. Und trotzdem hatten er und seine Geschwister nie das Gefühl gehabt, nicht geliebt zu werden. Bis zu jenem Tag, da er Neubeuern verlassen musste und in Schande zurückgekehrt war. Während sein Vater eher froh gewesen war, den Sohn zurück auf dem Hof zu haben, hatte ihm seine Mutter das Versagen nicht verzeihen können. Aber jetzt, jetzt konnte er sie zurückgewinnen.

Vielleicht!

Hoffentlich!

Norbert

verließ das Haus um Punkt 23.15 Uhr. Diese Zeit hatte er sich ausgerechnet, wollte er pünktlich an der Brücke sein. Und er wollte pünktlich sein. Das war so seine Art und auch die genaue Planung des Unternehmens trug seine Handschrift. Gut, er war der jüngste der Flieger, doch konnte seinem Organisationstalent keiner der anderen das Wasser reichen. Gestern hatte er noch die ersten Lebensmittel, Decken und Kerzen ins Haus von Onkel Jonathan geschafft. Unbemerkt, so hoffte er, doch bei diesem Wetter und dem Bombenangriff auf Miltach hatte sich keiner um den kleinen Jungen gekümmert. Leise zog er das Fenster der Waschküche hinter sich zu und kletterte über den Gartenzaun. Liesl stand sicher und trocken in der Scheune. Niemand, nicht einmal seine Freunde, wusste, dass er sein Rad so getauft hatte. Der Nachbarjunge hatte ein Pferd gleichen Namens. Na schön, ein Pferd nannte Norbert nicht sein eigen, aber dafür sein geliebtes Fahrrad. Und das hatte einen Namen verdient. Warum also nicht Liesl? Die Tür des Schuppens öffnete sich leise und er schob Liesl durch den Vorgarten auf die Straße. Hinter sich zog der einachsige Anhänger seine Spur in den Schlamm. Niemand in Kirchbach hatte ein Fahrrad mit Anhänger. Sein Bruder aber hatte den Hänger gebraucht, um Pilze und Beeren in die Konservenfabrik nach Kötzting zu schaffen. Damit hatte er sich ein paar Mark dazu verdient. Dann war er in den Krieg gezogen und gestorben und jetzt hatte Norbert das Rad. Und den Anhänger. Florians Rad und Florians Anhänger. Nie würde er seinen Bruder vergessen. Seine kurzen Beine erreichten die Pedale noch immer nicht und er musste im Stehen fahren. Doch das beherrschte er grandios. Ohne den Dynamo der Lampe an die Felge zu klappen, fuhr er hinunter in die Mühlgasse. Er hatte keine Eile, war er doch zeitig aufgebrochen.

Wie es eben seine Art war!

Karl

hörte seine Eltern in ihrer Kammer reden. *Sicher sprechen sie wieder über mich,* dachte er. In dieser Woche hatten sich all ihre Gespräche um ihn gedreht. Und es war kein Tag vergangen, an dem seine Mutter nicht geweint hätte. *Sie wollen nicht auch noch mich verlieren. Das werden sie nicht. Auch heute nicht.* Er stieg die Treppe hinunter und ließ dabei die vierte, die knarrende Stufe aus. Sie hätte ihn verraten können, doch so gelangte er ungehört in den Flur im Erdgeschoss und hinaus auf die nasse Straße. Niemand war um diese Zeit draußen. Das Fahrrad seines Vaters lehnte unter dem Vordach an der Rückseite des Hauses. Normalerweise war es mit einem Schloss gesichert, doch er hatte dieses bereits am Abend, während seine Eltern zu Tisch saßen, entfernt. Vorsichtig schob er das Rad über den Hof auf die Straße. Dann zog er sich die Mütze über den Kopf, stieg auf und trat in die Pedale. Er war zu spät und wollte seine Freunde nicht warten lassen.

Franz

stapfte leise fluchend in die Pfütze hinter dem Misthaufen neben der Scheune. Er hatte nicht aufgepasst und nun waren seine Füße nicht nur nass, sondern rochen auch noch nach Mist und Jauche. Froh, nicht dabei erwischt worden zu sein, als er das Rankgerüst neben dem Fenster seiner Kammer hinuntergeklettert war, hatte er kurz nicht aufgepasst. Erneut fluchte er, diesmal etwas lauter. Erschrocken sah er sich um, doch niemand hatte ihn gehört. Die Fensterhöhlen der umliegenden Häuser blieben dunkel. Hinter dem Haus lehnte das Fahrrad seiner Mutter an der Wand. Sie fuhr damit jeden Tag nach Kötzting, um dort als Haushaltshilfe eines Arztes ein paar Groschen dazuzuverdienen. Der kleine Hof der Familie Schedlbauer warf nicht viel ab und auch wenn sie seit Giselas Tod nur noch zu dritt waren, so konnten sie jede zusätzliche Mark dringend gebrauchen. Seine Schwester war an Schwindsucht gestorben, als Franz gerade in die Schule gekommen war.

Zum Glück für ihn handelte es sich um ein Damenrad, sodass er auf den Pedalen stehend treten konnte. Bei einem Herrenrad hätte er diese erst gar nicht erreicht. Obwohl er früher aufbrach, als die anderen, musste er sich beeilen. Sein Ziel war die Abzweigung des Fußweges zum Kollerhof von der Hauptstraße und die lag einen Kilometer weiter entfernt, als die Brücke. Der Regen wurde stärker und nach wenigen Metern tropfte Wasser aus seinem Haar. Er spürte es kaum.

Ich muss mich beeilen, dachte er nur.

Alois

lauschte dem monotonen Klopfen des Regens auf seinem Dachfenster. Unterbrochen, nur vom Knarzen der Holzbalken, Dielen und Treppen sowie vom unruhigen Schlaf seines Vaters, wollten sie ihn in den Schlaf begleiten. Doch an Schlaf war nicht zu denken. Nicht heute Nacht! Soeben wälzte sich Max Kreitinger geräuschvoll in seinem Bett auf die andere Seite. Alois beschloss, aufzubrechen. Noch hatte er genügend Zeit. Das Haus der Kreitingers stand nahe am Fluss und er würde sicher pünktlich da sein. Vorsichtig schnürte er seine Schuhe. Hemd und Hose hatte er gar nicht erst abgelegt, als er unter die Decke geschlüpft war. Er wollte die Jacke von der Stuhllehne nehmen, doch der Ärmel hatte sich verheddert und als er daran zog, kippte der Stuhl mit lautem Poltern um. Alois hielt den Atem an. Sämtliche Muskeln verkrampften sich und er wagte kaum, zu atmen. Er wartete eine Minute, doch nichts geschah. Erleichtert stieß er den Atem aus und öffnete die Tür. Diese quietschte normalerweise fürchterlich, doch hatte er am Nachmittag eine Fingerspitze Butter aus dem Keller gestohlen und diesen in die Scharniere geschmiert. Das würde die verräterischen Geräusche zwar nicht lange verhindern, aber einmal reichte ja auch. Na ja, bei der Rückkehr wäre es auch nicht schlecht! Auf Zehenspitzen schlich er die Treppe hinunter und zur Tür hinaus. *Hoffentlich schläft Steffi tief und fest,* dachte er, während er auf die Uhr sah, die er vor ein paar Jahren zur Kommunion geschenkt bekommen hatte. Er wollte Georg nicht warten lassen und rannte los.

Georg

erwachte schweißgebadet. Verstört fiel sein Blick auf die Uhr. Gut, er hatte nicht verschlafen. Zitternd ließ er sich in das Kissen zurückfallen. Der Albtraum war schrecklich gewesen. Nicht so, wie all die anderen, die ihn seit der Zeit in der Napola heimgesucht hatten. Seither wollte er die Bilder und Stimmen verdrängen, doch sie hatten sich in seinem Kopf festgekrallt und ließen ihn nicht mehr los. Die Schreie, die Befehle, die Erniedrigungen. Doch das Schrecklichste war die Stimme gewesen. Es waren nicht die Stimmen der Ausbilder und Aufseher, nein, es war seine Mutter gewesen, die ihm all das angetan hatte. *Es war nur ein Traum,* sagte er sich, *wieder nur ein Traum.* Er atmete tief durch. Dann stand er auf, doch er konnte sich kaum auf den Beinen halten. Georg kauerte sich in einer Ecke seiner Kammer auf dem Boden zusammen. Was sollte er nur tun? Noch konnte er das scheinbar Unabwendbare verhindern. Er musste nur hier bleiben, sich wieder ins Bett legen und weiterschlafen. Er sah Jakub vor sich, den polnischen Jungen, der von all dem nichts ahnte. Er sah seine Freunde vor sich, ihre Gesichter; hörte ihre Stimmen, die zusammen mit ihm den feierlichen Eid geleistet hatten, damals vor sechs Jahren oben in der Seewand. Georg war dabei, diesen Eid zu brechen, doch er hatte auch einen anderen Schwur geleistet. Einen für Führer und Vaterland, für die Kameraden in der Napola, für das Reich. Handelte er nicht, würde er diesen brechen. Er musste sich entscheiden und letzte Nacht hatte er sich entschieden.

Für seine Mutter!

Der Junge vom Kollerhof begann am ganzen Leib zu zittern. Tränen liefen über sein Gesicht, ohne dass er es bemerkte. Er war dabei, schreckliche Dinge zu tun und diese Nacht würde schreckliche Dinge hervor bringen. Mühsam und noch immer zitternd stand er auf.

Es gab kein Zurück mehr und es war an der Zeit, zu gehen.

Steffi
schreckte hoch. Sie rieb sich den Schlaf aus den Augen und richtete sich auf. Die Dunkelheit in ihrer Kammer war fast vollkommen, doch sie brauchte kein Licht, kannte sie doch jeden Flecken des winzigen Zimmers auswendig. Langsam setzte sie die nackten Füße auf den Boden und wankte zum Fenster. Rechts neben ihr lag das Zimmer von Georg, doch sein Fenster war ebenso finster, wie das ihre. Ihr Bruder schlief tief und fest. Hatte sie etwas anderes erwartet? Georg war so seltsam gewesen heute. Nein, auch gestern schon, fiel es ihr ein. Er war ja stets anders, als die übrigen Kinder gewesen, aber jetzt verhielt er sich noch auffälliger, als sonst. Er war ihr aus dem Weg gegangen und dann heute Morgen das Gespräch mit Mama. Worüber sie wohl gesprochen hatten? Mama hatte danach geweint. Heimlich natürlich, aber Steffi hatte es gesehen. Auch Georg hatte geweint und auch das hatte sie gesehen. Was war nur mit ihnen geschehen? *Warum bin ich aufgewacht?,* dachte sie. Ihr Blick fiel hinab in den Hof, auf die andere Seite, wo der Stall lag und der Verschlag, in dem Jakub schlief. Auch dort schien alles ruhig. Und dennoch. Irgendetwas lag in der Luft, war anders als sonst. Sie schüttelte den Kopf und schalt sich selbst eine Närrin. *Alles ist wie immer,* sagte sie sich. Dann kroch sie wieder unter ihre Decke und schloss die Augen. Warum nur ließ sie ihr rasendes Herz nicht einschlafen?

Norbert und Karl

trafen fast zeitgleich an der Brücke ein. Der Regen war stärker geworden und sorgte dafür, dass sich niemand außer ihnen im Freien aufhielt. Ohne ein Wort zu verlieren, schoben sie ihre Räder vorbei an der Figur des heiligen Nepomuk über den Rand der Böschung und versteckten sie hinter den dort wachsenden Sträuchern. Vielleicht hatte der Schutzpatron der Brücke in dieser Nacht ja auch ein Auge für sie übrig. Auf der Straße schälten sich die Umrisse einer Gestalt aus dem Regen, die auf sie zukam. Karl hielt den Atem an, doch es war nur Alois auf dem Weg hinüber auf die andere Seite.

»Alles klar?«, wollte Alois wissen. Karl nickte nur.

»Liesl ist bereit«, bestätigte Norbert.

»Liesl?« entfuhr es den beiden anderen gleichzeitig. Betreten hielt sich Norbert die Hand vor den Mund. In der Aufregung hatte er sein Geheimnis verraten. Alois legte eine Hand auf den Sattel von Norberts Rad.

»Das ist Liesl?«

Norbert nickte verschämt.

»Verstehe«, meinte Karl nur.

»Alles klar«, sagte Alois. Mehr nicht. Damit war alles gesagt. Wieder einmal spürten die drei die Magie, welche die Flieger umgab. »Ich muss los«, verabschiedete sich Alois von den beiden. Dann rannte er über die Brücke. Es sollte das letzte Mal gewesen sein, dass er die beiden Freunde sah.

Franz

hatte seinen Posten bei der Anlegestelle erreicht. Hier, wo die Zille vom alten Hirtreiter, dem Besitzer des Sägewerks lag, wollte er auf Alois und Jakub warten. *Hoffentlich ist Alois schon oben,* dachte er. Oben, das war dort, wo der Fußweg zum Kollerhof den Wald verließ und die Wiese begann. Sie hatten beschlossen, nicht die breite Zufahrt von der Hauptstraße zum Hof zu nehmen, sondern den versteckten Pfad durch den Wald. Dieser traf weiter flussaufwärts auf die Straße und die Wahrscheinlichkeit, hier gesehen zu werden war noch geringer. Franz fragte sich, ob dies bei diesem Wetter nötig gewesen wäre, aber man konnte ja nicht vorsichtig genug sein. Nicht, wenn es um Leben und Tod ging. Der Regen nahm weiter an Heftigkeit zu und Franz duckte sich unter die Bäume, die am Wegesrand standen. Die Nässe durchdrang ihn bis auf die Haut und er begann zu zittern. Franz wusste nicht, ob vor Kälte oder vor Angst.

Alois

erreicht seinen Treffpunkt mit Georg rechtzeitig, obwohl ihn das kurze Gespräch mit Norbert und Karl aufgehalten hatte. So musste er bis zur Abzweigung des Fußpfades von der Straße laufen. Der Anstieg hinauf durch den Wald hatte sich als schwieriger, als erwartet erwiesen. Mehr als einmal war er in der Dunkelheit ausgerutscht und hätte er den Weg nicht wie seine Westentasche gekannt, er hätte die Bank am Waldrand nicht erreicht. Hier, wo Wiese und Wald sich berührten, sollte er Jakub von Georg übernehmen und den Jungen hinunter zu Franz und seinem Rad bringen. Georg musste so schnell wie möglich zurück in seine Kammer, damit niemand ihn vermissen würde. Alois starrte hinauf, dort wo er den Kollerhof wusste, der sich in dieser Nacht jedoch hinter Dunkelheit und Regen verbarg. Dort, so hoffte er, würde Georg in eben diesem Augenblick seinen Teil des Planes ausführen.

Georg

schüttelte Jakub, bis dieser endlich wach war und ihn verständnislos anblinzelte. Er hatte sich in den Stall und dann in den Verschlag geschlichen, in dem das Bett des Jungen stand, in welchem dieser seinen dünnen Körper immerhin mit einer alten Wolldecke vor der Kälte schützen konnte. Über dem einzigen Stuhl hingen Hose, Jacke und Hemd. Ein Tisch und ein kleines Regal mit den wenigen Habseligkeiten Jakubs waren alles.

»Los! Komm!«, zischte Georg und rüttelte ihn noch einmal an der Schulter.

»Was …?«

Er versteht mich nicht. Der Pole lebte nun schon lange auf dem Hof, aber noch immer war sich Georg nicht sicher, wie viel er von dem, was dort gesprochen wurde, wirklich verstand. Manchmal hatte er den Eindruck, Jakub verheimliche ihnen etwas. So, als stelle er sich dümmer, als er war. Der Fünfzehnjährige hatte sich oft in einen Panzer des Schweigens zurückgezogen, doch es war, als verstecke sich dahinter das Wissen eines Erwachsenen. Und auch jetzt glaubte Georg, der Pole verstehe ihn genau.

»Wir bringen dich weg!« Doch Jakub schien zwar die Worte, nicht aber deren Sinn zu begreifen.

»Wohin? Und warum? Krieg bald aus.« Georg zuckte zurück. Er wusste es. Verdammt, Jakub wusste Bescheid. Russen oder Amerikaner, hoffentlich die Amis, würden kommen und er würde bald wieder bei seiner Familie sein. Wieso sollte er also jetzt mit Georg gehen? Gut, er hatte Jakub stets anständig behandelt. Nicht außerordentlich gut wie es Steffi oder Norbert getan hatten, aber anständig.

»Los, komm schon. Der Feind kommt und das wirst du nicht überleben.«

»Der Feind?« sagte Jakub. »*Dein* Feind!«

Hoffnung und Zuversicht strahlten aus seinen Augen.

»Ja, mein Feind«, gab Georg zu. »Aber bevor sie hier sind, werden dich unsere Leute töten. Sie werden nicht zulassen, dass du dem Feind etwas verrätst. Wir werden dich verstecken, bis die Amis da sind.« Jakub überlegte und dann sah Georg in seinen Augen Hoffnung und Zuversicht in der Erkenntnis der Wahrheit zerbrechen. Zögerlich stand er auf und genauso zögerlich schlüpfte er in seine Kleidung. »Beeil dich!«, drängte Georg. Sekunden später schlüpften die beiden aus dem Stall in den strömenden Regen hinaus.

Steffi

erwachte zum zweiten Mal in dieser Nacht. Wütend auf sich selbst schlug sie die Bettdecke zurück und wankte zum Fenster. Im Augenblick regnete es so stark, dass sich die Bäume im Obstgarten hinter Schnüren aus Wasser verbargen. Ansonsten war alles wie immer. Hinter allen Fenstern regierte die Dunkelheit und der Hof lag verlassen unter ihr. Sie wollte sich schon abwenden, da bemerkte sie die Tür. Die offene Tür, die zum Stall führte. Schlagartig erfasste sie ein flaues Gefühl. Ohne darüber nachzudenken schlüpfte sie in ihre Schuhe, warf sich eine Jacke über die Schulter und öffnete erst ihre, dann Georgs Tür. Sie tastete sich im Dunkel an sein Bett. An sein leeres Bett wie sie erschrocken feststellte. Hastig drehte sie sich um, stolperte fast über einen Stuhl und lief dann so rasch es die Nacht zuließ hinab auf den Hof. Tropfnass erreichte sie den Stall und Jakubs Verschlag. Auch er war fort. Was war nur los? Ein Jungenstreich? Bei diesem Wetter? Nein! Sie spürte die Panik, die langsam an ihr hochkroch. Vielleicht unten am Fluss? Langsam ging sie los.

Georg und Jakub

hatten die Bank am Waldrand fast erreicht. Je näher sie ihrem Ziel kamen, umso langsamer wurden ihre Schritte. So unterschiedlich ihre Gründe auch waren, ihre Beine weigerten sich, dem unausweichlichen Schicksal gegenüberzutreten. Georgs Gewissen griff in einem letzten, verzweifelten Versuch nach dem Jungen, der er einst gewesen war. Dieser Junge, der nach Neubeuern gegangen und von dort nicht mehr zurückgekehrt war.

Angst lähmte Jakub. Angst, in eine Falle zu tappen, ja Angst vor Georg. Konnte er dem Deutschen vertrauen oder führte ihn dieser in eine Falle? Vielleicht war es ja die Bauernfamilie, die ihn verschwinden lassen wollte und nicht die Geheime Staatspolizei, wie ihm sein Begleiter weismachen wollte? Die Bäuerin hätte allen Grund dazu. Er hatte sich in all den Wochen nicht erklären können warum, aber er wusste, sie hasste ihn. Er musste zurück, wollte er ihr eben diesen Grund nicht liefern. *Auf der Flucht erschossen!*, dachte er. Genau in dem Moment, da er sich entschloss, zurückzulaufen, trat Alois Kreitinger aus der Dunkelheit heraus auf sie zu.

Alois
fühlte sich inzwischen, als sei er durch den Fluss geschwommen und hätte diesen nicht auf der Brücke weiter unten überquert. Der Platzregen hatte ihn voll erwischt und er glich jetzt Paul Schreiners langhaarigem Mischlingshund, nachdem die Kinder wieder einmal ihren Spaß mit der armen Kreatur getrieben hatten, indem sie ihm einen Eimer Wasser überstülpten. Georg und Jakub unterschieden sich kaum von ihm. »Alles klar?«, empfing er die beiden. Georg nickte stumm, Jakub sah ihn nur ängstlich und verunsichert an. Natürlich, was hatte er auch erwartet? Dass der Junge mit Begeisterung bei der Sache war? Immerhin ging es hier vorrangig um sein Leben und mit Schrecken wurde ihm in diesem Augenblick bewusst, dass dieses Leben in ihren Händen lag. Ging etwas schief, hätten sie allein die Folgen zu verantworten. Und für niemand waren diesen Folgen dramatischer, als für den Polenjungen. *Vielleicht hat Georg ja dieselben Gedanken*, dachte er sich. Sein Freund sah

erbärmlich aus. Gewiss, Alois fühlte sich selbst nicht wohl in seiner Haut und die Angst nagte permanent in seinen Eingeweiden. Georg aber schien kurz davor zu stehen, die Nerven zu verlieren. Am ganzen Körper zitternd und schneeweiß im Gesicht wirkte er fiebrig und krank. Am schlimmsten aber waren seine Augen, die Alois schreckgeweitet und weiß anstarrten. »Alles in Ordnung?«, wiederholte er seine Frage und bekam wieder nur ein kaum erkennbares Kopfnicken als Antwort. *Er sieht aus wie damals,* dachte er sich. Damals, vor sechs Jahren, als sie noch Kinder gewesen waren und das erste gemeinsame Abenteuer erlebt hatten. Heute waren sie keine Kinder mehr. Nein, sie waren dabei, eine verdammt erwachsene Sache zu erledigen und sie durften nicht scheitern. »Wir müssen los!«, sagte er, packte Jakub an der Hand und zog ihn mit sich, dorthin, wo Franz mit dem Fahrrad auf sie wartete. Nach wenigen Metern drehte er sich noch einmal um. Die Dunkelheit hatte Georg jedoch bereits verschluckt.

Franz

hielt den Lenker seines Rades krampfhaft umklammert. Er wartete bereits eine Viertelstunde auf die beiden. Die Idee mit den Rädern hatte Karl gehabt. »So können die Hunde unsere Fährte nicht riechen«, hatte er gesagt. Niemand wusste später, wer die Hunde ins Spiel gebracht hatte, doch am Ende waren sie alle überzeugt gewesen, dass man Jakub mit Hunden hetzen würde. War es nicht in allen Büchern und Romanen so gewesen? Flüchtige wurden von Hunden gejagt! Ja, so würde es sein. Alois hatte vorgeschlagen, durch den Regen zu waten, doch das war um diese Jahreszeit unmöglich. Allein die Schneeschmelze am Arber hatte gereicht, den Fluss stark anschwellen zu lassen und der Regen der letzten Stunden hatte sein Übriges getan. Jetzt rauschte das Wasser mit voller Wucht an Kirchbach vorbei und hätte jeden von ihnen mit sich gerissen. Dann waren Karl die Räder eingefallen. »Wenn unsere Füße den Boden nicht berühren, können die Hunde unsere Fährte nicht riechen«, hatte er gesagt. Also die Fahrräder, wenn auch Franz angesichts des eben überstandenen Unwetters daran zweifelte, dass irgendjemand, selbst Hunde, ihre Spuren finden würden. Seine Hände begannen klamm zu werden, als die Dunkelheit vor ihm die Schemen der beiden Jungen freigab. Wieder nur das kurze Nicken zur Bestätigung der Bereitschaft beider, dann bedeutete Alois ihrem Flüchtling, sich auf den Gepäckträger des Rades zu setzen. »Achte darauf, dass deine Füße in der Luft bleiben«, sagte er. Jakub packte Alois noch einmal am Arm.

»Ihr alle?« Seine Augen sahen ihn in einer Mischung aus Erstaunen und Furcht an.

»Ja, wir alle. Wir bringen dich in Sicherheit. Du musst in den nächsten Tagen im Versteck bleiben. Allein, verstehst du? Die nächsten Tage werden die gefährlichsten. Geh mit den anderen und tu, was sie dir sagen, ja?« Jakub nickte ernst, dann umklammerte er Franz Taille und hob die Füße vom Boden. Franz balancierte das Rad aus, stellte sich auf die Treter und fuhr los. Erst wacklig und langsam, dann immer schneller werdend ließ er Alois allein zurück. Bereits nach wenigen Metern spürte er die Last auf dem Gepäckträger. Jakub krallte sich an ihm fest und hielt sich bewegungslos. Das war gut so, erleichterte er doch Franz dadurch, das Rad im Gleichgewicht zu halten. Franz hielt sich für einen guten Radfahrer, doch bald ging sein Atem stoßweise. Die nasse Straße und der noch immer andauernde heftige Regen machten die Sache auch nicht leichter. Bald vermischten sich Schweiß und Regentropfen auf seinem Gesicht. Nur gut, dass die Straße am Fluss eben und die Strecke nicht weit war. Schon nach wenigen Minuten tauchten die ersten Häuser Kreuzbachs vor ihnen auf. Die beiden tropfnassen Jungen auf dem Fahrrad gaben eine seltsame Erscheinung ab und hätten jedermanns Aufmerksamkeit erregt, doch die Menschen hinter den schwarzen Fenstern schliefen und waren froh, das Unwetter in ihren trockenen Stuben vorbeiziehen lassen zu können. Sie durchquerten die paar Anwesen, ohne gesehen zu werden und bogen auf die Straße, die hinüber nach Kirchbach führte, ein. Dann die kleine Holzbrücke über den Triebwerkskanal, der Dorfanger und schließlich hatten sie die große Brücke über den Regen vor sich. Dort sollten Norbert und Karl Jakub übernehmen und hinüber nach Lederdorn bringen. Wenn alles gut ging. *Mein Gott, hoffentlich geht alles gut!* Franz nahm noch einmal alle Kraft zusammen. *Endlich, dachte er,* als die Straße zur Brücke wurde. »Nicht absteigen!«, rief er Jakub zu. *Da, das Geländer!* Für einen Augenblick begann das Rad zu schlingern und drohte umzufallen. Franz trat nochmal hart in die Pedale, dann hatten sie das Brückengeländer erreicht, wo er sich mit einer Hand abstützte. Er atmete tief durch. Jetzt mussten nur noch Karl und Norbert da sein. Es war allen klar gewesen, dass die beiden die Hauptaufgabe der ganzen Unternehmung schultern mussten. Ihr Weg war der weiteste und gefährlichste. Abwechselnd würden sie Jakub in Norberts Anhänger an den Fuß des Schusterberges bringen. Von dort aus mussten sie laufen. Es war schier unmöglich, den kleinen Berg mit Rad und Anhänger zu überqueren. Sie würden den Weg durch den Wald nehmen und der Regen sollte seinen Beitrag zum Gelingen ihres Abenteuers leisten. Franz war überzeugt, dass er alle Spuren wegwaschen würde. Er sah sich nach Jakub um, dessen Blick unausgesprochen die Frage nach dem *Wie geht es jetzt weiter?*, stellte. Noch ehe er zu einer Erklärung ansetzen konnte, hörte er das nasse Fahrgeräusch der beiden Fahrräder näherkommen. Karl und Norbert hielten neben ihm und klammerten sich wie er an das Brückengeländer. »Schnell!«, sagte Karl nur und deutete auf die winzige Ladefläche hinter Norberts Rad. Jakub verstand und vorsichtig wechselte er seine Position, um sich, wie schon zahllose Kinder vor ihm, von Liesl ziehen zu lassen. Ohne ein Wort zu verlieren, wendeten die beiden auf der gottverlassenen Straße und fuhren los. Sekunden später verlor Franz sie aus den Augen.

Georg
konnte sich später an nichts erinnern. Der Weg zurück glich einem Albtraum, aus dem er nicht mehr aufwachte. Wie im Fieber setzte er Fuß vor Fuß, wankend und elend. Mehrmals übergab er sich, fiel zu Boden und rappelte sich wieder auf. Die Nässe in seinen Augen stammte von Tränen und nicht vom Regen. Was hatte er nur getan? Die ganze Nacht hatte er mit sich gekämpft. War er nun ein Held oder ein Feigling? Jetzt aber, da der Verrat geschehen war, da es kein Zurück mehr gab, wurde ihm das ganze Ausmaß seiner Tat bewusst. Blind vor Trauer und Entsetzen stolperte er weiter, bis er plötzlich mit jemandem zusammenstieß.

Steffi
rannte unsicher den Waldweg hinab. Diesen hatte Georg immer genommen, wenn er zum Fluss gegangen war. Immer wieder blieb sie stehen, überlegend, ob ihr Tun richtig war. Was gingen sie die Jungen an? Warum mischte sie sich in ihre Streiche ein? Ein undefinierbares und doch mächtiges Gefühl trieb sie jedoch weiter. Das Gefühl, dass etwas Schreckliches im Begriff war, zu geschehen. Trotz der dünnen Strickjacke, die sie sich übergeworfen hatte, klebte ihr Nachthemd nass und kalt an ihrem Körper. Was hat Georg nur mit Jakub vor? Der Gedanke fraß sich in ihrem Kopf fest. Sie begann zu laufen, erreichte das Stück Wald, durch das der Weg führte. Das Dunkel vor ihr schien undurchdringlich und ließ sie kurz zögern. Sie wollte eben weitergehen, da stieß sie mit Georg zusammen.

Georg
zuckte zusammen. Steffi! Mein Gott, was tat sie denn hier? Alois hatte Recht. Sie durfte nicht in die Sache hineingezogen werden. Er packte sie bei den Schultern und wollte sie anschreien. Seine Lippen gaben jedoch nur ein paar stotternde Worte von sich. Er sah das Entsetzen in ihren Augen und wollte sie bei der Hand packen und mit sich zurück zum Hof ziehen, doch seine Schwester riss sich los. Ihre braunen Augen starrten ihn fassungslos an.

Steffi
fuhr erschrocken zurück. Sie konnte das Gesicht vor ihr kaum wiedererkennen und doch war es zweifellos Georg. Sie fühlte sich so elend, wie ihr Bruder aussah. »Was ist los? Wo ist Jakub?«, schrie sie ihn an. Er brachte jedoch nur ein zusammenhangloses Stottern zustande und packte sie bei der Hand. *Nein,* durchzuckte es sie und sie riss sich los. »Ich suche jetzt Jakub. Ob du mitkommst oder nicht, ist mir egal!« Sie wusste nicht, ob sie verblüfft oder verängstigt sein sollte, doch Georg drehte sich einfach um und rannte in Richtung Hof weiter. Tränen schossen ihr in die Augen, als sie die Dunkelheit des Waldes betrat. Blind rannte sie los. Sie musste hinüber nach Kirchbach.

Franz
verlor keine Zeit. Kaum, dass Norbert und Karl losfuhren, hatte er die kleine Brücke über den Triebwerkskanal wieder erreicht. Eben wollte er diese überqueren, da tauchten vor ihm die hellen Augen eines Raubtieres aus der Dunkelheit auf. Erschrocken riss er den Lenker herum und fuhr in das Dickicht, das den Dorfanger von der Straße trennte. Das Vorderrad knallte gegen einen Stein und Franz vollführte einen zirkusreifen Sturz über seinen Lenker in die Büsche. Diese Aktion brachte ihm zwar einige Kratzer und eine

dicke Beule an seinem Kopf ein, rettete aber sein Leben. Und was sind schon ein paar Kratzer gegen das Leben eines Sechzehnjährigen?

Georg

erreichte unbehelligt den Kollerhof, schlich in seine Kammer, wo er seine nassen Sachen über den Stuhl hängte und kroch zitternd unter die Decke. Er war außerstande, einen klaren Gedanken zu fassen. Namen dröhnten in seinem Kopf: Jakub, Karl, Norbert, Franz, Alois, Steffi. Wieso Steffi? Er rollte sich zusammen, wie ein Embryo im Mutterleib. Während seine tropfenden Kleider eine große Wasserlache unter dem Stuhl bildeten, weinte er sich in den Schlaf.

Franz

schüttelte benommen den Kopf. Dann kroch er vorsichtig den kleinen Abhang hinauf. Die Raubtieraugen hatten sich in Autoscheinwerfer verwandelt. Gnadenlos entrissen sie die Szenerie auf der Brücke der Dunkelheit. Seine Freunde hatten die Mitte der Brücke bereits hinter sich und es sah so aus, als würden sie den tastenden Fingern der Scheinwerfer entkommen. Doch dann erlosch diese Hoffnung wie eine Kerze im Sturm. Franz presste die Faust auf den Mund, um nicht entsetzt aufzuschreien. Auch von Kirchbacher Seite näherte sich ein Wagen und schnitt den beiden Rädern den Weg ab. Männer in langen Mänteln sprangen heraus und brachten Norbert zum Stehen. Der Anhänger mit Jakub als Last ließ ihm nicht die geringste Chance, zu entkommen. Karl versuchte es erst gar nicht. Die folgenden Augenblicke brannten sich Franz unauslöschlich in den Kopf. Bilder, die ihn für den Rest seines Lebens schreiend und schwitzend aus dem Schlaf reißen sollten, bis die Demenz auch diesen Schrecken aus seinem Gedächtnis tilgen würde. Es waren die Bilder von Norbert und Karl, die mit gesenkten Köpfen neben ihren Fahrrädern standen. Die Bilder von Jakub, der von den Männern in ihren jetzt nassglänzenden Mänteln in eines der Autos gezerrt und gestoßen wurde. Das Bild, als einer der Männer sich umdrehte und genau dahin sah, wo Franz nicht mehr wagte, auch nur zu atmen. Wasser tropfte von seinem Hut und seine unsichtbaren Augen schienen ihn zu durchbohren und doch sahen sie ihn nicht. Der Hut drehte sich wieder um und Franz ahnte, dass er weiterleben durfte. Seine Augen schossen weiter Bilderserien des Geschehens. Und dann passierte das, worüber sich Franz Schedlbauer in zahllosen Nächten das Gehirn zermartern sollte. Alles geschah blitzschnell und für ihn doch in Zeitlupe. Norbert sah Karl an und Karl nickte. Dann rannten beide los, erreichten, noch ehe die Männer reagieren konnten, das Brückengeländer und schwangen sich darüber. »Nein!« Er hatte es gerufen, doch wurde er von keinem der Männer gehört. Diese lehnten sich jetzt über das Geländer, doch waren die beiden Jungen im Dunkel des Wassers verschwunden.

Nein!, durchzuckte es Franz nochmal. *Nein! Nein!*

Dann wendete der erste Wagen und die Männer fuhren, an ihm vorbei, in Richtung Miltach davon. Franz duckte sich zu Boden und wagte es nicht, sich zu bewegen. All das war völlig lautlos vor sich gegangen, verschluckt vom Rauschen des Flusses. Franz begann, am ganzen Körper zu zittern. Seine Zähne klapperten laut und seine Knie gaben nach. Für Minuten verlor er jede Kontrolle über seinen Körper. Er hätte an das Ufer unter der Brücke laufen sollen, er hätte nach seinen Freunden sehen sollen. Nichts davon konnte er tun. Wimmernd und zitternd saß er da, unfähig, sich zu bewegen. Der einzige Gedanke, zu dem er fähig war, sagte ihm, dass Karl und Norbert tot waren. Nie würde er begreifen, warum sie das getan hatten. Heute nicht, morgen nicht, niemals!

Und nur dreimal in seinem langen Leben erzählte Franz Schedlbauer jemandem die Geschichte dieser Nacht. Seine Geschichte! Es war zwei Jahre später gewesen und es war Stefanie Koller, die ihn angefleht hatte und der er von den Raubtieraugen erzählt hatte, von Jakub und den schwarzen Mänteln, von dem Hut, von dem das Wasser getropft war und den unsichtbaren Augen, die ihn angestarrt hatten und von Karl und Norbert, die in den Fluss gesprungen waren, von der Brücke, von der Brücke!

Es war Alois gewesen, der Flieger, dem er bei Steffis Beerdigung den Versuch einer Begründung ihres Todes schuldig gewesen war.

Und es sollte ein Kriminalbeamter aus München sein, den er sieben Jahrzehnte später in einem Augenblick der Erinnerung und des Sonnenscheins in den Schrecken auf der Brücke mitnehmen würde.

In dieser Nacht aber hatte es eine scheinbare Ewigkeit gedauert, bis er aus seinem Versteck gekrochen war. Noch immer unkontrolliert zitternd schob er sein Rad vorbei an denen der Freunde über die Brücke. Die Männer hatten sie einfach an das Geländer gelehnt und achtlos zurückgelassen. Was, wenn die Autos, die Männer in diesem Augenblick zurückkamen? Franz dachte nicht daran. In Wahrheit dachte er gar nichts. Die Männer kamen nicht zurück. Sie waren fort und sie hatten Jakub mitgenommen. Seine Freunde aber hatte der Fluss verschlungen.

Ohne einen weiteren Gedanken fassen zu können, wankte er nach Hause.

Alois

ging die schmale Straße am Fluss entlang in Richtung Kirchbach. Er würde seine Freunde morgen erst wieder treffen, wenn alles gut ging. Sie hatten vereinbart, sich nur kurz zu sehen, mehr zufällig. Kein Treffen am Fluss oder sonst wo. Nur kein Aufsehen erregen.

Karl und Norbert mussten Jakub jetzt ins Versteck bringen. Während für sie der gefährlichste Teil des Unternehmens noch bevorstand, war seine Aufgabe erfüllt. Keine allzu große Aufgabe, das musste er sich eingestehen. Er erreichte die Abzweigung zum Kollerhof, wo der Weg die Hauptstraße überquerte und im Wald verschwand. Plötzlich vermeinte er vor den Schatten der Bäume die Umrisse einer Gestalt über die Straße taumeln zu sehen. Alois rannte auf sie zu.

Er konnte es nicht glauben. Zitternd fiel Steffi in seine Arme.

Oh Gott, mein Gott! Warum?

»Warum bist du hier?«, fuhr er sie schärfer an, als er beabsichtigt hatte.

»Und du?«, antwortete sie. »Was treibt ihr? Wo ist Jakub und was ist mit Georg los?«

»Georg?«

»Er ist ganz aufgelöst und hat fürchterlich geweint.«

Geweint? Warum hat Georg geweint? In diesem Augenblick durchfuhr ihn ein fürchterlicher Gedanke, den er augenblicklich und für die nächsten siebzig Jahre wieder verdrängte. »Es ist alles gut«, versuchte er das Mädchen, das er liebte, zu beruhigen. »Wir bringen Jakub weg. In ein Versteck.« Er hatte jetzt keine andere Wahl mehr. Er musste sie in den Plan einweihen. In ihr großes Abenteuer, das plötzlich seine Finger auch nach Steffi ausstreckte. Einige Sätze später sah sie ihn erst fassungslos, dann mit großen Augen an. Und dann tat sie das, worauf er seit Monaten gewartet hatte. Steffi nahm seinen Kopf in beide Hände und küsste ihn lange auf den Mund. Nie vergaß Alois Kreitinger diese Sekunden im strömenden Regen, da Steffi Koller seine Liebe erwiderte.

»Du musst zurück in deine Kammer. Du bist ja klitschnass und frierst. Ich bringe dich hinauf«, sagte er. Hand in Hand gingen sie durch den Wald und über den Weg hoch zum Kollerhof. Noch wusste er nicht, dass dies die glücklichsten Minuten seines Lebens sein würden. Ein Augenblick, der wenige Stunden später auf grausame Weise sein Ende finden sollte. Noch einmal küsste sie ihn kurz, dann schlich sie sich ins Haus. Alois wartete, bis das Licht in ihrer Kammer ausging. Er spürte Nässe und Kälte nicht.

Dann machte …

Noch einmal Heute

… ich mich auf den Heimweg. Ich erreichte unser Haus spät in der Nacht. Niemand hatte mein Fehlen bemerkt und erstaunlicherweise fragte mich niemand am anderen Tag nach meinen nassen Sachen. Ich vermute, das Chaos der letzten Kriegstage war unser bester Schutz. *Alles geht seinen gewohnten Lauf,* dachte ich. Doch dann kamen die anderen nicht zur Schule. Es hieß, Franz und Georg seien krank und von Karl und Norbert wusste man gar nichts. Am nächsten Tag gingen die ersten Gerüchte um. Karls und Norberts Fahrräder wären auf der Brücke gefunden worden, ganz im Gegensatz zu den beiden Jungen. Noch am selben Tag begann die Suche. Männer, Frauen, Kinder aus Kirchbach und Miltach, einfach alle suchten die beiden. Es war nicht leicht gewesen, da das Wasser in der Nacht weiter angestiegen war, doch schließlich fand man sie. Sie waren beide von der gleichen Strömung erfasst worden und die hatte sie in ein Gebüsch am linken Regenufer getrieben. Die Männer, die sie fanden behaupteten bei allen Heiligen, Karl und Norbert hätten sich umklammert gehalten, als man sie aus dem Wasser zog.

Alois Kreitinger ist wieder in der Gegenwart, die auch ich langsam erreiche.

»Sie haben sich von Anfang an gefragt, warum Ihr Plan gescheitert ist. Spielte Verrat eine Rolle in Ihren Überlegungen?«

»Ja. Ich wollte nicht wahrhaben, dass wir erwischt worden waren. Wir hatten alles so genau geplant, alle Möglichkeiten abgewogen. Dann das Wetter. Es spielte uns doch in die Hände. Niemand war im Freien und doch hat die Gestapo auf uns gewartet. Es musste Verrat im Spiel gewesen sein. Aber einer von uns? Ausgeschlossen! Auch Georg kam für mich nicht in Frage. Siebzig Jahre nicht. Bis zu diesem Brief. Er deutet auf den Umschlag, den ich in der Hand halte.

»Das ist es doch, was Sie wissen wollen«, sieht er mich an. »Warum jetzt? Warum so spät? Nun, Sie halten die Antwort in Händen. Steffis Brief. Ihr Brief an mich, bevor sie sich das Leben genommen hat und den sie nie abgeschickt hat. Sie hat alles darin beschrieben. Ihre Gefühle zu mir, die Ereignisse jener Nacht, ihre Ängste, als sie erkannte, dass es ihr Bruder gewesen war, der uns verraten hatte. Und als ihr dann Franz alles erzählt und sie mitgenommen hat in diese Nacht und auf die Brücke, als sie erfuhr, was dort geschehen war, da konnte sie all das nicht mehr ertragen. Sie konnte das Leben nicht mehr ertragen.« Er starrt hinauf in die Baumkronen, der Blick verloren und ziellos.

»Hatten Sie keine Angst, dass man Sie auch noch verhaften würde? Ihre Verbindung zu Norbert und Karl war doch allgemein bekannt. Es war doch mehr als wahrscheinlich, dass Jakub einem Verhör durch die Gestapo nicht standgehalten hätte.«

»Angst? Sie können sich nicht vorstellen, welche Angst wir hatten. Franz und ich sind uns Tage aus dem Weg gegangen. Erst langsam trauten wir uns wieder auf die Straße. Am schlimmsten waren die Stunden in der Schule. Ich erwartete jeden Augenblick, dass die Tür aufgeht und die Männer mit den schwarzen Mänteln mich vor den Augen aller holen würden. Doch niemand kam. Seltsam, aber auch als die Amerikaner in Kirchbach einmarschiert sind, war es nicht vorbei. Der Krieg war gegangen, aber er hatte mir die Angst als Abschiedsgeschenk zurückgelassen. Ich glaube, der Tod unserer Freunde war unsere Rettung. Sie waren gestorben, bevor man sie verhören konnte. Und Jakub? Auch er hat uns nicht verraten. Was auch immer sie mit ihm angestellt haben, er hat uns nicht verraten. Schon deshalb war er es wert, gerettet zu werden. Jakub trifft an all dem keine Schuld. Mein Gott, was wohl aus ihm geworden ist?«

Er hat Recht. Ich habe mir diese Frage bisher nicht gestellt, jetzt aber, hier oben in der Seewand und in dieser Minute wird auch mir das Schicksal des polnischen Jungen bewusst. Aber ich muss noch mehr erfahren und muss dafür sorgen, dass Alois Kreitinger seinen Weg mit mir bis zum Ende geht.

»Und auch Georg hat Sie nicht mehr verraten. Man hat ihn doch sicher nach weiteren Mittätern befragt.« Er zuckt mit den Schultern. »Ein Verrat war wohl genug! Dann begannen die Nachkriegsjahre und die Menschen hatten andere Probleme. Die Familien von Karl und Norbert zogen sich aus dem Dorfleben zurück und auch sonst wollte niemand in dieser alten Geschichte graben. Es waren nur zwei Tote von vielen. Kaum ein Haus, in dem nicht um einen Gefallenen getrauert wurde. Erst zwei Jahre später, als sie Steffi gefunden haben, dort oben auf dem Dachboden, kalt und leblos, da zogen einige der Älteren die richtigen Schlüsse und fanden den richtigen Zusammenhang mit der Flucht des polnischen Zwangsarbeiters aus dem Dritten Reich. Unter anderem Franz, der mir am Tag von Steffis Beerdigung alles, was sich auf der Brücke zugetragen hatte, erzählte. Ja, ich musste zwei Jahre auf die Wahrheit warten. Was Steffi betrifft, so vermutete ich damals, dass sie den Tod ihrer Freunde nicht überwinden konnte. Heute weiß ich, es war die Erkenntnis, dass es ihr eigener Bruder gewesen war, der uns verraten hat und der für den Tod der drei verantwortlich war. Georg hat auch seine Schwester auf dem Gewissen.«

Ob er sich dessen bewusst war? Lebte er wirklich den langen Rest seines Lebens mit dieser Gewissheit? Ich kann das kaum glauben. Wie könnte ein Mensch diese Schuld ertragen?

»Sie hatte sich immer mehr in sich selbst zurückgezogen«, fährt Alois fort. »Wo früher Lachen und Lebensfreude gewesen waren, blieben nur Trauer und Einsamkeit. Bis zu ihrem Freitod.« Er unterbricht seine Erzählung, um Trauer und Tränen hinunterzuschlucken.

»Von da an habe ich es mir zur Aufgabe gemacht, herauszufinden, was damals wirklich geschehen ist. Mein Faible für die örtliche Historie kommt nicht von ungefähr. Ich begann alles zu sammeln, was mich in meiner Suche weiterbringen konnte. Und jetzt, am Ende meines Lebens musste ich erfahren, dass es einer von uns Fliegern, dass es Georg gewesen war, der uns das angetan hat.«

»Wie sind Sie an Steffis Brief gekommen?«, will ich wissen.

»Adelheid, Georgs Schwester, verstarb vor zwei Jahren. Die Leute im Dorf wissen, dass ich alles Alte sammle. So auch Adelheid und da hat sie Resi Bielmeier beauftragt, mir den alten Koffer auf ihrem Schrank zu vermachen. Sicher kannte sie nicht dessen gesamten Inhalt. Auch ich habe mich zuerst nur oberflächlich damit beschäftigt. Postkarten, alte Dokumente, sogar Orden und Abzeichen von Emil Koller, dem Onkel von Georg und Steffi aus dem ersten Weltkrieg. Und irgendwo dazwischen der unscheinbare Umschlag mit Steffis Brief an mich. Wenn ich nur wüsste, warum sie ihn nie abgeschickt hat.«

Wieder stocken seine Worte. Ich nehme die Gelegenheit wahr. Er kannte Georg besser als die meisten. Vielleicht kann er helfen, meine Zweifel zu besiegen. »Wie kann Georg mit dem Wissen, seine Freunde und seine Schwester auf dem Gewissen zu haben, überlebt haben? Es müsste ihn doch in den Wahnsinn getrieben haben?«

»Sie glauben wirklich, Georg war schuld an diesem Unglück?« Er schüttelt den Kopf. »Nein, Herr Kommissar. Es war nicht Georg. Nicht er allein. Er war ein Opfer der Zeit. Das wurde mir erst jetzt in den letzten Tagen – zu spät – bewusst. Es war die Erziehung in der Napola, die Gehirnwäsche, der die Jungen ausgesetzt waren. Es war die unehrenhafte Entlassung, das Gefühl des Versagens, die Enttäuschung der Mutter.

Ich glaube, Georg hasste seine Mutter.

Ich glaube, Georg liebte seine Mutter.

Er wollte ihr zeigen, dass er ein guter Deutscher, ein guter Junge, dass er *ihr* guter Junge war. Anna Koller war glühende Nationalsozialistin und er sah seine einzige Chance, ihre Liebe zu gewinnen im Verrat seiner Freunde.«

Ja, er hat Recht! Benommen stehe ich auf und blicke hinab auf den See. Die Sonne nähert sich langsam dem Höhepunkt ihres Tagesumlaufs und lässt Wasser und Wälder dampfen.

Alois Kreitinger sitzt zu meinen Füßen, umgeben von Bildern und Briefen, umgeben von seinem Leben. »Nein, es war nicht Georg allein, der Karl, Norbert und Jakub getötet hat und der Steffi auf dem Gewissen hat. Wir alle waren es. Wir wollten Jakub retten, doch ging es wirklich um Jakub? Ging es nicht um die Flieger? Die Ehre, das Abenteuer, das ruhmreiche Ende unseres Bundes? Wir wollten etwas Besonderes, Ewiges schaffen und haben dem Tod die Tür geöffnet.«

»Sie waren Jugendliche«, wage ich einen Einwand. »Die versuchte Rettung von Jakub Nowak war ein Akt höchster Zivilcourage. Ich bewundere Ihren Mut, auch wenn Ihr Vorhaben misslungen ist.«

Er steht auf und schüttelt heftig den Kopf. »Nein, versuchen Sie nicht, unser Tun zu rechtfertigen. Wir hätten es ahnen müssen. *Ich* hätte es ahnen müssen. Ich habe nicht nur unser Leben, sondern auch das von Steffi leichtfertig aufs Spiel gesetzt. Sie ist tot, Norbert und Karl sind tot, Jakub ist tot. Und jetzt auch Georg.« Alois Kreitinger hat sich als Schuldigen der Tragödie verurteilt und nichts kann ihn jetzt mehr von dieser Meinung abbringen. Ich muss sehr vorsichtig sein. Und trotzdem. Ich brauche noch sein Geständnis. Alles, was er bisher bereit war, preiszugeben führt zu ihm als Täter. Ich habe es jedoch noch nicht aus seinem Mund gehört. Das »Ich habe Georg Koller getötet!«, erfüllt zwar den Raum zwischen uns, steckt jedoch weiter in dem Mann vor mir fest. Ich kann die Sache noch nicht beenden. »Sie haben mich belogen, als Sie sagten, Sie hätten Georg seit Ihrer Jugend nur noch selten getroffen«, versuche ich vorsichtig, mich der Tat zu nähern.

»Hm! Zuerst habe ich nicht mit Ihrer Hartnäckigkeit gerechnet und als Ihre Spur dann zu Georgs Neffen und seinem polnischen Komplizen führte, wollte ich Sie auf Ihrem Weg dahin nicht bremsen. Ich gebe zu, ich habe Sie unterschätzt.«

»Die Brotkrumen lagen offen vor mir, mal deutlich sichtbar, mal versteckt. Ich musste ihnen nur folgen und sie führten mich zum Baron. Zu Ihnen.« Mein Ermittlerstolz zwingt mich, meine Indizienkette vor ihm auszurollen. »Sie haben das Tatmesser bei einer Hausschlachtung auf dem Huberhof gestohlen. Wussten Sie da schon, was Sie vorhatten?«

Er schüttelt den Kopf. »Zu diesen Zeitpunkt? Nein! Ich kann Ihnen nicht erklären, warum ich das Messer genommen habe. Es lag da und ich habe es eingesteckt. Das ist alles.«

»Durch mich haben Sie dann erfahren, dass Georg in einer Napola war und sich gefragt, ob er wirklich schuldig war. Ich habe diese Information bewusst ins Volk gestreut, um eine Reaktion zu bewirken. Dass diese von Ihnen kommen würde, hatte ich da noch nicht geahnt. Ihr Verhalten in der *Post* hat mich jedoch stutzig werden lassen. Dann das Flugzeug von Richthofen in Ihrem Archiv. Ich fand heraus, dass Ihr Vater eine Kamera hatte und Sie es gewesen waren, der das Bild der jungen Flieger oben in der Seewand geschossen hat. Schließlich das Bild von Steffis Geburtstag. Die Orchideen in ihren Händen. Und gestern, wieder ihr Geburtstag und die Orchideen auf ihrem Grab. Fünfzehn Orchideen. Ich musste nur noch herausfinden, wer sie auf ihr Grab gelegt hat. Es überrascht mich, dass Sie nicht vorsichtiger waren und die Blumen hier im Ort gekauft haben.«

»Wie schon gesagt. Ich habe Sie unterschätzt. Außerdem erschien mir zu diesem Zeitpunkt das alles nicht mehr wichtig. Sollten Sie doch die richtigen Schlüsse ziehen. Es war mir gleichgültig.«

»Heißt das, Sie wollten da schon alles gestehen?«

»Sie haben den Brief! Spätestens gestern hatte ich meinen Entschluss gefasst, Ihnen Steffis Nachricht zu zeigen. Nach Ihrem Auftritt in der *Post* war mir klar, dass Sie kurz davor standen, das Rätsel zu lösen. Doch ich wollte, dass Sie auch verstehen.«

»Ja, Steffis Geschichte erklärt wirklich vieles, wenn auch nicht alles. Ich weiß noch nicht, warum Georg sterben musste? Was ist geschehen, hier oben beim Fliegermarterl?«

»Das Fliegermarterl! Die Seewand! Ich wollte Georg zur Rede stellen. Einige Tage zuvor hatte ich ihn auf dem Friedhof getroffen. Ich habe ihm ohne Vorwarnung Steffis Brief gezeigt. Er sah mich nur an. Seine Augen und sein Gesicht waren wie zu Eis erstarrt. »Nicht hier«, sagte er nur. »In drei Tagen oben am Arber.« Damit ließ er mich einfach stehen. Nun gut, wenn er es so wollte, würde ich dort sein. Ich wusste, dass er regelmäßig hinaufging. Zeit seines Lebens hat ihn dieser Ort nicht losgelassen. Heute glaube ich, es war die Schuld, die ihn langsam zerfraß. Er hatte den Treueeid uns gegenüber gebrochen und wurde deshalb vom Ort des Eides angezogen. Ich war vor ihm oben. Und ich hatte dieses Messer dabei. Keine Ahnung warum. Aus Angst? Oder wollte ich ihn doch töten? Als er dann kam, habe ich ihm den Tod Steffis vorgehalten: »Hier hat es angefangen und hier hast du geschworen. Du hast uns verraten und deine Freunde und deine Schwester auf dem Gewissen.« Ich habe ihn nicht geschont. Meine Trauer wurde nur noch von meiner Wut übertroffen. Und Georg? Ist er unter der Last der Anschuldigungen zusammengebrochen? Nein! Er hat sich gewehrt. Es sei unser aller Schuld. Das Unternehmen sei von Anfang an zum Scheitern verurteilt und er ohnehin dagegen gewesen. Wir hätten ihn überredet und Jakub war sowieso nur ein Pole. Für ihn hätten wir das alles nicht riskieren dürfen.

»Vermutlich die Worte, mit denen er sein Überleben, während seine Freunde starben, sein ganzes Leben vor sich gerechtfertigt hat«, überlege ich.

»Vermutlich, ja. Wir gingen hinauf zu unserem Nachtplatz. Dort gerieten wir in Streit und er immer mehr außer Kontrolle. Er packte mich, ich packte ihn. Wir sind heftig aneinandergeraten. Ich glaube, er wollte mich erwürgen, doch ich konnte seine Hände davon abhalten. An irgendeinem Punkt zog ich das Messer.« Alois Kreitinger streckt mir die leeren Hände entgegen, zeigt, wie er das Messer gehalten hat. Sein Blick führt starr ins Nichts. »Dann, plötzlich, ragte der Griff des Messers aus seiner Brust. Nein, nicht was Sie denken! Es war keine Notwehr! Georg hatte sich zu diesem Zeitpunkt bereits wieder beruhigt. Ich war es, der den Schritt nach vorn gemacht und ihn erstochen hat. Ich wollte ihn bestrafen, für das was er getan hat und ich habe nicht nachgefragt, ob ihn die Schuld trifft, oder jene, die aus dem Bauernjungen den Verräter gemacht haben. Ich habe ihn getötet!«

Seine Arme hängen schlaff herab, seine Augen suchen mich. Jetzt, da es gesagt ist, scheint alles Leben aus ihm zu weichen. Ich aber habe meinen Täter. Aber wissen Sie was? Ich kann mich nicht darüber freuen, ist es doch nur das Ende eines Dramas, das hier vor siebzig Jahren begann und das mehr als ein Leben zerstört hat. Ein Drama, das aus einer geplanten, guten Tat und den Umständen der Zeit entstanden ist. Und es ist noch nicht zu Ende.

»Ich weiß, was mich erwartet. Es war Mord oder zumindest Totschlag. Ich werde den Rest meines Lebens im Gefängnis verbringen.« Er dreht sich um und geht langsam zur Felskante. Mit einer Hand an einem Baum, lehnt er sich weit vor, sieht auf den See unter ihm hinab. Spät erahne ich seine Absicht. Zu spät!

»Ich denke, das hier war ein würdiger Ort für Georg, um zu sterben. Der einzig richtige Ort für einen Flieger.«

Seine Stimme klingt fremd, jung. Aus einer anderen Zeit spricht sie zu mir. »Die wenigen Minuten, die Steffi meine Hand hielt, als ich sie zum Kollerhof führte und diese Nacht hier mit meinen Freunden. Das war mein Leben. Alles davor und alles danach zählt nicht, hat keine Bedeutung.«

Das Ende kommt schnell und unspektakulär. Kein Blick zurück zu mir, keine dramatischen Abschiedsworte und kein langgezogener Schrei. Eben noch steht Doktor Alois Kreitinger vor mir, dann entschwindet er über der Steilkante meinem Blick.

Sekundenlang stehe ich wie erstarrt. Nur langsam finde ich ins Hier und Jetzt zurück. Vorsichtig trete ich an den Abgrund heran und halte mich am selben Baum fest, auf dem Alois Kreitingers Hand eben noch ruhte. Ein Blick nach unten, der nichts bringt. Die Felswand hängt an diese Stelle über und versperrt den Blick auf ihren Anfang. Irgendwo da unten liegt der zerschmetterte Körper des alten Mannes und mir wird bewusst, dass auch ich es sein könnte, dessen Leiche die Rettungskräfte dort bergen müssen. Benommen setze ich mich wieder auf den kleinen Fels, umgeben von Briefen und Fotos aus dem Rucksack des eben Verstorbenen. Die letzten Minuten, Stunden und Tage ziehen noch einmal an mir vorbei. Ich kann nicht sagen, wie lange ich hier sitze, bis ich endlich mein Handy aus der Tasche ziehe und Melanies Nummer wähle.

Ihre Stimme klingt aufgeregt, als sie mir von der Festnahme Liwkowskys berichtet. Offensichtlich ist es ihm die letzten Tage gelungen, in Deutschland unterzutauchen, doch bei seinem Versuch, das Land in Richtung Polen zu verlassen, ging er den Fahndern doch ins Netz. Sie werden verstehen, dass sich meine Begeisterung über die Verhaftung in sehr engen Grenzen hält. Oh, sicher, das Strafregister von Thomas Kausches Komplizen ist ganz gewiss gut gefüllt und reicht für etliche Jahre hinter Gittern. Georg Koller jedoch steht nicht auf seiner Liste. Für seinen Tod muss sich der Drogenschmuggler nicht verantworten. Vermutlich war er schon tot, als ihn der Pole gefunden hatte.

Ich lasse Mel ohne Gegenfrage berichten, bis sie stutzig wird. »Was ist bei dir los? Dich scheint Liwkowsksy gar nicht zu interessieren.«

Und dann beginne ich meine Erzählung. Ich beschränke mich auf das Nötigste und doch lauscht sie mir eine Viertelstunde, ohne mich zu unterbrechen. Fast spüre ich, wie Mel am anderen Ende atemlos zuhört und versucht, das Gehörte zu verarbeiten. Auch als ich fertig bin, herrscht noch eine Minute Stille und ich glaube schon, sie sei nicht mehr da, bis sie ein »Unglaublich« in ihr Handy haucht, gefolgt von einem »Wo bist du jetzt?«

»Hier oben in der Seewand, am Tatort«, erkläre ich und dann bitte ich sie, die Einsatzkräfte von Feuerwehr und Bergwacht, die Spurensicherung, einfach den ganzen Apparat in Bewegung zu setzen, um Alois Kreitingers Leiche zu bergen.

»Ich mache mich auch auf den Weg. Wir treffen uns dann beim Seehaus«, sage ich noch, bevor ich die Verbindung unterbreche. Ich sammle Briefe, Karten und Bilder auf und lege sie in die Schachtel zurück. Inzwischen sind die letzten Nebelfetzen der Kraft der Sonne erlegen, deren Strahlen sich durch das Geäst bis zur Erde vorkämpfen. Unten, dort wo Alois Kreitinger sein Leben beendet hat, glitzert der See.

Ja, es wird Zeit, diesen Ort zu verlassen.

Zwanzig Minuten später erreiche ich wieder den Parkplatz vor dem Seehaus. Die Einsatzkräfte sind noch nicht hier, ganz im Gegensatz zu den jetzt schon zahlreichen Touristen. Noch immer gefangen von den Ereignissen und Alois Kreitingers Freitod fällt mir nichts anders ein, als die Enten zu beobachten, die im Formationsflug auf dem See landen und die spiegelglatte, dunkle Oberfläche mit kleinen Wellen überziehen. Schon bald zeigt sich, dass Mel ganze Arbeit geleistet hat. Es beginnt mit der Bayerisch Eisensteiner Feuerwehr und dann trudeln, beäugt von erstaunten Wanderern und Ausflüglern, die Einsatzfahrzeuge von Polizei, Rotem Kreuz und Bergwacht ein. Ich verspüre wenig Lust auf den folgenden Trubel und überlasse die Bergungsaktion den Fachleuten.

Mel und Stefan treffen mit einiger Verspätung aus Regensburg ein. Meine Kollegin umarmt mich wortlos. Stefan nickt mir stumm zu. Zu diesem Zeitpunkt hat die Bergwacht den zerschmetterten Körper von Alois Kreitinger bereits geborgen. Wie erwartet, kann der Notarzt nur noch den vollen Erfolg des Suizidversuchs feststellen. Kein Wunder, hat doch ein im dichten Unterholz versteckter Fels Kreitingers Fall auf höchst unsanfte Weise gestoppt.

Nach der Ankunft meiner Regensburger Kollegen ziehe ich es vor, den Ort des Geschehens zu verlassen und den beiden die weitere Koordination der Aktion zu überlassen. Immerhin habe ich Urlaub und bin nicht dienstlich hier. Ehrlich gesagt fühle ich mich müde und ausgelaugt. Der Grund meines Aufenthalts im Bayerischen Wald wird soeben in einen Zinksarg gepackt, sodass ich endlich nach Hause fahren könnte. Ich bin jedoch noch nicht ganz fertig hier. In Kirchbach warten noch einige Personen auf Antworten. Also verabschiede ich mich von Mel und Stefan, vereinbare ein Treffen in Regensburg in einigen Tagen und fahre ein letztes Mal über den Arber hinab ins Regental.

Unterwegs wähle ich die Nummern der beiden Frauen, die ich noch treffen will, ehe ich mich auf nach München mache. Beide haben Zeit für mich. Ich werde die Geschichte der letzten Stunden heute noch zweimal erzählen müssen. Aber das bin ich ihnen schuldig.

Rosi ist sichtlich enttäuscht, als ich meinen Koffer ins Auto hieve, wenngleich sie ihre Gefühle mit professioneller Routine zu verbergen versucht. »Ich hoffe, es hat Ihnen bei mir gefallen, Herr Buchmann?!« Es ist ein Standardsatz, der bei ihr jedoch wirklich interessiert klingt und sie ist es wohl auch. Irgendwie habe ich sie auch ins Herz geschlossen, unabhängig vom Genuss ihres Kaffees.

»Ich kann mir gut vorstellen, wieder zu Ihnen zu kommen.« Was sage ich denn da? Freiwillig? Mann oh Mann. Jetzt aber nichts wie weg hier. Sie winkt mir noch nach, als ich langsam ihr Anwesen verlasse, um hinauf zu Resi Bielmeier zu fahren.

Resi erwartet mich bereits. Sie sitzt auf ihrer Bank vor dem Haus, hier wo sie sicher schon zahllose Stunden mit ihrem Mann und nach dessen Tod mit ihrer Freundin Adelheid verbracht hat. Georgs Schwester konnte wohl kaum ahnen, dass sie die Wahrheit über die Vergangenheit ihrer Geschwister Steffi und Georg in die Gegenwart bringen würde, als sie Alois Kreitinger den Koffer mit den Dokumenten der beiden schenkte. Sie setzte damit Dinge in Bewegung, die am Ende zum Tod ihres Bruders und des Doktors führten.

»Na«, begrüßt mich Resi knapp, »haben Sie Ihren Fall nun doch noch gelöst?« Sie wirkt erwartungsvoll und ängstlich zugleich.

»Ja, aber es kann sein, dass Ihnen das Ergebnis nicht gefallen wird. Dennoch denke ich, Sie sollten alles erfahren. Sie haben mir sehr geholfen und Sie haben die Wahrheit verdient.« Das folgende Gespräch gleicht einem Monolog meinerseits und dauert über eine Stunde. Die meiste Zeit hört Resi Bielmeier mit geschlossenen Augen zu und ganz entgegen ihrer Gewohnheit stellt sie nur wenige

Fragen. Ich kann nur versuchen zu erahnen, was in ihr jetzt vorgeht. Als ich mit Alois Kreitingers Todessprung meinen Bericht beende, sieht sie mich nachdenklich an. »Der Schorsch hat also in seiner Jugend seine Freunde verraten und sein ganzes Leben mit dieser Schuld hier gelebt? Sagen Sie mir, Herr Buchmann, was halten Sie von der Sache?«

»Erst einmal sollten Sie mich Moritz nennen. Eigentlich bin ich ja jetzt privat hier und da können wir den Herrn ruhig weglassen.« Ich sage das, ohne groß darüber nachzudenken. Ich finde einfach, die Zeit dafür ist reif.

»Gern!« Sie reicht mir die Hand. »Resi«, sagt sie nur.

»Na ja, Resi. Ich glaube, Georg wollte seiner Mutter gefallen. Er hatte das Gefühl, nicht von ihr geliebt zu werden und als er dann noch unehrenhaft aus der Napola entlassen wurde, sah er wohl die einzige Möglichkeit der Wiedergutmachung im Vereiteln der Flucht von Jakub. Das entschuldigt sein Verhalten nicht, erklärt es aber vielleicht.« Georg war schon damals und wohl auch für den Rest seines Lebens ein in sich zerrissener Mensch gewesen.« Sie nickt, dann sitzen wir beide stumm mit unseren Gedanken in der Spätnachmittagssonne. Die letzten Wolken haben sich Richtung Osten verzogen und der Sonne den Rest des Tages überlassen. *Wirklich ein schöner Flecken Erde,* denke ich. Nicht weit entfernt, links unter uns, liegt der Kollerhof bereits im Schatten des Waldes. Nun, da es nichts mehr zu sagen gibt, verabschiede ich mich von Resi Bielmeier. Ich weiß, sie wird wenig schlafen in dieser Nacht und doch wird ihr Leben weitergehen. Ganz allein hier oben, da nicht abzusehen ist, was mit dem Hof geschehen wird. Er gehört jetzt ihr, doch ich bin sicher, hätte sie die Wahl zwischen Vermögen und Mensch, sie würde sich für einen guten Nachbarn entscheiden. Sollte ich je wieder nach Kirchbach kommen, steht Resi ganz oben auf meiner Besucherliste.

Versprochen!

Meine letzte Station an diesem Tag heißt Claudia und ich will nicht leugnen, dass ich ein flaues Gefühl im Magen habe, als ich das Haus der Familie Schedlbauer betrete. Die Enkelin des letzten lebenden Fliegers erwartet mich in legerer Sporthose und T-Shirt und ich finde, sie sieht auch darin fabelhaft aus. Auch sie muss erfahren, dass ihr Großvater sein Leben aufs Spiel gesetzt hat, um einen kleinen polnischen Jungen zu retten. Ich bin noch immer überzeugt, dass allein die Absicht und das hehre Ziel der fünf Freunde zählt und nicht das tragische Ende der Aktion. Wir sitzen im Wintergarten der Schedlbauers. Claudia hat zwei Gläser Weißwein serviert und ich wiederhole meine Worte, die ich auch Theresa Bielmeier geschenkt habe. Und auch die Reaktion der so viel jüngeren Frau ähnelt der Resis. Schweigend lauscht sie meinem Bericht. Nur einige Male erwacht sie aus ihrer Erstarrung, um sich Tränen aus den Augen zu wischen, die sie nicht unterdrücken kann. Kein Wunder, geht es doch um ihren Großvater und auch ansonsten ist die Geschichte nicht gerade geeignet, Frohsinn hervorzurufen. Das Ende fällt ebenso knapp aus, wie bei Resi.

»Ich danke Ihnen für Ihre Ehrlichkeit«, sagt sie leise.

Ich nicke nur und stehe auf. »Ich muss jetzt zurück nach München, aber ich würde Sie gerne wiedersehen!« Jetzt ist es raus. »Die Wandertour. Sie wissen schon«, füge ich etwas zu hastig hinzu.

»Gern!« lächelt sie. »Ich wünsche Ihnen eine gute Fahrt. Ich würde jetzt gern zu Opa gehen. Er liegt oben und ist sicher noch wach. Um diese Zeit schläft er nie.« Ich kann sie nur zu gut verstehen. Großvater und Enkelin verbindet nun mehr, als nur das Band der Verwandtschaft. Wenn auch Franz nicht verstehen wird, was sie ihm sagen will, gemeinsam werden sie auch im Schweigen die trennende Brücke der Zeit überwinden. Jakub Nowak steht nun als untrennbares Bindeglied zwischen ihnen. Sie reicht mir noch einmal die Hand und winkt mir nach, als ich mich auf den Weg mache, um in der *Post* meine Zeche des Vortages zu bezahlen. Die Feuerwehr hat erwartungsgemäß reichlich von meinem Angebot Gebrauch gemacht, doch im Augenblick interessiert mich der Inhalt meiner Geldbörse herzlich wenig. Ich verlasse die *Post* und deren zufriedenen Wirt und gehe hinauf zur Kirche, umrunde sie und statte dem Friedhof einen letzten Besuch ab.

Epilog

Mein kleines Paradies im dritten Stock des Hauses im Herzen meiner Landeshauptstadt hat mich wieder. Ein warmer Maitag wehrt sich nach besten Kräften gegen die aufziehende Nacht und muss am Ende doch klein beigeben. Nicht jedoch, ohne die Niederlage mit einem grandiosen Sonnenuntergang zu vergolden. Der Föhn des heutigen Tages packt die Alpen und zieht sie auf Griffweite an meinen Balkon heran. Ich bin den dritten Tag zurück in München und mein Bericht liegt nahezu fertig auf meinem Wohnzimmertisch. Mein inoffizieller Bericht wohlgemerkt, da meine Ermittlungen außerhalb meines Dienstes stattfanden. Dennoch wird er die nötige Aufmerksamkeit im Polizeipräsidium auf sich ziehen, dessen kann ich mir sicher sein. Die Presse und sogar der Bayerische Rundfunk haben sich bereits auf den Fall gestürzt und schlachten diesen bis auf die Eingeweide aus. Es ist genau die Art Publicity, die dich ein paar Sprossen auf der Karriereleiter nach oben katapultiert. Doch daran habe ich in diesem Augenblick kein Interesse.

Wirklich nicht! So ganz nebenbei habe ich Thomas Kausche und Jirash Liwkowsky vom Verdacht des Mordes an Georg Koller befreit. Zeit zum Jubeln wird ihnen aufgrund ihres sonstigen Strafregisters jedoch kaum bleiben. Stefan und Mel habe ich natürlich sofort alles, was ich herausgefunden habe, erzählt. Sie haben meine Geschichte schweigsam staunend über sich ergehen lassen. Das Orphée in Regensburg lieferte die passende Umgebung dafür. Ja, ich war nochmal in Regensburg und werde wieder hinfahren. Schließlich muss ich meinen Bericht bei KHK Schulz abliefern. Außerdem bin ich das meinen beiden jungen Kollegen schuldig, oder etwa nicht?

Gestern dann hatte ich ein Rendezvous mit einer älteren Dame. Ich weiß nicht, ob mich meine Mutter erkannt hat. Und ich weiß auch nicht, ob sie mich verstanden hat, als ich ihr von Kirchbach, Georg und Steffi Koller, von Alois Kreitinger, von Resi und Rosi und von Claudia Schedlbauer erzählt habe. Ehrlich gesagt glaube ich nicht, dass sie meinen Worten gefolgt ist und doch hat ihr meine Anwesenheit gut getan. Ich spüre das einfach. Und was soll ich sagen? Es hat auch mir geholfen.

Heute aber gehört die Nacht mir. Ich werde sie mir mit ein oder zwei Gläsern Brunello versüßen und es mir gut gehen lassen. Sie dürfen nicht vergessen, dass ich genauso gut tot sein könnte. Außerdem steckte da heute dieses Kuvert in meinem Briefkasten. Jetzt liegt es neben mir und wartet darauf, geöffnet zu werden. Es ist so unerwartet, wie sein Absender.

Pfarrer Walter Diermeier schreibt mir aus Kirchbach! Ich widerstehe der Neugier, lege die Beine auf das Geländer und warte, bis die Sonne endgültig auf Tauchstation geht. Dann öffne ich den Umschlag.

Ein Foto und ein Brief. Ich entscheide mich für den Brief, obwohl das Bild meine Neugier stärker strapaziert.

Sehr geehrter Herr Buchmann!

Es mag Sie verwundern, dass ich mich nochmal an Sie wende, obwohl wir nur wenig Kontakt während Ihrer Zeit in Kirchbach hatten. Ihr Aufenthalt hier hat, wie Sie sich sicher denken können, eine Menge Staub aufgewirbelt.
Die Stimmung im Dorf lässt sich nur schwerlich beschreiben. Entsetztes Erstaunen gepaart mit ehrlicher Bestürzung trifft es wohl noch am besten. Immerhin war Doktor Kreitinger über Jahrzehnte als ehrbares Mitglied dieser Gemeinde bekannt und nicht wenige verdanken ihm Gesundheit und sogar ihr

Leben. Nur so ist es zu erklären, dass sich die öffentliche Meinung gegen Georg Koller richtet, dessen Verrat man als Keimzelle des späteren Geschehens wähnt. Dem mag wohl so sein, doch Sie und ich wissen, dass es nicht Georgs Schuld war. Claudia Schedlbauer hat mir Ihre Geschichte erzählt. Nach meiner Meinung zeigt das alles nur, wie das Regime damals aus einem braven Bauernjungen einen treuen Anhänger Hitlers machte. Dies wäre bei Georg aber nicht möglich gewesen, ohne die Rolle seiner Mutter, deren Liebe er mit dem Verrat seiner Freunde gewinnen wollte. Ich bin mir sicher, Gott wird ihm verzeihen. Letztendlich muss ich Ihnen gestehen, ich bin mir nicht sicher, ob ich Ihnen für Ihre Arbeit danken soll. Gewiss, sie haben Alois Kreitinger als Täter überführt, doch zu welchem Preis?
Die Vergangenheit wurde ins Licht der Gegenwart gezerrt und seien wir ehrlich, auch Alois Kreitinger war in gewissem Sinne ein Opfer. Opfer seiner Liebe zu Stefanie Koller, der er Zeit seines Lebens nicht entrinnen konnte.
Und noch etwas! Haben Sie sich je gefragt, was eigentlich aus Jakub Nowak geworden ist? Wenn wir um die Toten trauern, dann doch auch um ihn, nicht wahr? Was ist aus ihm geworden, nach seiner Verhaftung durch die Gestapo? Hat man auch ihn ermordet oder hat ihn das nahe Kriegsende gerettet?
Das Schicksal des polnischen Jungen wird wohl für immer im Dunkel der Geschichte verborgen bleiben und dennoch sollten wir ihn nicht vergessen.
Ich für meinen Teil habe ihn in meine Gebete eingeschlossen.
Für Sie habe ich etwas anderes. Das Foto befand sich in der Sammlung meines Vorgängers Pfarrer Steiner. Ich habe es entnommen, bevor ich sein Erbe Alois Kreitinger überlassen habe. Vielleicht hilft es Ihnen, das Menschliche hinter Ihrem Kriminalfall zu entdecken. Oder haben Sie das bereits?
Ich vermute ja, weshalb sonst hätten Sie den Blumenstrauß auf Stefanie Kollers Grab gelegt, bevor Sie Kirchbach verlassen haben?
Ich wünsche Ihnen für Ihr weiteres Leben Glück und Gottes Segen.

Walter Diermeier

Meine Hand tauscht den Brief gegen den Brunello. Entgegen üblicher Gewohnheit leere ich das Glas auf einen Zug und lehne mich nachdenklich zurück. Dann besiegt mich die Neugier und ich greife nach dem Foto. Eines von Pfarrer Steiners Familienbildern. In gewohntem Schwarzweiß bannt es eine Handvoll Menschen auf das Papier. Arbeitende Menschen, erfasst im Augenblick eines Herzschlags ihres harten Lebens.

Ein Knecht, schwitzend und die Mistgabel über der Schulter; eine Magd mit Kopftuch und Schürze, einen Eimer in der Hand; ein Junge, auf dem Boden vor ihm ein grober Leinensack; ein weiterer Mann mit Hut, eine Axt in der Armbeuge und noch eine Magd, eine Trage mit Brennholz auf dem Rücken.

Pfarrer Steiner erweist sich als talentierter Fotograf mit ausgeprägtem Gespür für Menschen und Menschliches. Er hat nicht nur die Herrschaften der Höfe, sondern auch Arbeiter und Bedienstete mit seiner Kamera verewigt. Und nicht nur ihre Gesichter, auch ihren Namen gab er die Bedeutung, die ihnen zusteht. Ich drehe das Bild um und sehe als erstes Ort und Datum: Kirchbach, Kollerhof, 14.01.1945. Dann die Namen! Meine Hand beginnt vor Aufregung zu zittern. Ganz kurz nur, aber sie hat gezittert.

Alfons Kerscher, Berta Seiderer, Jakub Nowak, Ernst Hofbauer, Hannelore Weigl.

Erneut drehe ich das Foto.

Das ist er also! Der Name hat ein Gesicht bekommen!

Jakub Nowak: schmächtig, mittelgroß, blass, dunkles, gelocktes Haar, dunkle Augen. Nichts Besonderes, nichts Auffälliges. Ein Junge, wie tausende andere auch. Und doch auch nicht! Für ihn haben die Flieger ihr Leben riskiert. Mit ihm hatte alles begonnen und sein Schicksal war untrennbar mit dem von Georg, Karl, Norbert, Franz, Alois und Steffi verwoben. Pfarrer Diermeier hat Recht. Wir dürfen sie nicht vergessen. Ihr Mut einzugreifen wenn

Unrecht und Unmenschlichkeit drohen, verdient es nicht vergessen zu werden. Ich stehe auf und blicke hinab auf die Stadt. Dort unten beginnt die Nacht die Herrschaft über die Straßen zu übernehmen. Bars und Kneipen, Diskotheken und Kinos, Biergärten und Theater füllen sich mit Menschen auf der Suche nach dem vergänglichen Glück des Augenblicks. Ich kann nicht sagen warum, aber all das erscheint mir heute nicht real, nicht wichtig.

Unbewusst halte ich plötzlich das Handy in der Hand. Zwei Nummern im Telefonbuch: Rosis Pension und Claudia Schedlbauer! Wen rufe ich zuerst an? Mal sehen, ob Rosi am nächsten Wochenende ein Bett frei hat. Zwei Übernachtungen vielleicht. Was sind schon die zwei Stunden Fahrt nach Kirchbach!

Und Claudia? Hoffentlich hat sie Zeit für die versprochene Wanderung. Es müssen ja nicht gleich Rachel oder Osser sein. Der Kaitersberg reicht für den Anfang auch. Hauptsache, mit Claudia als Führerin. Oder können Sie sich einen besseren Grund vorstellen, noch mal in den Bayerischen Wald zu fahren?

Ich nicht! Und wer weiß! Vielleicht kaufe ich mir sogar echte Wanderschuhe.

K2 Mountainrunner!

Wenn schon – denn schon!